異世界転移で
女神様から
祝福を！
～いえ、手持ちの異能があるので結構です～
1
ドーラの口から勢いよく炎が噴出され、放射状に10メートルの範囲を焼き払った。当然、その範囲内にいたゴブリンは黒焦げになっている。
ドーラ(7歳)
捕まっていたところを仁に助けてもらった、フェザードラゴン。無邪気で甘えん坊、ふわふわでかわいい。
木ノ下さくら(16歳)
集団転移で異世界に来た、少し暗めの女の子。祝福を何故か受けておらず、仁と共に旅をする中で…
進堂仁(17歳)
集団転移で異世界に来た、主人公の男の子。祝福を受けていない代わりに、異能を持っており…

しばらく待っていると女性陣が店から出てきた。ミオとマリアは奴隷商で着ていた服ではなく、店で購入した服を既に着ていた。

　マリアは動きやすい短パンとTシャツを着ている。飾り気はなく、実用性重視のようだ。

　ミオは何とゴスロリを着ていた。これから戦闘するということを理解しているのだろうか？

異世界転移で
女神様から祝福を！
～いえ、手持ちの異能があるので結構です～

1

第一章　エルディア王国編

第一章　エルディア王国編

第一話　勇者召喚と王都追放

高校の授業が終わり、帰り支度をしていたら、急に視界が切り替わった。

見慣れた教室が中世ヨーロッパ風の大広間に変わる。周囲を見渡すと、近くにはクラスメイト、遠くには他のクラスや学年の生徒、教師たちもいる。

タイミングさえ正しければ、ただの全校集会と言っても通用するだろう。

「夢……か？」

これが噂《うわさ》に聞く白昼夢というやつだろうか？　いや、夢と自覚できるのは明晰《めいせき》夢だったな。

しかし、夢にしては五感から得られる情報が多すぎる。この段階で夢ではないと判断し、周囲の情報を分析することにした。周囲の連中は半分が呆《ほう》けており、もう半分は慌てている。

少し離れたところにいる俺の幼馴染《なじ》みは、いつも通り平然としている。常に穏やかな顔をしていて、幼馴染みの俺ですら動じた姿を見たことがないくらいだ。

よく見れば、明らかにこの学校の生徒ではない、中世ヨーロッパ風の服装をした連中が、離れた位置から俺たちを観察していることが窺《うかが》える。

ドレスを着ている者、紳士服を着ている者、鉄製の鎧《よろい》を着た兵士らしき者もいる。中世ヨーロッパ風の建築物なので、俺たちの服装の方が浮いているように思えるな。

少しすると、観察している連中の中から少女が一人、俺たちの方に近づいてきた。

「皆様お聞きください」

俺たちと同年代に見える少女のよく通る声が響く。

少女は華美なドレスを着ており、明らかに強い存在感を放っていた。誰がどう見てもお姫様です。ありがとうございます。隣に王様っぽいオッサンがいるけど、姫様のオマケにしか見えない。

「私はエルディア王国の王女、クリスティアと申します。ここは皆様のいた世界とは別の世界、『アークス』といいます。召喚の儀式により皆様を勇者として召喚させていただきました」

やっぱり王女でした。

自己紹介に合わせてスカートの裾を摘《つま》み、優雅に一礼する。大半の男子が頬を染めて見惚《みと》れる。女子も大部分がその美しい仕草に目を奪われている。

俺？　美人だとは思うけど、見惚れるほどじゃないな。幼馴染み（男）も平常運転だ。

王女の一言で現状を把握できた。異世界に召喚される。フィクションならよくある話だ。勇者になる。フィクションならよくある話だ。フィクションなら、次は魔王か邪神が登場しそうだな。

「皆様には魔王を倒し、我が国を救っていただきたいのです」

なるほど。ここはフィクションだったのか……。夢じゃないと断言したばかりなのに、少し不安になってきた。一応、頬をつねってみる。うん、痛い。やっぱり、夢じゃないな。

「何言ってやがる！　誘拐しておいて戦ってほしいだなんて、馬鹿じゃねえのか！」

別の学年の男子がそんなことを叫ぶ。当たり前の反応だ。よく言ってくれた。

しかし、周囲の連中はその発言に肯定的な反応を見せない。普通、このような状況なら、一人が大きな反応をすれば、同じ意見の者は追従するはずだが、それが一切なかった。

「私たちの勝手な都合で、皆様を了承もなく召喚してしまったことについては、謝ることしかできません。誠に、申し訳ありませんでした」

深く頭を下げるクリスティア王女。顔を上げた時には目じりに涙を浮かべていた。

「うっ……」

声を上げた男子生徒が怯《ひる》む。美少女を泣かしたとなれば、女子と付き合いの浅い男子には、怯むことと黙ることしかできないだろう。

尤《もっと》も、俺の目には王女の涙はわざとらしく感じるのだが……。

「しかし、我々人類に打てる手は、女神様が伝えた勇者召喚しかありませんでした！」

王女が悲痛な声で叫ぶ。この時点で、声を荒らげた男子は周囲から白い目で見られていた。

それにしても、女神か……。フィクションなら、間違いなく重要キャラクターだな。

「取り乱して申し訳ありません。恐れ入りますが、皆様への説明をお願いできますか？」

「お任せください。姫様に代わりまして、私の方から説明させていただきます」

文官のような男が、泣いている王女から話を引き継いで説明を始めた。

重要な情報をまとめると次の通りとなる。野郎の話だから、盛大に端折《はしょ》ったよ。
・この世界は剣と魔法と魔物と魔王のファンタジー世界。
・魔王は人類を滅ぼそうとしている。
・魔王は女神と敵対している。
・女神からの神託により勇者召喚の術を行った。
・学校にいた全ての人間が勇者として召喚された。

・異世界から呼ばれた者は女神より祝福《ギフト》を得られる。
・祝福《ギフト》とは特殊能力とかスキルといったもの。
・俺たちを元の世界に帰す方法は不明。
・魔王を倒せば元の世界に帰る方法が神託で伝えられる。

帰る方法がわからず動揺しているところに、魔王さえ倒せば神託により帰る方法がわかると言われたことで、魔王を倒す方向に皆の意識を向ける。

絶望を与え、選択の余地がない選択を迫る。うん、まさに詐欺の手口だね。

この状況で、一つしかない情報源を信じすぎるのは危険だと思う。特に、神託云々《うんぬん》の話は向こうに都合が良すぎる。自分を召喚した相手が善性と限らないのは、フィクションでもよくある話だ。

実は、召喚された国にラスボスがいる、という話も少なくはないからな。

しかし、俺たちにはこの世界での伝手《つて》がない。しばらくの間は、この国の指示に従い、力を付け、知識を集めるのが、無難な選択と言えるだろう。

最初に行われたのは、勇者がそれぞれ持つ祝福《ギフト》を調べることだった。

この世界には魔力が存在する。そして、魔力を動力源にして動く物を、魔法の道具《マジックアイテム》と呼ぶ。俺たちの世界の電気製品のような物だな。

この国は、稀少《きしょう》な『祝福の宝珠』という魔法の道具《マジックアイテム》を所有している。

これは、少し大きめの水晶玉のような物で、祝福《ギフト》を持つ者が手をかざすと光り輝き、どのような効果があるのか表示されるそうだ。

今、俺たちは国に一〇個しかない『祝福の宝珠』の前で順番待ちをしている。俺たちの学校、生徒職員合わせて八〇〇人くらいいるから、一人一分でも最低八〇分はかかる計算だ。

驚いたのが、言葉や文字が完全に日本語だったことである。ご丁寧にひらがな、カタカナ、漢字、和製英語を含む簡単な英語と、俺たちの世界の日本に合わせてきている。

最初は魔法か何かで翻訳されていると思ったけど、本当に普通の日本語だった。

この世界を創ったの、日本人だったりしない？

「ふぅ……」

異世界転移からだいたい一時間後、ついに俺の番が来たので、緊張で溜息《ためいき》が漏れる。

得られる祝福《ギフト》を楽しみにしながら、『祝福の宝珠』に手をかざす。

「うっわ！　何よこれ！」

しばらく待っていると、隣の『祝福の宝珠』のあたりで騒いでいる声が聞こえる。あれは、隣のクラスの気が強い女子グループだったか？　辛《かろ》うじて、顔を知っているくらいの相手だ。

もう一人、おどおどしている少女がいるが、同じく隣のクラスだった気がする。多分。

グループの女子たちは、おどおど少女を馬鹿にするように笑っている。

「アンタ、祝福《ギフト》持ってないの？　本当に落ちこぼれね」

「マジウケる！　全員が持っているはずの祝福《ギフト》を持ってないなんてね。アンタ、全員に含まれない仲間はずれなのよ！」

「そんな……」

おどおど少女は青い顔をしている。兵士が慌てて指示を飛ばす。

「急いで王と王女にお伝えしろ」

どうやら、おどおど少女は祝福《ギフト》を持っていないようだ。兵士の慌てようから考えると、想定されていない異常事態なのだろう。

それにしても、あの女子たちの言動からして、元の世界でもおどおど少女は虐《いじ》めか、それに近い扱いを受けていたように思える。嘆かわしい……。

余談だが、おどおど少女は普通に可愛《かわい》い。お下げに眼鏡《めがね》と図書委員スタイルだが、素材はかなり良いはずだ。断言できないのは、今現在は涙目と青い顔で台無しになっているからである。

「うん？」

手元の『祝福の宝珠』を見てみると、全く光っていなかった。もうしばらく待ってみる。やっぱり光らない。どうやら、俺もおどおど少女の同類だったようだ。

「ここにも、祝福《ギフト》なしがいるぞ！」

『祝福の宝珠』の前にいた兵士が声を上げる。おどおど少女の時と同様、王族へ連絡がいったようだ。

嫌な予感がする。すっごく嫌な予感がする。

「この二人が祝福《ギフト》を受けられぬ者たちか」

「はい。『祝福の宝珠』が光りませんでした」

兵士の説明を聞いて、国王と王女は困ったような顔をする。

「女神様の神託では、異世界から来た勇者は、全員が祝福《ギフト》を得るはずです」

「うむ、しかし神託が間違っているとは信じられぬ」

「女神様が間違えるはずありません。絶対的な存在なのです」

いや、魔王の台頭を許している時点で、絶対的な存在ではないのでは？

どうやら、この王女様は女神のことを盲信しているようだ。信仰は自由だけど、事実は事実として認めていかないと、ろくなことにならないよ。

「ということは、この者たちは勇者ではないということでしょう」

「うむ、元の世界で何か大きな罪を犯しているか、生まれが酷《ひど》く卑しいのかもしれんな」

本人を目の前にして、王と王女が勝手なことを言う。

勝手に召喚しておいて、祝福《ギフト》を持っていないだけでこの仕打ち。この時点で、この国に対する俺の評価はマイナスとなった。

それと、神託によりこんな状況を作った女神の評価もマイナスにしておく。

不自然なのが、周りの連中の視線だ。俺たち二人のことを犯罪者でも見るような目で見ている。幼馴染み（男）の目はいつも通りだが、この状況を止めようとはしない。むしろ、面白がっている雰囲気すらある。あいつは、元々そういう男だ。

そして、俺たちを見る冷たい視線の中には、俺の幼馴染み（女）の視線も含まれていた。あの幼馴染み（女）が俺にこんな目を向けるとは、信じられない。

もしかしたら、洗脳でもされているのではないか、ふとそんなことを考えたが、それをこの場で口にしても、話は悪い方へとしか転がらないだろう。

そんな中、ずっと俯《うつむ》いていたおどおど少女が顔を上げた。

「わ、私、罪なんて犯していません……！　きっと、女神様が祝福《ギフト》を与え忘れたんです……！」

おどおど少女が堪《こら》えきれなくなり反論する。少女の意見には俺も同感だが、狂信者の前で信仰対象を否定するようなことを言うのは、ちょっとまずいんじゃないかな。

「め、女神様を侮辱しましたね！　このような者たちが勇者のはずがありません！　即刻、この城から叩《たた》き出しなさい！」

予想通り、王女が凄《すさ》まじい剣幕でまくし立てる。しかも、口を出した訳でもない俺も、一緒に城を追い出されるようだ。まあ、別に構わないが……。

そして、勇者洗脳説を裏付けるかのように、誰もそれを止めようとしない。

洗脳されていない人間ならば、少し考えればわかるだろう。この程度のことで、勝手に召喚した人間を追い出すような連中に、まともな精神性が期待できないということは。

兵士が俺とおどおど少女の腕を摑《つか》む。幼馴染み（男）？　アイツは絶対に動かないよ。


俺とおどおど少女は、兵士に引っ張られるように城の中を歩いていく。

「いやっ……！　離してください……！」

おどおど少女は半狂乱で泣き叫んでいるが、俺はどちらかというと安心していた。

まともな精神性を期待できない連中だ。あの場で殺しにくる可能性も十分にあった。それを考えれば、追い出されるだけで済むというのは、随分とマシに思える。

あるいは、同郷の人間を目の前で殺して、衝撃で洗脳が解けることを恐れた可能性もある。

当然の話だが、殺されそうになったら、無抵抗というつもりはなかった。これでも、格闘技は習っているし、腕に覚えはある方だ。タダで死んでやるつもりはない。

それと、洗脳疑惑があるとはいえ、勇者たちが俺たちを見捨てたことに変わりはない。なので、連中の今後は気にしないことにした。俺たちほどは扱いも悪くないだろうからな。

「あ、外……」

そんなことを考えているうちに、俺たちは王城から外に出ていた。

さて、折角だからこの街を見て回るとしよう。王族、貴族は信用できないが、街の方なら少しはマシな可能性もある。もしかしたら、上層部だけが腐った国かもしれない。

文官の話によれば、ここはエルディア王国の王都、ゼルガディアというらしい。いや、どうでもいいか。どうせ、長居をする予定はないからな。

「城を出たんだから、そろそろ離してもらえないか？」

兵士に向かって聞いてみる。しかし、兵士たちは嫌らしい笑みを浮かべて答えた。

「いいや、お前たちには王城だけでなく、王都からも出ていってもらう」

「事実上の流刑《るけい》だ。王都の外で野垂れ死ね」

その言葉を聞いて、俺はこの国がどうしようもないクズ国であることを、心の底から理解した。

他の勇者の前では、あくまでも追い出したのは城から、ということにしておいて、実際には王都からも追い出し、事実上の流刑とする。

魔物が生息するというこの世界において、戦う力を持たない人間が街の外に出れば、死ぬ可能性は非常に高いだろう。異世界から来て、この世界のルールを知らない人間ならなおさらだ。

もういいか、我慢の必要もない。この国の連中には、見捨てるだけの理由がある。

覚悟を決めよう。この世界を生き抜く覚悟を。

「…………」

兵士たちに連行されながら、王都の様子を確認していく。

城内と同じく、中世ヨーロッパ風の街並みで、王都というだけあって綺麗《きれい》な建物が多い。

こんな状況でもなければ、観光の一つでもしたいところだ。いや、住人の人間性に期待できない以上、観光するのはやめた方が良いかもしれない。

「到着だ」

この街は外壁によって囲まれており、東西南北に一つずつ門がある。

俺たちが辿《たど》り着いたのは、そのうちの北門だった。馬車などの通る大きな門と、人が通れる小さな門がある。大きな門は閉じており、小さな門から外に出される。

「さっさとどこかへ行け」

「何だってこんな奴《やつ》らが転移してきたのか……」

兵士たちは門の外に出たところで俺たちの手を離し、口汚く罵倒してくる。更には、近くにいた門番に俺たちのことを伝え、王都の中に入れないように指示をしていた。

他の門にも既に連絡は行っているようで、俺たちは絶対に王都には入れないとのこと。

「ぐすっ、ぐすん……」

おどおど少女は、その場に座り込んで泣き、号泣少女にジョブチェンジした。さっさとこの場を離れたいのだが、放っておく訳にもいかない。

可能な限り、優しそうな（優しいではない）顔をして近づく。

「俺、２－Ｂの進堂仁《しんどうじん》。君の名前は？」

号泣少女は顔を上げて俺のことを見つめる。泣き顔で台無しだが、やはり素材は良さそうだ。

「ぐすっ、私、２－Ｃの木ノ下《きのした》さくら……です……」

「木ノ下さんだね。木ノ下さんはこれからどうする？」

俺の質問に、木ノ下さんは絶望の表情を見せる。

「どうしようもありません……。街の外に放り出されて、私たち、死んじゃうんですよ……」

相当に心が弱っているようだ。うん、そう思うのも無理はないだろう。異世界で無一文、伝手もコネもなく、王家の人間とは敵対関係。普通に考えれば、詰み、だよな。

「木ノ下さん。俺は道沿いに歩いていき、他の村か街を目指そうと思う」

「そ、外には魔物がいるから、村に着く前に殺されてしまいますよ……！」

俺の言葉を聞き、木ノ下さんが慌てたように言い返してくる。

「それに……ここにいれば、誰かが助けてくれたり、街に入れてくれるかもしれません……。学校の人たちだって、私たちに気づいて、助けに来てくれる可能性もあります……。魔物は門の兵士さんが倒してくれるでしょうから、外に行くよりは安全なはずです……」

随分と都合がいいことを考える。そんなまともな国だったら、俺たちが城から追い出される訳がない。残念ながら、木ノ下さんが縋《すが》ろうとした希望は全て反論できてしまう。

「それは無理だと思う。これから夜になれば、人通りは更に少なくなるだろう。学校の連中も、俺たちが王都の外にいるとは思っていないだろうし、しばらくは王城の中に滞在するはずだ。先ほどの兵士の様子を見る限り、俺たちが魔物に襲われても、助けてくれる気がしない。何より……」

「何より……？」

「俺はこの街にいたくない。この街の世話になんかなりたくない。木ノ下さんはどうかな？　ここまで酷い扱いをされて、この街に残りたい？　助けてほしい？」

不愉快な連中に媚《こび》を売るくらいなら、街の外を目指したい。木ノ下さんは俺の言葉を受け、俯きながら考える。数十秒経《た》ち、顔を上げた時には覚悟を決めたようだった。

「私も……、この街では不快なことしかありませんでした……。こんな街のお世話になるくらいなら、無理をしてでも他の街、いいえ他の国を目指したいです……」

木ノ下さんも俺と同じ結論に至ったようだ。

国の上層部が明確にクズである。そんな国には何も期待できない。出ていくなら、王都だけじゃない。国自体から出ていく必要がある。

木ノ下さんは俺の顔を見たまま、懇願するような表情をする。

「お願いします……。私も一緒に連れていってください……。どんなことでもします……。足手纏《まと》いにならないように頑張ります……。だから、どうか……」

「わかった。一緒に行こう」

「え？」

木ノ下さんが呆けたような顔をする。いや、頼み事をして、ＯＫをもらった反応じゃないよね？

「本当に、良いんですか……？　私、見ての通りかなり鈍臭いですよ……。足手纏いにならないように頑張りますけど、多分、足手纏いになると思います……」

先ほどとは打って変わり、自信なさそうに言う。木ノ下さん、かなり自己評価が低いな。

「そもそも、木ノ下さんが言わなければ、俺の方から誘っていた。こんなところに二人で放り出されたんだ。協力するのは、当然のことだろう？」

「あ……」

それだけ言うと、木ノ下さんの目から涙が溢《あふ》れた。

「え、どうしたの？　俺、何か変なことを言った？」

「いえ……。そんな風に優しくしてもらえるのが久しぶりで……、これは嬉《うれ》し涙です……」

どうやら、木ノ下さんを取り巻いていた環境は、俺が思っていたよりも厳しかったようだ。

隣のクラスで起きていた虐めは、この程度の言葉で木ノ下さんを泣かせてしまうような、酷いものだったということだ。

木ノ下さんは、涙で潤み、キラキラした目で俺のことを見つめてくる。大変な時に優しくされると、簡単に心を許してしまうとはよく言うが、今まさにそんな感じ。端的に言うとチョロい。

「そうと決まれば、さっさと移動を始めよう。日が暮れる前に他の村に辿り着きたいから」

「わかりました……。進堂君に付いていきます……。そういえば、魔王を倒して元の世界に帰るというのは、どうしますか……？」

この国に従わないのだから、考えるまでもないだろう。

「当然、無視する。女神や王女の言ったことが、本当である保証はどこにもないからな」

「確かに、何の証拠もありませんでした……」

もし間違いが含まれていたとしても、あの場にそれを修正できる人間はいなかっただろう。

「王女が言うには、勇者が魔王を倒せば、女神の神託により帰還方法が伝えられるらしい」

「はい、そう言っていましたね……」

このあたりの話は全員が聞いている。そして、聞いていた時から違和感があった。

「この話の中で、『女神が帰してくれる』とは一言も言われていない。つまり、女神は『帰還方法を知っているだけ』という可能性が残るんだ」

「あ……」

畳みかけるように言葉を並べていく。

「加えて言えば、勇者の条件を満たしていない俺たちが、仮に魔王を倒せたとしても、女神が帰還方法を教えてくれるとは思えない。それなら、いっそ自分たちで探すべきだ。帰還方法が存在しない可能性もあるが、餌としてぶら下げている以上、存在する可能性の方が高いはずだから」

「凄《すご》い、そんなことまで考えていたんですね……」

もっと褒めてくれたまえ。

「泣いているだけの私とは大違い……」

木ノ下さんが悲しそうに涙を浮かべる。悲しくて泣いて、嬉しくて泣いて、悲しくて泣いた。木ノ下さん、泣いてばかりだな。

そして、褒めてくれるのは嬉しいが、自分を貶《おとし》めてまで褒めてほしい訳じゃない。自分を下げるのではなく、俺を上げて褒めてくれ。それが気持ちいい褒め方だ。

俺は木ノ下さんに手を差し伸べて言う。

「気にしなくて良いよ。これも何かの縁だ。一緒に行こう」

木ノ下さんは、涙を拭って返事をする。

「……わかりました。不束者《ふつつかもの》ですが、これからよろしくお願いします……。進堂君……」

「よろしく。木ノ下さん」

挨拶に若干の違和感があるが、木ノ下さんが俺の手を取ってくれた。そのまま、手に力を入れて木ノ下さんを立ち上がらせる。

こうして、俺と木ノ下さんは王都を追い出され、二人で異世界を旅することになったのだ。

第二話　最初の戦闘と異能

俺と木ノ下さんは道沿いに進み、完全に門番が見えなくなるまで王都から離れた。

門番が見えず、周囲に人がいないことを確認し、木ノ下さんに今後の方針を伝える。

・道沿いに歩いて他の街や村を目指す。
・国外の情報を集め、問題がない国に向かう。
・魔物が出てきたら俺が一人で戦う。木ノ下さんは後ろに隠れていてもらう。
・魔物の数が三匹以上、もしくは手に負えないと判断したら二人で逃げる。

木ノ下さんは、二匹までなら戦うという俺の発言に驚いていた。ゲーム的な考え方も含まれているが、王都周辺にいる魔物が、そこまで強い訳ないだろう、というのが理由である。

三匹以上で逃げるという方針は、木ノ下さんの安全を考えてのことである。三匹を超えると、木ノ下さんの安全に気を配る余裕がなくなる恐れがあるからだ。

相手の強さにも条件を付けた。俺か木ノ下さんが手に負えないと判断した時点で、即時撤退することになった。木ノ下さんには、客観的な判断を期待している。

個人的には、逃げること自体が大嫌いなのだが、同行者がいるなら無茶は言えない。ゲームとかでも、『逃げる』コマンドを絶対に押さないくらいには、逃げることが嫌いなのだが……。

「本当に戦うんですか……？　隠れながら進むべきだと思いますけど……」

「普通はその方が良いと思う。でも、今日はもうすぐ日が暮れる。野営の道具を何一つ持たない状態で夜を迎えるのは危険だから、今日中に最初の村に着いておきたいんだ」

「それなら、なおさら隠れて安全を確保した方が良いと思います……」

　木ノ下さんはどうしても戦いを避けたいようだ。しかし、俺にも今のうちに確かめておきたいことがあるので、ここを譲る訳にはいかない。

「とりあえず、最初に一戦させてくれないか？　俺、これでも格闘技の経験があるんだ。今後のためにも、魔物の強さを確かめておきたい。その後、今後のことをもう一度話し合おう」

　俺が引く様子を見せないので、木ノ下さんの方が折れてくれた。

「わかりました……。ただ、少しでも無理だと感じたら、すぐに撤退をしましょう……。進堂君の安全が第一ですから……」

「わかった。最初に出てきた魔物で力試しさせてもらうよ」


　それから数分間道沿いに歩いていると、早速魔物が現れた。
▼野生のゴブリンが現れた。
　まさしく、最初の獲物に丁度良い、棍棒《こんぼう》を持ったゴブリン二匹が立ち塞がった。

　ゲームでもメジャーなゴブリンだが、この世界のゴブリンはかなり醜悪な見た目をしている。ものによっては愛嬌《あいきょう》があるタイプもいるのだが、これはガチでキモい。躊躇《ちゅうちょ》なく殺せそうで助かる。

「ギシャアア！」

「ひっ……」

　叫ぶゴブリンを見て、木ノ下さんが後退《ずさ》る。見ていて気持ちの良いものではないだろう。

「あれはどう見てもゴブリンだな。ちょっと戦ってくるから、木ノ下さんは下がってて」

「が、頑張ってください……」

「おう！」

木ノ下さんがゴブリンから離れると同時に、俺が前に出てゴブリンの相手をする。

向かって右側のゴブリンが棍棒を振りかぶってきたので、バックステップで回避しつつもう一方のゴブリンに近づく。今度は左側のゴブリンの攻撃をよけ、右側のゴブリンの注意を引く。

二匹の注意を均等に引くことで、木ノ下さんの方に行かないようにする。その状態で攻撃をせず、二分ほど回避に専念し続けた。

身体《からだ》は俺の想定通りに動いている。広い視野で敵を見て、位置関係を把握できている。敵の攻撃を見てから、回避することも問題がない。

どうやら、元の世界で培ったものは、この世界に来ても失われてはいないようだ。

「ギギャア！」

攻撃が当たらず、焦《じ》れたゴブリンが大きく叫ぶ。

あまり長時間同じ場所で戦い続けると、他の魔物が寄ってきてしまうかもしれない。

攻撃に移ることを決めた俺は、ゴブリンに向けて駆け出し、一発ずつ腹パンを喰《く》らわせる。

「喰らえ！」

ドゴッ。ゴスッ。いい音がしてゴブリンが倒れる。うん、倒した。

やはり、この世界はゲームではないようだ。その証拠に、ゴブリンの身体は消えず、その場で事切れている。いや、剝ぎ取りのあるゲームの可能性はまだ残っているか……。

「あれ……？」

木ノ下さんが呆けた顔をしている。何か変なことがあっただろうか？

「今、パンチ一発で倒しませんでした……？　そんなに弱い魔物だったんですか……？」

どうやら、俺が簡単に魔物を倒したことを不思議に思っているようだ。

万が一、コレが俺の妄想だったら洒落《しゃれ》にならないので、今までは何も言わなかったが、そろそろ大丈夫と断言しても良いだろう。

この戦いによって、コレに間違いがないことが証明できたはずだ。

「いや、そんなことはないよ。ゲームではゴブリンは弱い魔物として有名だけど、今の木ノ下さんが戦ったら、殴っても効かないし、殴られたら二～三発で死んじゃうと思う」

棍棒とはいえ、殴られたら痛いよね。華奢《きゃしゃ》な女の子なら死んじゃうかもしれないよね。

死ぬと言われて、顔を青くした木ノ下さんが質問を続ける。

「それじゃあ、何故《なぜ》……？　進堂君が、元の世界で鍛えていたからですか……？」

まあ、それもなくはない。しかし、今回に限って言えば、それ以上の理由がある。

木ノ下さんが相手なら、隠す理由もないので、俺の秘密を話そう。

「それもあるけど、もう一つ、別の理由があるんだ。申し訳ないけど、ここから先を聞くなら、他言無用ってことで良いかな？」

「別の……理由……？」

他言無用の理由があると言われて、木ノ下さんも気になるようだった。

「わかりました……。絶対に言いませんから、教えてください……」

それを聞いた俺は、一度タメを作ってから宣言する。

「実は……、俺にはこの世界がゲームみたいに見えるんだ」

「……はい？」

我ながら、何の説明にもなっていないね。木ノ下さんも首を傾《かし》げている。

「ゲームではステータスって数値化されて見えるだろ？　ＨＰとかＭＰとか攻撃力とかだよ。俺には、それが見えるんだ。しかも、自分だけじゃなく他人の詳細も確認できる」

先ほどの戦闘でも、俺は最初にゴブリンたちのステータスを確認した。そして、自分のステータスと比較して、二対一でも勝てると確信できる差があったため、ゴブリンと戦うことを選んだ。

「加えて、ゲームみたいに周囲一帯を上から俯瞰《ふかん》するようなマップも見える。これのお陰で、敵の位置がハッキリとわかり、戦いを有利に進められたんだ」

マップにより敵の位置がわかるので、木ノ下さんへの接近を牽制《けんせい》できたし、増援の心配なく戦うこともできた。

「自分と相手の強さが比較できて、相手の位置がわかるから、勝てると思ったんですか……？」

かなり端折った説明をしたが、木ノ下さんは付いてきてくれた。意外と理解が早い。

ステータスとマップのお陰で、不意打ちや死んだフリも効かない。ちょっとズルい。

余談だが、このステータスやマップは俺の視界上に置かれており、任意で可視・不可視を変えられる。

そして、何故か普通に物を見ることを阻害しない。

「まあ、そういうことだな」

「でも、それと魔物を一撃で倒したことに何か関係があるんですか……？　便利な能力だとは思いますけど、進堂君の強さと直接的な関係はありませんよね……？」

少し失礼だが、意外だった。しっかりと考え、自分でそこに気づけるとは。

確かに、この能力で得られるのは、情報的優位性《アドバンテージ》だけなので、それだけではゴブリンを一撃で倒したことに説明が付かない。

当然、そのことについても説明するつもりだ。

「それは、また別の能力だよ。ゴブリンのスキルとパラメータを奪い、俺の力にしたんだ。奪った分だけ俺が強くなり、相手が弱くなるんだから、簡単に倒せるのも当然だろ？」

スキルやパラメータを奪えば、相手の数値が減り、それと同じ分だけ俺の数値が増える。

ステータスを確認しながら、能力を奪い続ければ、理論上どんな相手にも勝てる。

元々、ゴブリンは俺が負けるような相手ではなかった。しかし、一撃で倒せた保証もない。限界まで数値を奪うことで、確実に一撃で倒せるまで弱体化させたという訳だ。

ここまで話したところで、木ノ下さんが不思議そうな顔をする。

「進堂君は、どうしてそんな能力を持っているんですか……？　私にはそんな能力はありませんし、学校の人たちもそんなことは一言も言っていませんでした……」

他の人がこれらの能力を持っていないことはわかっている。王城や王都で数多くの人間のステータスを確認したが、類似する能力を持つ者は一人もいなかった。

だからこそ、能力のことは誰にも伝えず、大人しく王都を追い出されたのだ。

「もしかして、それが進堂君の祝福《ギフト》なんですか……？」

「違う」

祝福《ギフト》扱いはさすがに心外だ。これはそんなに矮小《わいしょう》なものじゃない。そんなに真っ当なものでもない。

これは世界のルールと異なるルールを持つ能力。

「これは……異能っていうんだ」

「異能……？」

木ノ下さんが不思議そうに呟《つぶや》く。

異能、それがこの異世界で俺が手に入れた力だ。

「口で説明するよりも、見てもらった方が早いかな」

俺は胸ポケットからメモ帳とボールペンを取り出す。荷物は元の世界の学校に残ったままだが、身に着けていたものは一緒に転移している。

「何をするんですか……？」

「今から俺のステータスを紙に書くから、少し待ってくれ」

名前：進堂仁
性別：男
年齢：17
種族：人間（異世界人）
称号：転移者、異能者
スキル：＜身体強化ＬＶ３＞＜剣術ＬＶ２＞＜槍《そう》術ＬＶ３＞＜棒術ＬＶ１＞
異能：＜生殺与奪ＬＶ１＞＜千里眼ＬＶ－－＞

「簡易版だけど……はい」

木ノ下さんは手渡された用紙を読み進め、徐々に表情が変わっていく。

「何か、色々と凄いですね……。聞きたいことがまた増えました……」

「何でも聞いてくれ」

「名前から種族までは、見ればわかります……」

「そうだな」

個人的には、種族に『異世界人』とかっこ書きされているのが気になる。

「スキルって何ですか……？　これが祝福《ギフト》ですか……？」

「いや、違う。スキルと祝福《ギフト》は似ているけど別物だ。スキルというのは、生まれつきの才能や、努力によって得られた、能力全般を示す単語だね。祝福《ギフト》も能力のことだけど、これは女神が勇者に与えた特殊能力だけを指すんだ」

レアスキルやユニークスキルもあるようだが、この場で話す必要はないから端折ろう。

「スキルや祝福《ギフト》と異能はどう違うんですか……？」

「異能は、この世界のルールから外れた力だ。スキルや祝福《ギフト》と似ている部分もあるけど、世界に与える影響力が全然違う。それと、異能を持っていると、祝福《ギフト》を得ることはできないみたいだな。別に要らないけど……」

世界のルールから外れた力。それは、イカサマやチートと言い換えてもいいだろう。

そんなものを持っていたら、祝福《ギフト》を得る余裕がなくなるのも無理はない。

「ここに書かれた、＜生殺与奪＞と＜千里眼＞が進堂君の異能なんですよね……？　どんな能力なのか、教えてもらっても良いですか……？」

「それじゃあ、もう少し詳しく説明していこうか」

ここまで話した以上、能力の詳細を隠すつもりもない。

「＜生殺与奪＞は、ギブアンドテイクって読むらしい。スキルやパラメータを他者から奪ったり、他者に与えたりできるみたいだ。パラメータって、何となくわかるか？」

「はい、能力値のことですよね……？」

「その通り。これも今から紙に書くよ」

俺はステータス画面の補足を見ながら、再び紙にペンを走らせる。

「この世界は、こんなパラメータで管理されているみたいだ」

ＬＶ：強さの等級、経験値の取得により上昇
ＨＰ：生命力、攻撃を受けると減少、ゼロになると死亡
ＭＰ：魔法力、魔法を使用すると減少
攻撃：物理的な攻撃力
防御：物理的な防御力
魔力：魔法的な攻撃力
抵抗：魔法的な防御力、また、状態異常に対する抵抗力
俊敏：移動における俊敏性、また、攻撃を避ける回避力
体力：行動を続ける持久力
幸運：各種判定に対する補正値

「結構、色々とありますね……。これを、他人から奪ったり、与えたりできると……」

「ああ、スキルやパラメータを持っているなら、人からでも魔物からでも奪える。パラメータを全て書き写すのは時間がかかるから、残りは見たかったら時間のある時に見せてあげるよ」

ちなみに、俺も木ノ下さんも現在のレベルは1になっている。

残念ながら、元の世界の経験はこの世界の経験値に反映されない仕様のようだ。

とはいえ、元の世界に比べて、身体の動きが悪くなったようには感じなかった。レベルの高さと実際

の強さは、必ずしも一致しないということだろう。

「はい、後で見せてください……。それなら、進堂君はゴブリンから奪った分だけ、スキルやパラメータが上昇しているんですよね……？」

「いや、俺たちを連行した兵士たちからも奪った。棍棒持ったゴブリンから、〈剣術〉や〈槍術〉のスキルは奪えないからな」

〈身体強化〉のスキルは、ゴブリンも兵士も両方持っていた。恐らく、肉弾戦をする者なら、比較的簡単に取得できるスキルなのだろう。

紙には書かないが、今までスキルを奪った連中のステータスはこんな感じだった（過去形）。

兵士Ａ
ＬＶ７
スキル：〈身体強化ＬＶ２〉〈剣術ＬＶ１〉〈槍術ＬＶ２〉

兵士Ｂ
ＬＶ６
スキル：〈身体強化ＬＶ２〉〈剣術ＬＶ１〉〈槍術ＬＶ２〉

ゴブリン
ＬＶ３
スキル：〈身体強化ＬＶ１〉〈棒術ＬＶ１〉

説明：緑色の子鬼。魔物の中では最低クラスに弱い。

それぞれのスキルの詳細はこんな感じ。

＜身体強化＞
身体能力が強化される。各種パラメータに補正がかかる。

＜剣術＞
剣を扱う技術が向上する。刀を扱う技術を含める。

＜槍術＞
槍《やり》を扱う技術が向上する。

＜棒術＞
棒を扱う技術が向上する。刃物が付いている場合は対象外となる。

「そういえば、進堂君は街の外に連れていかれる時、随分と余裕があるように見えました……。そんなことをしていたんですね……」

「まあ、あの時点で異能の存在に気づいていたからな。城の外、街の外に追い出されても、何とかなる自信はあったんだ。それでも、街から追い出して殺そうとした奴を許すつもりはない。我慢の限界だったし、行きがけの駄賃として、遠慮なく奪わせてもらったよ」

慰謝料代わりだな。いや、許すつもりはないけど。

「じゃあ、あの兵士たちは、弱くなっているんですか……？」

「ああ、限界まで奪ったからね。石をぶつけたら死ぬと思う」

鎧を着込んでいれば、よほど当たりどころが悪くない限り、そう簡単には死なないだろう。

あそこまで明確に敵対した相手だ。ギリギリまで奪ったのに、欠片《かけら》も罪悪感が湧いてこない。

「そこまで……」

「いい機会だから伝えておくけど、俺は敵対する相手には容赦しない。街から追い出される段階で、色々と覚悟は完了しているんだ。当然、人を殺す覚悟も既にできている」

折角なので、しっかりと宣言しておこう。この世界で生きる覚悟とは、そういうことだ。

「ごめんなさい……。私、まだそこまでの覚悟はできていません……。何でもすると言っておきながら、この有様です……。本当に、ごめんなさい……」

木ノ下さんが怯《おび》えながら謝ってくるが、女子高生にいきなり人を殺す覚悟を求める気はない。

魔物くらいは殺せるようになってほしいが、人を平気で殺せるようになってしまったら、元の世界に戻った後で色々と難儀しそうだ。俺？　切り替えが早いのが自慢だから大丈夫だと思う。

「気にしなくて良いよ。そこまで覚悟しろなんて言わないから。さて、次はもう一つの異能の話だ」

「はい、〈千里眼〉ですね……」

「〈千里眼〉の読み方はシステムウィンドウ。ゲームのように情報を確認できる異能だ。主な能力はステータス確認、マップ確認、ヘルプ機能の三つだね」

どれも、ゲームのシステム画面から確認できることの多い項目だ。しかし、それが現実で使えると考えると、相当にズルいと思う。

「異能一つで、そんなに色々なことができるんですね……」

「ああ、便利能力の詰め合わせって感じだよ」

この異世界で生きていくのに必要な情報は、この異能一つで大体どうにかなると思う。

「最後のヘルプ機能、さっきの話には出てきませんでしたけど、どういう能力なんですか……？」

「俺が知りたいことを質問すると、答えてくれる能力だ。用語集とQ＆Aを足した感じかな」

「それで、色々なことを知っていたんですね……。確かに、千里眼に相応《ふさわ》しい能力です……」

木ノ下さんが納得したように頷《うなず》く。

ステータス確認、マップ確認は千里眼の名に相応しい能力だと思うが、ヘルプ機能は若干イメージと違う気もする。自分で見通すのではなく、知見者に聞いただけ、という印象を受ける。

「凄いですね……。異能のことを伝えれば、勇者扱いしてもらえたんじゃないですか……？」

「うーん、無理じゃないか？　連中が望んだのは、あくまでも『祝福《ギフト》を持った勇者』だからね。それに、早い段階であの国、というか勇者召喚に疑問があったから、遅かれ早かれ国を出ていたと思う。どうせ、学校の連中も洗脳されているみたいだし……」

「ちょ、ちょっと待ってください……！　洗脳って何のことですか……!?」

木ノ下さんが声を荒らげる。どうやら、木ノ下さんは気づいていなかったようだ。

「俺たち以外の連中は、ほぼ洗脳されていたはずだ。そうでなければ、俺たちが追い出される時に、誰も庇《かば》わないのは不自然すぎる。あの場には、友人だって、教師だっていたんだから」

「いえ、私は庇ってもらえる心当たりがなかったから、そんなこと考えもしませんでした……。教師だって、見て見ぬ振り……いえ、時々一緒になって笑っていましたね……」

木ノ下さんの闇がまた一つ垣間見えた気がする。信じられるか？　これ、洗脳関係ないんだぜ。

よく見ると、木ノ下さんの目から光が消えている気がする。

「今は大丈夫です……！　進堂君がいますから……！」

俺の視線に気づいた木ノ下さんが慌てて取り繕う。

そこで、俺を引き合いに出されても困るのだが、あまり深く突っ込むのはやめておこう。

「不自然といえば、召喚された直後、文句を言ったのが男子生徒一人というのも不自然だ」

「言われてみれば……。何故か、男子生徒の方が責められていましたよね……」

「あの場では、叫んだ男子生徒の方が正常な反応だ。少なくとも、誰も追従しないのは不自然だった。

王女の話は全て肯定的に捉えられていたし、洗脳の可能性は非常に高いと思う」

「王女の話……、あっ……！」

木ノ下さんは何かを思い出したような反応をして、真剣な表情でこちらを見る。

「一つ、謝らせてください……」

そう言って、汚れるのも構わずに正座をした。

「謝る？　何か、謝られるようなことがあったかな？」

「私が王女に余計なことを言ったから、進堂君も追い出されてしまいました……。私の軽率な発言で、
巻き込んでしまって申し訳ありませんでした……」

木ノ下さんは地面に手をつき、頭を深く下げる。平たく言えば、土下座だった。

女子高生が、同級生の男子に土下座をしているのである。いや、何で⁉

「待って、待って、何で土下座なんてしているの？」

「私が余計なことを言わなければ、街から追い出されるなんて、最悪の状況にならなくて済んだはずで

す……。勝手に状況を悪くして、その上で泣き叫んでいる私に、進堂君は手を差し伸べてくれました……。これは、私からの謝罪と感謝を合わせた、誠意のつもりです……」

頭を下げたまま、木ノ下さんが話を続ける。

そういうことか。確かに、あの場の木ノ下さんの発言で、多少は状況が悪くなっただろう。

「わかった。木ノ下さんの謝罪と感謝は受け取った。でも、木ノ下さんが気に病む必要はないよ。王女たちの様子を見る限り、俺たちを追い出すことは決定事項だったはずだ。木ノ下さんの発言は、その口実に利用されただけだと思う」

木ノ下さんは土下座の状態から顔を上げ、不安そうな表情をする。

「そうでしょうか……。でも、進堂君だけなら、残れた可能性もありますよね……?」

「いや、木ノ下さんだけが追い出されそうになったら、俺も付いていくつもりだったし……」

あの状況で、女子一人を見殺しにするとかあり得ない。格好悪すぎる。

残って針のムシロで生きていくより、同じ境遇の女子と一緒にいる方が良いに決まっている。

どうせ、あの場に俺の親友たちはいないのだから……。

「えっと、その、ありがとうございます……」

少し赤くなる木ノ下さん。ああ、少し気障《きざ》な言い回しになったな……。

「学校の連中は、祝福《ギフト》を持っているから、この世界でも生きていけるだろうけど、木ノ下さんが追い出されたら、生き残るのはかなり難しそうだったからな」

「はい、本当に感謝しています……」

「せめて、木ノ下さんの異能が開眼してれば良かったんだけど……」

「え……?」

目を真ん丸にする木ノ下さん。何か、変なこと言ったかな？

「進堂君、私にも異能があるんですか……？」

「言っただろう？　異能を持っていると、祝福《ギフト》は得られないって。それは、木ノ下さんも同じなんだよ」

Q：異能を持っていると祝福《ギフト》は得られないの？

A：はい。異能の所有者に祝福《ギフト》が付与されることはあり得ません。ただし、祝福《ギフト》を持たない転移者全員が、異能を持っているとは限りません。


これがQ＆Aの内容だ。ヘルプ機能は便利すぎる。ヘルプ先生と呼ぼう。

木ノ下さんが立ち上がり、俺に詰め寄る。

「どんな異能を持っているんですか……!?」

「さあ？」

「さあ……!?」

そんな期待した目で見られても、ステータスに書かれていないことはわからないよ。

「木ノ下さんのステータスも書こうか」

木ノ下さんの方を見て、画面に映ったステータスを紙に書き写す。

「はい」

名前：木ノ下さくら
性別：女

年齢：16
種族：人間（異世界人）
称号：転移者、異能者
スキル：
異能：〈？？？〉

「他の連中は、勇者も含めて異能の欄は空欄だった。だけど、木ノ下さんにはハテナが書かれていた。多分、まだ異能の性質がハッキリしていないんだろう」

「そんなぁ……」

「大丈夫。そのうち、開眼するよ。それまで、俺が絶対に守ってあげるから」

「あ、ありがとうございます……」

再び照れて赤くなる木ノ下さん。

青い顔と泣き顔ばかり見ていたけど、やっと良い顔が見えるようになってきた。良いね。

Q：倒した魔物からは何が得られるの？
A：装備品。部位。魔石となります。多くの魔物は、体内に魔石を持っています。この魔石は様々な用途のある生活必需品で、買い取りされています。
Q：魔石って何？　もう少し詳しく。
A：魔物の核であり、魔力の塊です。体内の魔石を破壊された魔物は死亡します。色と大きさが売却価格の判断基準となります。基本的に、色が濃く、大きいものほど高額になります。

ヘルプ機能により魔石のことを知った俺は、石を割って作った即席ナイフを使い、ゴブリンから魔石を取り出した。これを売って路銀《ろぎん》を得ようと思う。

「マップによれば、ここから歩いて一時間くらいの場所に村がある」

「マップ、本当に便利です……」

それがわかってもらえて嬉しいよ。

「問題は、この分かれ道だ。さて、どちらに行こうか？」

「どうしましょう……？」

俺たちの目の前には、北と東に分かれる道が存在している。

北と東、どちらに行っても、一時間くらいで村に着く。魔物の数に差がある訳でもない。どちらに行っても同じかもしれない。しかし、俺の直感は大きな分岐点だと叫んでいる。

「悩んだ時は、コレだな」

俺はそう言って、ゴブリンの落とした棍棒を見せつける。念のため拾っておいたのだ。

「もしかして……」

「えい、東だな。これは幸先が良い」

棍棒を倒すと、先端が東を向いた。

「そんな、簡単に決めて良いんですか……？」

「ああ、運の良さには自信があるからな。悩んだ時は、運に任せることにしているんだ」

「凄い自信ですね、羨ましいです……。私、運の良さに自信なんてありません……」

付き合いの浅い俺にも、木ノ下さんの運が悪いことは何となく察せられる。

俺と木ノ下さんは、棍棒の示した東側の道を、気持ち急ぎめで歩き始めた。

できれば、暗くなる前に次の村に着きたい。時間や季節が元の世界と一致しているなら、日の入りまで一時間から二時間となる。多分、間に合うだろう。


そういえば、紙に書いて木ノ下さんに見せた俺のステータス、少々端折りすぎたかもしれない。

もう少し、詳しく書くとこうなる。

名前：進堂仁
性別：男
年齢：17
種族：人間（異世界人）
称号：転移者、異能者
スキル：〈身体強化LV3〉〈剣術LV2〉〈槍術LV3〉〈棒術LV1〉
異能：〈生殺与奪《ギブアンドテイク》LV1〉〈千里眼《システムウィンドウ》LV--〉〈???〉〈???〉〈???〉〈???〉〈???〉

まあ、異能が七つあるくらい、誤差みたいなものだよね？

第三話　最初の村とゴブリンの森

最初の戦闘が終了してから一時間半が経過した。

一時間半でゴブリンとは三度遭遇したが、全て能力を奪って腹パンで沈めている。

マップを見れば、他にもスライムなどの魔物がいるようだが、今のところ遭遇したのはゴブリンのみである。他の魔物に比べ、ゴブリンの移動速度が速いから遭遇しやすいのだろう。

現在は倒したゴブリンから魔石を回収している最中だ。俺が魔石の回収を始めたのを見て、戦闘中は離れてもらっている木ノ下さんが近づいてきた。

「進堂君、質問しても良いですか……？」

「構わないよ。ヘルプ機能で確認する内容？」

質問に答えるくらいならお安いご用だ。たとえ俺にわからないことでも、ヘルプ先生に聞けば大抵のことはわかる。一部、例外はあるようだが……。

「いえ、先ほどの戦闘に関することです……。どうして、進堂君は戦いが始まってから、しばらくの間は回避しかしないんですか……？　倒そうと思えば、もっと早く倒せますよね……？」

「ああ、そのことか……」

ゴブリンとは合計で四回戦っているが、その全てで最初のうちは回避しかしていない。腹パン一発で倒せる相手に、回避を続けるのは不自然に見えただろう。

「〈生殺与奪《ギブアンドテイク》〉は能力を一気に奪うことはできず、徐々に奪うことしかできないんだ。回避している間は、奪っている最中だと思ってくれて構わない。補足しておくと、能力強奪の有効範囲は二メートルだから、敵の近くで攻撃を回避する必要がある」

効果範囲が二メートルなので、接近しなければいけない。能力を全て奪いたければ、倒してもいけない。面倒な制限は多いが、それを受け入れてでも使う価値がある異能だ。

「そうなんですか……。それなら、相手が強いほど戦闘中に奪うのは難しくなりますね……」

「ああ、そうなる。死体からは能力が奪えないし、能力を奪ってから相手を倒すと、ほとんど経験値が入らなくなる。だから、俺は当分の間レベルは1から上がらないと思う」

経験値は人や魔物を殺すことで手に入る。この経験値を一定値貯《た》めることでレベルアップして、パラメータが大幅に上昇する。逆に言えば、パラメータを奪うということは、相手のレベルを擬似的に下げることになる。

得られる経験値は、相手の強さによって変動する。つまり、ステータスを奪う度に得られる経験値は下がり、奪い切った後に得られる経験値はほぼゼロとなる。

「そもそも、レベルが上がると何か良いことがあるんですか……？　レベルの存在を把握していて、確認できるのは進堂君だけなんですよね……？」

「絶対とは言わないけど、一般的に普及している概念ではなさそうだな」

少し気になるな。レベルは上げた方が良いものなのだろうか？

Q：レベルを上げると、何かメリットがあるのか？
A：レベルアップ時にステータスが大幅上昇します。レベルアップ以外でも、関連する動作によりステータスが上がることはありますが、レベルアップより効率は悪いです。他には、魔法の一部に相対的なレベル差を参照するものがあります。

「確認したけど、パラメータの上昇以外に大きなメリットはなさそうだ。ただ、一部の魔法はレベル差を参照するらしい。……自分のレベル以下の相手を即死させる魔法とかないよな？」

「そんな魔法があるなら、大急ぎでレベルを上げないといけませんね……」

ゲームでは割と存在する魔法である。そんな魔法があったら、いくらパラメータを上げても、低レベルでいることは危険ということになる。

Q：そんな魔法ある？
A：ありません。具体的にはレベル差でダメージ倍率が変わるような魔法などです。

「即死魔法はないみたいだな。それなら、レベルアップを慌ててする必要はなさそうだ」

「安心しました……。ただ、レベルが1なのに強いというのも変な感じですね……」

どんなに強くても、レベルが1のままだと格好が付かない気がする。

経験値について、もう少し詳しく調べておこう。

Q：経験値って何？
A：戦闘経験値のことです。経験値が一定以上になるとレベルが上がり、ステータスが大幅上昇します。経験値を獲得できるのは、相手を倒した時、相手を倒した者だけです。戦闘に参加しただけでは、経験値を獲得することはできません。

よりにもよって、経験値は倒した者の総取りになるシステムだった。

このシステム、レベル上げが本当に面倒なんだよな。

「レベルを上げるのは、余裕がある時にしようかな。今のところ、レベルを確認できるのは俺だけだから、レベルと強さの間に乖離《かいり》があっても、誰もわからないし、困ることもないから」

「進堂君がそれでいいなら、良いと思います……」

この世界では、祝福《ギフト》以外のスキルやパラメータの存在は認識されていない。

これらのステータスは、人それぞれの得意や苦手という言葉で片付けられてしまっている。

折角だから、スキルについても調べておこう。

Q：スキルのレベルって何？
A：スキルの習熟度です。スキルに関連する作業を行えば、スキルポイントが貯まります。スキルポイントが一定値を超えるとスキルレベルが上がります。最大レベルは10で、個人で上限の違いはありません。ただし、スキルポイントの取得速度には個人差があります。

Q：スキルってどうやって手に入れるの？
A：先天的、後天的な要因によって入手できます。先天的な入手方法は、遺伝、種族固有スキル、生まれつきの才能などです。後天的にはスキルに関する作業、儀式、契約などで入手できます。

つまりスキルは、最初の一ポイントさえ手に入れられれば、時間と手間をかければ誰でも最大レベルまで上げることができるという訳だ。

そして、俺は異能により最初の一ポイントを他者から奪える。最初の一ポイント分の努力を無視できる俺の異能は、この世界では圧倒的なアドバンテージを得られるものとなる。

そこから、更に一〇分ほど歩いたところで、ようやく村が見えてきた。

結局、合計で二時間近くかかってしまったので、日も沈みかけて夕暮れ時だ。

歩いて一時間の距離だとしても、戦闘と魔石の回収で思ったよりも時間がかかってしまった。

戦闘を行う以上、能力は奪いたいし、魔石も回収したいから仕方がない。能力を奪わなければ強くなれないし、魔石がなければお金を得られず、村に入っても何もできなくなる。

「やっと着きました……。この村に宿泊施設はあるんですか……？」

「多分、あると思う。マップ上にＩＮＮって書いてあるから」

マップによると、ここはカバテ村というようだ。小さな村で、入り口に門番とかがいた訳でもないので、勝手に入らせてもらうことにした。

小さいながら、王都が近いせいか、設備はそれなりに整っていた。宿もあるし、道具屋もある。武器、防具は道具屋に少し置いてあるだけで、専門店はないようだ。

「それは良かったです……。ところで、宿屋はＩＮＮって表示されるんですね……？」

「ああ、ゲームではそう書かれることが多いと思う。この世界がゲームみたいに見えるっていうのは、そういう部分も含めてのことだな」

「そうだったんですね……」

二人で話をしながら宿へと向かう。

ちなみに、マップにのっているのは、世界中の情報ではなく、現在エリアと隣接エリアの情報だけである。エリアというのは、この世界の土地としての単位であり、村や街は一エリアになる。

少し歩いたら、宿屋が見えてきた。あまり大きくはなく、部屋数も多い訳ではないが、調べたら一部屋空きがあるようだ。マップ、そこまで詳しいこともわかるんだね。

宿の扉を開けると、受付に座っていたオッサンが声をかけてくる。

「いらっしゃい。宿に泊まるのかい？」

「はい。宿泊したいんですけど、部屋は空いていますか？」

マップで調べたから知っているが、正規の手順を踏むために聞いておく。

「ああ、一部屋だけ空いているよ。男女二人だけど、同じ部屋で大丈夫か？」

そうか、一部屋しか空いていないから、同室になるのか。

「木ノ下さん、一部屋しかないから、同じ部屋でも良いかな？　もし嫌なら、俺は野宿するから、木ノ下さんだけでも宿に泊まってほしい」

「いえ、同じ部屋で大丈夫です……。むしろ、不安だから一緒の部屋の方が嬉しいです……」

驚くべきことに、木ノ下さんは同室を望んでいた。随分、信頼されたものである。

「一部屋二名で一泊、お願いします。あと、現金ないから魔石で支払ってもいいですか？」

ヘルプ先生に聞き、この世界の金銭感覚と魔石の相場は把握済みである。

お金の単位はゴールド、価値は日本円とほぼ同じなので、一ゴールドは約一円となる。

貨幣は大金貨（一〇〇万）、金貨（一〇万）、大銀貨（一万）、銀貨（一〇〇〇）、大銅貨（一〇〇）、銅貨（一〇）、鉄貨（一）の合計七種類が存在し、紙幣は一切存在しない。

魔石の相場は、ゴブリン程度のものでも一個一〇〇〇ゴールドにはなる。

村に着くまでゴブリンを一〇匹倒しており、魔石を全て集めているため、一万ゴールド分くらいにはなっている。さすがに、一泊もできないということはないだろう。

魔石を見せるとオッサンは一つ一つチェックし、全てのチェックが終わると頷いた。

「どれどれ。ふむ、色と大きさから一個一〇〇〇ゴールドで買い取りだな。一泊一〇〇〇ゴールド、飯は一食五〇〇ゴールドだ。おかわりは別料金。風呂はないが水桶《おけ》と手ぬぐいは一〇〇ゴールドで貸出になる」

サービスを一通り満喫しても多少は残るようだ。ヘルプ先生によれば、ほぼ相場通りらしい。

「それなら、一泊と夕食朝食を二人分でお願いします。水桶は必要になったらもらいに来ます」

「まいどあり、四〇〇〇ゴールドだな。２０１号室を使ってくれ。これ、鍵な。あと、飯はどうする？」

オッサンに魔石を四つ渡したら、代わりに２０１と書かれた鍵を渡された。

「部屋にいるから準備ができたら教えてください」

「わかった。夕食はシチューとパンだ。シチューはうちの宿の自慢だからな。楽しみにしてろよ」

「はい。楽しみにしています」

異世界の料理は楽しみだが、中世風の環境のため衛生面に若干の不安が残る。

二階に上がり、２０１と書かれたプレートのかかった部屋の扉を開ける。

部屋はそれほど大きくはないが、ベッドは二つあるので、寝床の心配はなさそうだ。

「はぁ……。これで一段落かな。今日は色々と大変だったね」

「ふぅ……。はい、かなり疲れました……」

部屋に入るなり、二人して大きく息を吐いた。色々あったから、結構疲れたな。

やはり、屋根がある部屋というのは落ち着く。正直に言えば、あの王女がいる国というだけで、まだまだ油断は禁物なのだが……。

「お風呂に入りたいですけど、この宿にはないんですよね……」

水桶を勧めてきたということは、お風呂はないということだ。

「中世に近い文化圏だと、風呂の習慣はあまりないかも」

「現代の日本人には、辛《つら》い環境ですね……」

俺としても、ゴブリンとの戦闘で汗をかいているので、できれば風呂に入りたかった。

なお、ゴブリンの返り血で汚れている訳ではない。剣などで戦えば、返り血を浴びる可能性もあるが、俺は腹パンしかしていないのでその心配はない。

魔石を取る時も血で汚れないように注意をしていたので、本当に汗だけの問題である。

「一息ついたし、俺たちの今後について、話し合っても良いかな？」

村に辿り着くことを優先して、後回しにしていた話がいくつかある。

「今後の話ですか……？」

いまいちピンときてないようなので、補足を入れることにする。

「俺たちの最初の目標は村に辿り着くこと。この村に着いた時点で、それは達成できたと言える」

「はい、進堂君のお陰です……。本当に、ありがとうございます……」

お礼を言う木ノ下さんの目からは、尊敬の念が感じられる。

自分で言うことではないが、木ノ下さんの前では格好良いところを見せてきたつもりだ。

「でも、本格的にこの国を出ていくには、色々と準備が足りないと思うんだ。旅の準備は全くできていないし、この世界を生きていく上での心構えも足りていないだろう」

この話は、できるだけ早くしたかった。

異世界であっても、人の悪意というのは俺たちの元の世界と変わらないだろう。

中世風の世界では法整備にも不安が残るし、この国の王族を見れば、国家権力にも公平性を期待できないということは明らかだ。

だからこそ、俺たちには身を守る術《すべ》が必要だ。

「準備ですか……。確かに、色々と足りないとは思います……。私は完全なお荷物ですし……」

「お荷物だなんて思っていないよ。可愛い女の子を守れて、嫌な気分になる男はいないからな」

「か、可愛いですか……？　そんなことを言われたのは初めてです……」

木ノ下さんの顔が真っ赤になる。

どうやら、可愛いと言われたことがないというのは本当のようだ。マジかよ……。

「話を戻そう。俺としては、少しの間はこの村を拠点にしたいと思っている。魔物を倒せば、お金も能力値も手に入る。この村でお金を稼ぎ、旅支度を調えつつ、戦闘力を高めていきたいんだ」

「……コホン。旅支度にはお金がかかりますから、当面の目標はそれで良いと思います……」

気を取り直した木ノ下さんが賛成票を入れる。目下の方針がとりあえず決まった。

「この村で、旅支度は終えられるんですか……？」

「うん、マップで確認したけど、道具屋で一通りは揃《そろ》えられそうだった」

「それなら安心ですね……」

今のところ、マップで得られた情報が間違っていたことはない。

木ノ下さんもマップの存在に慣れてきたようで、マップから得られる情報は正しいという前提条件で話をするようになってきた。

「それじゃあ、次の話をしよう。この世界では、名字は貴族しか持っていないんだ」

「そうなんですか……？　それが、どうかしたんですか……？」

この情報だけでは、何が言いたいのかわからないだろう。

しかし、これは俺たちの今後の関係にも関わってくる大切な話だ。

「つまり、貴族でもないのに名字で呼び合う。それも異世界の名字なんて使っていたら、この世界では不自然すぎる。だから、俺たちは互いに名前呼びをするべきだと思うんだ」

「そうなんですか……。わかりました……。仁君と呼べばいいんですね……」

木ノ下さんが素直に従ってくれる。……違う、そうじゃない。惜しいけど、そうじゃない。

「ああ、そういうことだよ。さくら」

「!!」

顔を真っ赤にして驚かれてしまった。

ちょっと名前呼びを越えて、呼び捨てにしただけなのに……。少し急だったかな？

「さすがに呼び捨てはやりすぎだったかな。ごめん、さくらさん」

「大丈夫です……。ちょっと驚きましたけど、呼び捨てでも良いですよ……」

木ノ下さん改めさくらからお許しが出たので、今後は呼び捨てにしていこうと思う。

「じゃあ、さくらも俺のこと呼び捨てで良いよ」

「え……？」

俺の提案にさくらが目を丸くする。

「リピートアフターミー。仁」

「仁……………君……」

「惜しい！」

もう少しで、同級生の女子と名前を呼び捨てにし合うという素敵シチュだったのに……。

残念だが、君付けは君付けで悪くないので良しとしよう。

「ごめんなさい……。私にはちょっと難しいです……」

「仕方ない。無理強いはしないよ。じゃあさくら、次の話だ」

「何でしょうか……。仁君……」

まだ少し照れがあるようだが、これから慣れていけばいいだろう。

「次は、さくらのステータスを強化しようと思う。今のままだと、さくらはゴブリンに殴られただけで大怪我《けが》をしてしまう。そんな姿は俺も見たくない。だから、俺の所有するステータスの一部をさくらに渡すから、身を守る力として使ってほしいんだ」

「身を守る力、ですか……？」

「ああ、さくらに戦えとは言わない。だけど、最低限身を守れる力はあった方が良いと思うんだ。今後、常に俺がさくらを守れるとは限らないから」

「そう、ですね……。私も、足手纏いでい続けるのは嫌です……。えっと……」

そこで、さくらは少し悩むような素振りを見せた後、意を決したように話し出した。

「お願いです、私にも戦わせてください……。多分、いきなりは難しいと思いますけど、少しでも仁君の役に立ちたいんです……」

少し驚いた。戦うことができないと思っていたから、『身を守る力』と言ってステータスを渡そうとしていたのに、さくらの方から一歩踏み込んだことを言ってくるとは……。

「わかった。さくらにも戦えるだけのステータスをあげよう」

さくらに向けて手をかざし、ステータスの譲渡を意識する。数秒して譲渡が完了した。

「とりあえず、ゴブリン三匹分のパラメータと〈身体強化〉を渡した。これなら、ゴブリン相手に戦えるし、最悪でも逃げられると思う」

さくらのステータスを見て、ポイントの譲渡に成功したことを確認する。

「ありがとうございます……。わっ、明らかに身体が軽くなりました……！　ステータスが変わると、ここまで影響するんですね……」

ステータスを譲渡され、軽く身体を動かしたさくらが驚愕《きょうがく》する。

「ああ、逆に言えば俺に奪われた場合、かなり体が重く感じるはずだ」

「それ、かなり怖いと思います……」

まさしく、チート能力の名は伊達《だて》じゃないという訳だ。

ここで、マップに変化があった。オッサンが部屋に向かってくるようだ。

「とりあえず、急いで話すべきなのはこのくらいかな。そろそろ、宿のおじさんが来る」

「おーい、飯できたぞー！」

予想通り、食事の用意ができたようだった。

「さあ、行こうか。さくら」

「はい、行きましょう、仁君……」

一階に下りると、テーブルに料理がのっていた。

パンとシチューという、中世お約束のメニューだったが、自信があるとの宣言通り、シチューはかなり美味《おい》しかった。空腹も相まって、二人ともおかわりするくらいには気に入っていた。

気になっていた衛生面だが、料理のステータスを見るだけで良いとわかったのは収穫だったな。

食後、水桶を頼むか悩んだが、二人とも疲れていたため、そのまま寝ることにした。

こうして、俺たちの異世界生活一日目が終了した。

翌朝、目が覚めた俺たちは朝食をとり、オッサンに今日もこの村に泊まることを告げた。同じ部屋を続けて借りるため、代金となる魔石をオッサンに渡す。

次に道具屋で水筒と背嚢《はいのう》、魔石を剝ぎ取るためのナイフを購入、これで所持金がほぼゼロになってしまう。最初のうちは自転車操業になるとわかっていたけど、中々に辛いものがある。

「さて、再びの一文無しだ。頑張って魔物を倒そうか」

「最初から、気分が暗くなるようなことを言わないでください……」

さくらのテンションが下がってしまった。

「心配しなくても、昨日よりも稼げるのは間違いないから大丈夫だって。昨日だって、実は時給換算すると五〇〇〇円も稼いでいたんだから」

昨日とは異なり、拠点は決まっている。さくらも戦闘に参加する。剝ぎ取りはナイフで効率化している。ステータスは戦う度に上がる。ほら、稼げない理由がない。

「それで、今日はどこで魔物と戦うんですか……？　道沿いで魔物を探すんですか……？」

「いや、今日は森に入る予定だ。ヘルプで周辺の狩り場を検索したら、三〇分くらい離れた場所にある森が、今の俺たちには丁度良いって教えてくれたから」

「森、ですか……。危険じゃないですか……？」

さくらが少し不安そうに聞いてくる。

「そこまで深い森じゃないし、マップもあるから大丈夫だと思う」

「わかりました……。仁君とマップを信じます……」

さくらはそれだけ言うと、不安そうな顔をやめた。結構、信頼関係が築けてきたと思う。

村から三〇分ほど歩き、近くの森に到着する。

「この森の魔物はほとんど外には出ないらしい。あまり奥に行かなければ危険も少ないと思う」

「はい、大丈夫です……」

「安全を最優先に考えて、可能な限りお金を稼ごう」

「はい……。武器防具が買えるだけのお金を貯める……。宿泊費と食費のお金を貯める……。旅支度のお金を貯める……。この三つが私たちの目標ですよね……？」

並べてみると『お金がない』の一言に尽きる。貧乏は敵だ。

「グギャウ！」

マップでわかっていたが、森に入ってすぐに、二匹のゴブリンと遭遇した。一匹は今までと同じ普通のゴブリンだが、一匹だけ剣を持ったゴブリンが存在した。

ゴブリン・ソードマン
ＬＶ４
スキル：＜身体強化ＬＶ１＞＜剣術ＬＶ１＞＜棒術ＬＶ１＞
装備：ゴブリン剣士の剣
説明：剣を持ったゴブリン。

当然のことだが、武器にもステータスは存在する。念のため、確認しておこう。

名称：ゴブリン剣士の剣
分類：片手剣
等級：一般級《コモン》

さすがに棍棒を振り回して戦う気にはなれなかったけど、片手剣なら使ってみようかな。

ちなみに、等級とは装備の強さに関する分類で、上から順に創世級《ジェネシス》、神話級《ゴッズ》、幻想級《ファンタズマ》、伝説級《レジェンダリー》、秘宝級《アーティファクト》、稀少級《レア》、一般級《コモン》の七種類となる。

強さは珍しさとほぼ同義で、幻想級《ファンタズマ》よりも上の等級となると、人間の生活圏では存在を確認されていないらしい。ゲームっぽい設定である。

さて、確認すべきことは確認したので、そろそろゴブリンの相手をしよう。

「さくらは剣を持っていない方の攻撃を避けてくれ。俺は剣を持った方の相手をする」

「はい、気をつけてください……」

さくらには普通のゴブリンの攻撃を避けることに専念してもらい、その間に俺はゴブリン・ソードマンの攻撃を避けつつ、ステータスを奪い続ける。

動きが遅くなってきたので、試しに真剣白刃取りで攻撃をやめ、そのまま剣を奪い去る。剣を失った剣士が殴りかかってきたので、更に避けながらステータスを奪い尽くして殴り殺す。

そのまま、さくらからゴブリンの注意を引き取り、ステータスを奪って殺す。慣れたものよ。

「初戦闘はどうだった？」

「あまり、戦闘をした実感がありません……。攻撃を避けているだけでしたから……」

「最初はそれで良いよ。攻撃よりも回避の方が大事だから」

俺がさくらに求めるのは、攻撃力ではなく生存力だ。

「それじゃあ、次はステータスを奪い切った奴に腹パンしてみようか」

「トドメは、腹パン固定なんですか……？」

さくらが非常に嫌そうな表情をする。腹パン、強力な攻撃なのに……。

「まあ、トドメを刺せるなら、腹パンに拘《こだわ》る必要はないけど……。何なら、ゴブリンから奪った剣を使う？　今なら、〈剣術〉スキルのオマケ付きだよ？」

「ごめんなさい……。もうしばらくの間、回避だけでも良いですか……？　魔物が相手とはいえ、まだ命を奪う覚悟ができていません……」

戦う覚悟はできたが、殺す覚悟まではできていないようだ。当然、無理にとは言わない。

「わかった。回避だけとはいえ、無理はしないように」

「はい、ありがとうございます……」

俺はさくらと会話しながら魔石を取り出す作業を進める。

剥ぎ取り用のナイフだけあって使いやすい。ただ、皮膚の硬い魔物には通用しないそうだ。

「あれ……？　ゴブリン・ソードマンの魔石は、ゴブリンよりも大きいんですね……」

「そうだな。ゴブリンにも結構種類が存在するみたいだ」

試しに、ヘルプ先生にこの森にいるゴブリンの種類を聞いてみた。

・ゴブリン・ジェネラル
・ゴブリン・ヒーラー（レア）
・ゴブリン・シャーマン

・ゴブリン・ソーサラー
・ゴブリン・ナイト
・ゴブリン・ソードマン
・ゴブリン

意外とゴブリンの種類が多いな。それじゃあ、他の魔物は？

・該当なし

「ゴブリンの森じゃねえか！」

思わず叫んでしまった。ゴブリンしかいない森のことを、ゴブリンの森と呼んで何が悪い。

「ど、どうしたんですか……？　急に叫んで……。魔物が寄ってきますよ……？」

「大丈夫！　寄ってくるのはゴブリンだけだから！　この森、ゴブリンしかいないから！」

「そ、それでゴブリンの森なんですね……。どんなゴブリンがいるんですか……？」

この森に存在するゴブリンの種類をさくらに説明する。

「シャーマンとかソーサラーとか、魔法が使えるゴブリンもいるんですね……」

「ようやく、魔法と初対面だよ。これは、何としても手に入れておきたいな」

折角、異世界に来たのだから、魔法は使えるようになっておきたい。スキルを奪えると考えれば、バリエーションの多いゴブリンたちは格好の獲物である。

マップで確認すると、ジェネラルとヒーラーが一匹ずつ、他のゴブリンが複数生息している。

「ジェネラルとヒーラーは一緒にいるみたいだ」

「勝てそうですか……？」

「今のままだと、確実とは言えないかな。周囲の魔物でステータスを強化しておこう」

「わかりました……」

ジェネラルの周囲には、他にも数匹のゴブリンがいる。ジェネラルが〈統率〉と〈鼓舞〉のスキルを持っていることから考えて、ほぼ確実に集団戦となるだろう。

今のままではステータスが心許《こころもと》ないので、先に離れた位置にいるシャーマンやソーサラーを倒し、スキルやパラメータの獲得を優先しよう。

第四話　ゴブリン将軍と異能強化

ゴブリン・ジェネラルとの戦闘を避けるため、ゴブリン・ジェネラル率いる一〇匹のゴブリンの群れの位置をマップで確認しつつ、大きく迂回《うかい》するように移動している。

念のため、ゴブリン・ソードマンから奪った剣を持ち歩いている。大して良い物ではないが、素手以外の選択肢もあった方が良いと思い持ってきた。

実を言えば、〈剣術〉よりも〈棒術〉の方がスキルレベルは高いが、棍棒で戦うのは嫌だし、武器の性能は剣の方が高い。何より、ファンタジーといえば剣だから、剣を使うようにしている。

道中で遭遇したゴブリンたちを倒しつつ、ゴブリン・ソーサラーの居場所を目指す。

マップ上で確認したところ、三匹のゴブリン・ソーサラーがこの森に生息しており、その全てが単独行動をしていた。

ゴブリン・シャーマンも単独行動をしているので、魔法系ゴブリンは孤独を好むのだろう。あるいは、ハグレ者のボッチが頑張って魔法を覚えたのだろうか？　そう考えると切ない。

「魔法の発動には詠唱が必要になる。詠唱と呼んでいるけど、実際には声は出ないから、発動待ち時間っていう方が正しいかもしれない」

歩きながら魔法についての説明を行う。

「詠唱していることは、外から見てわかるものなんですか……？」

「ああ、詠唱状態では魔法の属性を象徴する色の魔法陣が出現する。火属性なら赤い魔法陣だね。その後、魔法によって決まった時間が経過してから、魔法名を宣言すると魔法が発動する」

当然、全てヘルプ先生の受け売りだが、自分の手柄のように自信満々に説明する。

ヘルプ先生は俺の能力だから、俺の手柄であることは間違いない。

「詠唱時間を減らすことはできるんですか……？」

「ああ、〈詠唱省略〉や〈無詠唱〉のスキルがあれば可能だね。魔法の補助スキルは、〈連続魔法〉とか〈発動待機〉とか、結構色々とあるみたいだ」

「ゴブリンが持っているスキルなんですか……？」

「いや、さすがにそんな珍しそうなスキル、ゴブリンが持っている訳ないと思うよ」

念のため、狙っているゴブリン・ソーサラーのステータスを確認する。

ゴブリン・ソーサラー
ＬＶ７
スキル：〈火魔法ＬＶ１〉〈氷魔法ＬＶ１〉
装備：ゴブリン魔術師の杖《つえ》
説明：マントをつけたゴブリンの魔術師。

名称：ゴブリン魔術師の杖
分類：片手杖
等級：一般級《コモン》
効果：魔力上昇（極小）
「確認してみたけど、やっぱり持っていないみたいだな。それよりもコイツ、〈火魔法〉と〈氷魔法〉

の二つが使えるらしい」

「それは、器用なゴブリンですね……。なんか意外です……」

そもそも、ゴブリンが魔法を使うだけで驚きなのに、複数種類の魔法を使えるのは想定外だ。

「確かに意外だけど、スキルのレベルは1だから、奪い切るまで時間はかからなそうだ」

「今回はどうやって戦う予定ですか……？　私にもできることはありますか……？」

「ゴブリン・ソーサラーは単独行動しているから、一対一で魔法の詠唱を邪魔しながら戦い、その間にスキルを奪うつもりだ。さくらには、他の敵が寄ってきた時の対処をお願いしたい」

マップで敵の位置はわかるとはいえ、戦っている最中に寄ってきて、邪魔されたら面倒だ。

「まだ、魔物を殺せる自信がないので、時間稼ぎだけでも良いですか？」

「ああ、無理はしなくて良い。確かに魔法は欲しいけど、さくらに無理をさせてまで欲しいとは思っていないから」

「はい、ありがとうございます……」

マップで見る限り、ゴブリン・ソーサラーの周辺に魔物はいない。

戦いに時間をかけすぎたり、魔法で大きな音を立てたりすれば、魔物が寄ってくる可能性はあるが、魔法を使わせず、短期間で倒す予定なので、問題はないはずだ。

少し歩き、一番近くのゴブリン・ソーサラーの姿が確認できた。茂みの中に隠れて、戦闘前のブリーフィングを始める。

「∧詠唱省略∨や∧無詠唱∨とかのスキルがなければ、魔法の発動には一定の時間がかかる。ゴブリン・ソーサラーが使える魔法は『ファイアボール』と『アイスボール』の二つ。どちらも詠唱時間は五秒だ。走って近づき、詠唱を防ぎながらスキルを奪う」

「私はその間、他の魔物が近づかないようにすればいいんですよね……？」

「ああ、今回は魔法スキルを得ることを最優先にするから、他の魔物が接近してきたら、ステータスを奪わずに倒すつもりだ」

軽くそれだけ伝えると、さくらには一旦距離をとってもらう。万が一魔法を発動された場合、射線上にいるのは危険だからな。

少し離れたさくらに合図を送る。五、四、三、二、一、突撃！

俺は草むらから飛び出して走り出す。

急に飛び出してきた俺に驚くゴブリン・ソーサラーだが、すぐに気を取り直して『ファイアボール』の詠唱を開始した。

「遅い」

しかし、魔法が発動するまでの五秒があれば、接近して蹴り飛ばすことなど容易だ。

「グギャ!?」

ゴブリン・ソーサラーは吹き飛び、魔法の詠唱が中断される。

俺は＜生殺与奪《ギブアンドテイク》＞を発動して＜火魔法＞を奪い始める。

＜火魔法＞のポイントが徐々に減っていき、俺の方に流れ込んでくる。こうして、俺はこの世界で念願の魔法を取得した。

「ギギッ！」

ゴブリン・ソーサラーは再び『ファイアボール』の詠唱を始めるが、その詠唱が完了するよりも先に＜火魔法＞のポイントがゼロになったため、詠唱により生じていた魔法陣が消えた。

＜火魔法＞を全て奪い切ったので、次は＜氷魔法＞の強奪を始める。

「ギャウ？」

ゴブリン・ソーサラーは何が起こったか理解できず、不思議そうに首を傾げた。

何度か『ファイアボール』を発動しようとして失敗した後、ゴブリン・ソーサラーは『アイスボール』の詠唱を開始した。

しかし、その判断は遅すぎた。『アイスボール』の発動前に＜氷魔法＞のポイントがゼロになった。

魔法が使えない魔法使いに為《な》す術はなく、貴重な魔力パラメータもしっかりと奪っておく。

「グ……ギャ……」

全てのステータスを奪い切ったところで、腹パンでトドメを刺した。

結局、一度も魔法を発動させることなく倒せてしまった。思ったよりも簡単だったな。

「お疲れ様です……。スキルは奪えましたか……？」

魔石を回収していると、さくらが近づいてきた。

「ああ、作戦が上手《うま》くいってよかったよ。これで念願の魔法を手に入れたぞ」

取得した＜火魔法＞と＜氷魔法＞を確認する。

＜火魔法ＬＶ１＞
ファイアボール、ファイアバレット、ファイアウォール

＜氷魔法ＬＶ１＞
アイスボール、アイスバレット、アイスウォール

何故かゴブリン・ソーサラーよりも使える魔法の種類が多い。まあ、多くて困るものでもないだろうから、詳細の確認は後回しにしよう。

「はぐれのソーサラーがあと二匹いるから、それだけ倒して村に戻ろう。魔石を売ればお金になるから、ジェネラルとヒーラーを倒す準備をしよう」

「わかりました……。作戦は今と同じでいいですか……？」

「ああ、そうしよう」

マップを確認し、残る二匹の元へ向かう。


結局、ソーサラーは全員同じ作戦で倒すことができた。

何も考えず、詠唱を繰り返すだけの魔法使いなんて、何の脅威も感じることはない。

「大量、大量」

戦いはつまらなかったが、成果は想定以上だった。

驚くべきことに、三匹のゴブリン・ソーサラーが習得していた魔法スキルは、一切重複していなかったのである。これが、取得できた魔法スキルの一覧である。

一匹目
＜火魔法＞＜氷魔法＞
二匹目
＜水魔法＞＜雷魔法＞
三匹目

〈風魔法〉〈土魔法〉

スキルを奪える俺からしてみれば、非常に美味しい結果だったと言えるだろう。三匹倒しただけで、六つもの魔法スキルを得られたのだからな。

ヘルプ先生によれば、属性を持つ基本的な魔法は、他に〈光魔法〉と〈闇魔法〉があるそうだ。この森にいるゴブリン・シャーマンが〈闇魔法〉を持っているので、後で必ず奪うつもりだ。

「さくら、ちょっと離れていてくれるか」

「何をするんですか……？」

「折角だから、魔法を使ってみたい。ソーサラーには一度も魔法を使わせていないからな」

「確かに、私も気になります……。少し、離れています……」

ジェネラルから十分離れていることを確認し、さくらのいない方を向いて詠唱を開始する。

きっかり五秒後に〈火魔法〉の『ファイアボール』が発動した。発生した火の玉は真っ直《す》ぐ飛んでいき、狙いを定めていた木に直撃する。

ドン！　と大きな音を立てた後、木はメラメラと激しく燃え上がり始めた。

……うん、何の考えもなしに森で『ファイアボール』を撃つべきじゃなかったね。

「……『アクアボール』」

俺は〈水魔法〉の『アクアボール』を詠唱、発動して木に当てる。すぐに火は収まったが、木は酷く焼け焦げていた。

思ったよりも強力だったが、この威力が適当なのか判断が付かないので、ヘルプ先生に聞く。

Q：魔法の威力はこれで正常？
A：はい、正常です。魔法の威力は魔力パラメータにより決まります。戦士職が多いとはいえ、何体もの魔物から魔力を奪っているので、魔法の威力も上がっています。また、ゴブリンは魔法が苦手な種族のため、通常よりも魔法の威力は低くなり、使える種類は少なくなります。

それで『ファイアボール』しか使えなかったのか。

「凄い威力です……。ゴブリンに撃たせなくて良かったですね……」

「いや、これだけの威力が出たのは、今までに奪った魔力パラメータのお陰みたいだ。ついでに言うと、ゴブリンは魔法が苦手な種族らしいから、更に弱くなっていたと思う。……それより、すぐにこの場を離れようか。大きな音でゴブリンが寄ってくるかもしれない」

「そうですね、行きましょう……」

マップを見たら、ジェネラルの群れが近づいてきていたので、少し急いでその場を離れる。

魔石も集まってきたので、一旦森を出て村に戻ることにした。

贅沢《ぜいたく》は言わないが、そろそろゴブリン以外の魔物とも戦ってみたい。

マップを見れば他の魔物もいるのだが、半端に距離が離れていて、相当な遠回りになってしまう。得られるスキルが魅力的という訳でもないので、またの機会にするとしよう。

「すいません。魔石を売りたいんですけど……」

村に戻り、道具屋で魔石を売る。慌てる必要はないが、できるだけ早くゴブリン・ジェネラルと戦った方がいい気がするので、買い物が終わり次第、もう一度森に向かう予定だ。

「はいよ、どの魔石だい？」

道具屋の店員は朝とは違い、魔女っぽい格好をした老婆だった。雑貨屋ベースの道具屋だが。この老婆のせいで、怪しい薬品を扱う道具屋のように見えてしまう。

俺は老婆にゴブリン・ソーサラーの魔石を一つ手渡す。

「ふむ、ゴブリンの上位種でも倒したのかい？　この魔石なら一個三〇〇〇ゴールドで買い取れるよ」

「じゃあ三個売ります。他にもゴブリンの魔石の買い取りをお願いします」

テーブルの上に全ての魔石をのせると、老婆は軽く驚いたようだった。

「ほう、やるじゃないか。お前さんたちは中々の腕利きみたいだね。ゴブリンの魔石ばかりということは、ゴブリンの森にでも行ったのかい？」

思った通り、正式名称もゴブリンの森でした。アレはゴブリンの森としか呼べないよね。

「ええ、森でしばらく戦っていましたよ」

「そうかい。一応、忠告しておこうか。あの森にはゴブリン・ジェネラルと呼ばれている、相当強い魔物が時々現れるらしいからね。気を付けるんだよ」

「はい。注意しておきます」

今から倒しに行くとは言えないな……。

「よし、全部で三万七〇〇〇ゴールドだね。奥から大銀貨引っ張ってくるから待ってな」

「使いやすいように、細かい硬貨多めでもらえますか？」

「あいよ」

「ありがとうございます」

午前だけで思ったよりも稼げたので、そのまま道具屋で必要な物を買い漁《あさ》る。

最初に買ったのは、俺とさくらの服だった。異世界で学生服は目立つので、動きやすい古着を購入することにした。着替えるスペースはないので、宿に戻ってから着替えよう。

武器・防具はマップで見た通り売っていなかったので、軽めの胸当てと籠手《こて》を買っておいた。さくらは回避専門なので、動きにくくなる防具は要らないそうだ。

これで、ファンタジー世界の戦士っぽい格好に多少は近づいたと思う。

最後に念のためポーションを買った。飲んで良し、かけて良し、お値段二〇〇〇ゴールド、一家に一本あると安心、ファンタジーのお約束、ポーションである。

正確に言えば、買ったのはHPを回復するHPポーションであり、MPを回復するMPポーションも存在する。魔法を使うので持っておきたいが、この道具屋には売っていなかった。


宿に戻り、学生服から着替え、昼食をとって一休みした後、再びゴブリンの森へと向かった。

「いよいよ、ジェネラルと戦うんですね……」

「ああ、今の俺たちなら負ける心配はないと思う。ステータス的には、随分と余裕があるからな」

ゴブリン・ジェネラルと戦う前にさくらのステータスも強化している。

＜身体強化＞に加えて魔法系スキルも少しずつ与えている。ゴブリン・ソーサラーの杖を持たせて魔力を上げる。武器としても使えるように、＜棒術＞スキルも与えることにした。

警戒しながら森に入り、すぐにマップを確認する。

ゴブリン・ジェネラルの群れは、俺が魔法を使ったあたりに移動していた。

群れの中にいる魔法系ゴブリンは、相変わらずゴブリン・ヒーラー一匹のみ。森にいる最後の魔法系ゴブリン、ゴブリン・シャーマンは森の奥で動かない。やはり、ボッチか……。

「今回の作戦を説明するよ」

「はい……」

「今回の優先順位は、ヒーラーのスキルを一番、ジェネラルのスキルを二番、ジェネラルのパラメータを三番として、それ以外のスキルやパラメータは諦める方針だ」

さすがに一〇匹の魔物と戦いながら、全てのステータスを奪い切るのは難しいだろう。

「まず、最初に魔法で奇襲する。ジェネラルとヒーラーに当てないように注意して、可能なら敵の戦力を減らす。混乱しているうちにヒーラーに接近して、スキルを奪ってから倒す。周囲の敵を蹴散らしつつ、ジェネラルからスキル、ステータスの順で奪って倒す」

「私は何をしたら良いんですか……？」

「俺と一緒に魔法を発動した後、俺から遠い位置にいる敵に魔法を撃ってくれ」

魔物の注意を引きつつ、敵の数を減らす重要な役割だ。

「敵が私に近づいてきたらどうしましょう……？」

「その場合、敵を分断できたと考えよう。さくらには悪いけど、敵を引きつけて離れてほしい」

「わかりました……」

さくらには、森に入る前に<棒術>と魔法スキルの練習をしてもらっている。パラメータもあるので、ジェネラル以外の魔物に殺されることはないだろう。

「倒せるなら倒して良いけど、難しければ回避優先の時間稼ぎでも十分だから。あとは、森の外で教えた、ウォール系の魔法を使って身を守るのもありかな」

「頑張ります……」

Q：ウォール系の魔法ってどういう効果？

Ａ：指定位置から各属性の壁を出現させます。位置は半径二メートル以内で指定可能。効果範囲は魔力量で変動し、調整可能です。

さくらとの話し合いを終えた俺は、ゴブリン・ジェネラルの周囲で準備する。
マップによると、敵は全部で一〇匹。ゴブリン五匹、ゴブリン・ソードマン二匹、ゴブリン・ナイト、ゴブリン・ヒーラー、ゴブリン・ジェネラルが一匹ずつだ。
新しい魔物と武器のステータスは次の通り。

ゴブリン・ナイト
スキル：＜身体強化ＬＶ１＞＜槍術ＬＶ１＞＜盾術ＬＶ１＞
装備：ゴブリン騎士の槍、ゴブリン騎士の盾
説明：鎧を着たゴブリンの騎士。

名称：ゴブリン騎士の槍
分類：槍
等級：一般級《コモン》

名称：ゴブリン騎士の盾
分類：盾
等級：一般級《コモン》

ゴブリン・ヒーラー
ＬＶ５
スキル：〈回復魔法ＬＶ２〉
装備：ゴブリン魔術師の杖
説明：白いマントを着たゴブリンの僧侶。

ゴブリン・ジェネラル
ＬＶ８
スキル：〈身体強化ＬＶ３〉〈剣術ＬＶ３〉〈統率ＬＶ２〉〈鼓舞ＬＶ２〉
装備：ゴブリン将軍の剣
説明：ゴブリンの指揮個体。

名称：ゴブリン将軍の剣
分類：片手杖
等級：稀少級《レア》
効果：ノックバック（小）

よく見れば、ゴブリン・ジェネラルの持つ剣は、今の俺の剣よりも遥《はる》かに良い物だ。
等級も稀少級《レア》と高いし、ノックバック効果まで付いている。この効果があると、相手を怯ませたり、のけぞらせたりしやすくなるそうだ。

忘れずに回収して、装備の更新を図ろうと思う。

「それじゃあ、始めよう」

「はい……」

さくらに合図を出して二人で詠唱を開始、ゴブリン・ジェネラルとゴブリン・ヒーラーから離れた位置にいるゴブリンに向けて魔法を発動する。

「「『ファイアボール』」」

二つの火の玉は魔物に向かって真っ直ぐ飛んでいき、二匹の魔物に直撃して吹っ飛ばした。

俺の魔法は頭に直撃してゴブリンを倒したが、さくらの魔法は腕に当たっただけなので、倒すまでには至らなかった。

ゴブリンたちが驚いている間に剣を構え、ゴブリン・ヒーラーに向けて突進する。ゴブリン・ジェネラルがこちらを睨《にら》み付ける。

「グルルルル、ギャオオオオオオ！」

ゴブリン・ジェネラルが叫ぶと同時に、＜統率＞と＜鼓舞＞が発動し、徐々にゴブリンが落ち着きを取り戻していく。

だが遅い。俺は既にゴブリン・ヒーラーの二メートル圏内に入り、スキル強奪を開始している。＜回復魔法＞が徐々に俺の方に移ってくる。

ゴブリン・ジェネラルがゴブリン・ヒーラーを守ろうと剣を振るう。俺はそれを回避しつつ、ゴブリン・ヒーラーからスキルを奪い続ける。

ゴブリン・ジェネラルの剣をバックステップで回避し、近くにいたゴブリン・ソードマンを斬り飛ばす。目標以外のゴブリンは倒しても問題ないので、隙を見て数を減らしていく。

さくらの方には、普通のゴブリンが二匹だけ向かった。残りの八匹は、ゴブリン・ソードマンを含め、全て俺の方に来ている。

「はあっ！」

近くにいた一匹を斬り付けるが、ゴブリン・ジェネラルが近くにいたため、当てないように気を付けたせいで力が乗り切らない。

しかも、斬り付けたのは鎧を着ているゴブリン・ナイトだったので、防御力が高く一撃で倒せなかった。そうなると、ゴブリン・ヒーラーが回復してくるので鬱陶しいことこの上ない。

ゴブリン・ジェネラルが意外と機敏に動くのが問題だな。攻撃を当てないようにすると、どうしても加減した攻撃になってしまう。

それなら、ゴブリン・ジェネラルにも攻撃を当てて、動きを鈍らせた方が良いかもしれない。

俺は方針を変え、ゴブリン・ジェネラルにも攻撃を仕かけ始めた。ゴブリン・ヒーラーの回復はゴブリン・ジェネラルに集中しているため、他のゴブリンを倒すのが容易になった。

そして、ついにゴブリン・ヒーラーの〈回復魔法〉を奪い切った。

「喰らえ！」

俺はゴブリン・ジェネラルの隙を突いてゴブリン・ヒーラーに接近し、確実にトドメを刺すため、ほぼ全力の一撃を放った。

と、そこへ……。

「ギャギャアアアアアア！」

ゴブリン・ジェネラルがゴブリン・ヒーラーの前に立ちはだかる。もう、攻撃は止められない。

必殺の一撃はゴブリン・ジェネラルの胴体に直撃し、俺にしか見えないステータス画面上で、ゴブリン・ジェネラルのＨＰをゼロにした。

スキル欄には〈統率〉と〈鼓舞〉が残っているが、俺は死体からはスキルを奪えない。

「嘘《うそ》……だろ……？　ジェネラル――!!」

いくつかの偶然が重なった結果、最悪に近い結末に辿り着いてしまった。

ゴブリン・ジェネラルは俺が加減していたことを知らず、耐え切れると思ってゴブリン・ヒーラーを庇ったのだろう。死にさえしなければ回復できるのだから、間違った判断とは言えない。

ミスとは言いたくないが、ゴブリン・ヒーラーに過剰な攻撃を仕かけた自覚はある。極論、スキルを失ったゴブリン・ヒーラーの脅威度はゼロなので、無視しても良かったくらいだ。

そして、事前にゴブリン・ジェネラルに削りダメージを入れていたのも良くなかった。パラメータ的に考えて、ＨＰが満タンなら一撃は耐えた可能性が高かった。

結果、ゴブリン・ジェネラルからはスキルもパラメータも得られなかった。

▼仁はレベルが上がった。

あ、レベル上がった。

「ど、どうしたんですか……？」

さくらが少し離れたところから、ゴブリンの攻撃を回避しながら質問してくる。

「間違って、ステータスを奪う前にジェネラル殺しちゃった」

「そ、それは……。残りのゴブリンはどうします……？　能力を奪いますか……？」

ゴブリン・ジェネラルが倒されたことで恐慌状態に陥るゴブリンたちを見る。＜統率＞や＜鼓舞＞は使用者が倒れると、対象にバッドステータスを与えるらしい。

「いーやもう。今回は殲滅《せんめつ》する」

イラついたので八つ当たりとして残りのゴブリンを何も奪わずに殲滅し、経験値に換える。

大した時間もかからず、ゴブリンを全滅させるが、俺の気は晴れない。

「はぁ、勿体《もったい》ない……」

「また、手に入れる機会はあるから、大丈夫ですよ……」

それはそうなんだけどね。作戦が甘かったよな、とか、判断ミスがあったよな、とか、色々と考えたら、少し憂鬱になってきたんだよ。

▼生殺与奪《ギブアンドテイク》がＬＶ２になりました。
▼新たな能力が解放されました。
＜生殺与奪《ギブアンドテイク》ＬＶ２＞
使用者が殺した対象に限り、死体からステータスを奪うことが可能になる。死体にステータスを与えることはできない。魔物が対象の場合、魔石を取り出した後の死体からは奪えない。

「よっしゃ!!」

あまりのタイミングの良さに思わず叫んでしまった。

何故、このタイミングで新しい能力が使えるようになったのだろう?　レベルアップと近いタイミングだったから、異能の能力解放条件にレベルがあるのかもしれない。

「ど、どうしたんですか……？　急に大声を上げて……」

「ああ！　〈生殺与奪《ギブアンドテイク》〉の異能がレベルアップして、俺が倒した相手なら、死体からでもステータスを奪えるようになったんだよ！」

「お、おめでとうございます……！　これで、戦闘時間が短縮できますね……。しかも、レベルも上げられるようになりました……」

「そうだな。これで色々と楽になる」

そうだ。これで戦闘の苦労が大きく軽減される。素晴らしい。

いや、今はそれよりもゴブリン・ジェネラルのステータスだ。

俺はゴブリン・ジェネラルの死体に近づき、ステータスの強奪を発動。無事、全てのステータスを奪い切った。ついでに、周囲のゴブリンからもステータスを強奪する。

どうやら、死体からステータスを奪う場合、一気に全てを奪うことができるようだ。死ぬことで、抵抗する力がなくなったりするのだろうか？

当然、魔石も全て回収する。お、ゴブリン・ジェネラルの魔石は高く売れそうだな。恐らく、この魔石を全て売れば、カバテ村を出る準備はできるだろう。

これで、この森で為すべきことはあと一つだけだ。

ゴブリン・シャーマン
ＬＶ５
スキル：〈闇魔法ＬＶ１〉〈呪術ＬＶ１〉〈憑依《ひょうい》術ＬＶ１〉

装備：ゴブリン魔術師の杖
説明：ゴブリンの呪術師。

マップで位置を確認し、ボッチなゴブリン・シャーマンに近づいていく。

今まで見たことのない面白そうなスキルをいくつも持っている。これは逃せないだろう。

ゴブリン・ジェネラルからステータスを奪ったことにより、〈身体強化〉のレベルは7まで上がっているし、武器も更新されて強化されている。

さくらに待っているように頼み、今までにない速さでゴブリン・シャーマンに接近した。

俺の接近に気づいたゴブリン・シャーマンが詠唱を始めようとするが、それよりも早く俺の剣がその身体を真っ二つに断ち切った。

その後、死体から〈闇魔法〉〈呪術〉〈憑依術〉のスキルを奪い、村に帰ることにした。

第五話　殺す覚悟と村からの脱出

村に戻るため、ゴブリンの森を出たところで、さくらがお願いをしてきた。

「仁君、魔物にトドメを刺させてください……」

「唐突だな。何か心境の変化でもあった？」

ゴブリンの森でもさくらは魔物を殺していない。

覚悟ができていないと言っていたが、その覚悟が終わったということだろうか？

「はい……。私は今のところ囮《おとり》役しかできていません……。役に立てた気がしないんです……」

「囮役は囮役で、十分に助かっているけど……」

複数の敵を相手にする場合、戦力を分散できれば戦いは相当楽になる。

「でも、絶対に必要な訳じゃないですよね……？　私の分のステータスを仁君が使えば、もっと楽に戦えていましたよね……？」

「…………」

正直に言えば、否定はできない。

さくらの分のステータスを持って、俺一人でゴブリン・ジェネラルの群れと戦っても、負けることはなかっただろう。同時に戦う敵の数が増えるから、時間はかかったと思うが……。

「何でもすると言ったのに、役に立ちたいと言ったのに、今の私は完全に役立たずです……。もう、このままでいるのは嫌なんです……！　少しでも、仁君の役に立ちたいんです……！」

どうやら、覚悟を決めたのではなく、それ以上に嫌なことがあるから葛藤を無視できたようだ。

確かに、それも乗り越え方の一つではあるか。

「とはいえ、異能が強化された今となっては、トドメは俺が刺した方が得なんだけど……」

＜生殺与奪《ギブアンドテイク》＞のレベルが上がり、死体から能力を奪えるようになったので、俺が殺せばステータスと経験値の両方が得られるようになった。

さくらにトドメを譲ると、経験値かステータス、どちらかを諦めなければならなくなる。当然、諦めるのは経験値の方だ。

「はい、それは理解しています。だから、数回だけ試させてください……。いざという時、咄嗟《とっさ》に動けるようになりたいんです……。もちろん、普段のトドメは仁君に任せます……」

俺がトドメを刺した方が良いのは当然だが、常にそれを実現できるとは限らない。

その時、トドメを刺した経験の有無が、さくらの安全に影響する可能性は否定できない。

「わかった。それなら、俺が能力を奪った後、さくらがトドメを刺してくれ。腹パンで」

「いえ、腹パンは無理です……」

やはり無理か。

「最初は魔法で遠距離から、次に杖で直接倒す予定です……。さすがに素手はちょっと……」

普通、難易度は徐々に上げていくものだよな。俺は最初から素手だったが……。

「それで、一つお願いがあります……」

「どうした？」

「できれば、ゴブリンのような人型の魔物は避けたいです……」

人型《ゴブリン》というだけで、ハードルは一気に上がるよな。俺は最初から人型《ゴブリン》だったが……。むしろ、今まで人型《ゴブリン》しか倒したことがないが……。

「わかった。マップでゴブリン以外の魔物を探そう」

「はい……。それで最初は魔法で距離をとって倒して、次に杖で倒すようにしたいです……。その後、ゴブリン相手にも魔法と杖で一度ずつ、合計四回協力いただけないでしょうか……？」

「回数なんて気にする必要はない。次に進むのが辛かったら、無理はしないこと、良いね？」

「ありがとうございます……」

　マップで人型以外の魔物を探してみる。丁度良いのは、この辺かな？

「向こうにスライムがいるみたいだ。魔法があれば、簡単に倒せそうだ」

「スライム、ですか……？　どんな姿でしょうか……？」

「シンプルな粘液だな。心理的な抵抗は少ないと思う」

「が、頑張ります……」

　女の子に粘液の魔物との戦闘を強制する俺。変態か？　いや、別に無理矢理ではないけど……。

　五分ほど歩くとスライムの姿を視認できた。まさしく、粘液の塊と呼ぶべき存在だ。

　スライムのスキルを確認しておく。

スライム
ＬＶ２
スキル：〈吸収ＬＶ１〉〈分裂ＬＶ１〉
説明：水色の粘液状の魔物。

……少し、考えてみようか。

俺がスライムからスキルを強奪すると、俺のステータス欄に〈吸収〉と〈分裂〉が表示されることになる。果たして、俺はこのスキルを使いこなすことができるのだろうか？

まず、俺の腕が千切れ飛んだと仮定しよう。千切れ飛んだ腕から徐々に胴体、手足、顔と再生していく。最終的には、もう一人の俺が生まれ……。

「仁君、どうしたんですか……？　急に動きを止めて……」

「はっ！」

さくらの声により、俺は心の中にある世界から現実に帰ってきた。

「いや、千切れた腕から俺が生えてくるところを想像してた」

「何それ怖いです……」

イメージの中で俺は一〇〇人以上に分裂していた。思ったよりも怖かった。

「しかし、厄介な相手だな」

「そうなんですか……？」

「腹がどこにあるかわからないから、腹パンができない……」

「なるほど……？」

Q：俺は分裂できるのか？　後、スライムの腹はどこか？

A：分裂はできません。種族固有スキルのほとんどは、他種族が入手しても使用できません。スライムに腹部と呼べる部位は存在しません。

どうでもいい話をしながらスライムに接近する。さくらには少し距離をとってもらい、攻撃が俺だけに集中するようにした。

スライムが身体を変形させて飛び込んできたので、避けて能力の強奪を開始する。

身体はスライムに対応しつつ、心の中ではスライムの体当たりという、ファンタジーの基本とも言える攻撃を見て感動していた。

何度も体当たりを繰り返すスライムだが、正直ワンパターンなので対処は簡単だ。

避けながら能力を奪い尽くすと、スライムの動きが明らかに悪くなった。

「さくら！　能力を奪い終わった！」

「はい……！」

俺が叫ぶと、さくらが魔法の詠唱を開始した。スライムの動きが悪くなっているので、ボール系の魔法でも十分に当てられるだろう。五秒経ち、詠唱が完了する。

「『ファイアボール』……！」

『ファイアボール』はスライムに直撃してＨＰをゼロにする。

こうして、さくらの初討伐はアッサリと終わった。

「お疲れ様。どうだった？」

「意外と大丈夫でした……。次は杖でトドメですね……」

声色もしっかりしているし、表情にも大きな変化はない。これなら大丈夫だろう。

余談だが、ヘルプ先生の言う通り〈吸収〉と〈分裂〉は使えなかった。無理とわかっていても、一度は試してしまうあたり、俺の業も深いのかもしれない。

「ああ、近くにもう一匹スライムがいるから、そいつで試してみよう」

「はい……」

もう一匹のスライムに近づき、同様に能力を奪った後、さくらにトドメを任せる。

「えい……！」

杖による一撃がスライムに決まり、潰れるように倒れる。

「これも、大丈夫です……」

魔法を使った時と異なり、少しだけ辛そうな顔をして言う。一応、今のところは大丈夫そうだが、次のゴブリンが分かれ目となるだろう。

「次、ゴブリンに魔法はいけそう？」

「頑張ります……」

大丈夫、ではなく、頑張る、か……。

ゴブリンは探さなくてもあちこちにいるので、村の方に向かって歩く。案の定、五分もせずに現れたゴブリンから、全ての能力を奪い尽くす。最早、慣れたものである。

「『ファイアボール』……！」

「グギャ⁉」

さくらも魔法の扱いに慣れてきたようだ。動きが悪くなったとはいえ、動いているゴブリンにしっかりと魔法を命中させられるようになった。当然、一撃でＨＰはゼロになる。

さくらはその場に座り込み、俯いている。

「次で最後だが、いけそう？」

「し、しばらく待ってください……」

想定通り、ここで躓《つまず》いたか。無理をさせる気はないので、しばらく休ませる。

「すいません……。もう何回か、魔法でトドメを刺させてください……」

五分ほど休み、立ち上がったさくらだが、次のステップに進むのは難しいようだった。

「わかった。……向こうに、ゴブリンが多くいるから、そっちに行こう」

「お願いします……」

ゴブリンの多い方向に進み、三匹のゴブリンをさくらが魔法で倒した。

倒し終わる頃には、顔色の悪さはほとんど表れなくなっていた。

「もう、大丈夫だと思います……」

「それなら、次は杖でゴブリンにトドメを刺そうか。無理はしないように」

杖を握るさくらの手には、過剰に力が入っているように見える。

「いきます……」

一番近くにいたゴブリンに近づき、いつも通り能力を奪い切る。

「さくら、交代だ」

「はい……！」

能力を奪われ尽くしたゴブリンの動きは目に見えて鈍くなる。俺は隙を見て後ろに下がり、代わりにさくらが前に出てゴブリンの注意を引く。

ターゲットをさくらに替えたゴブリンは、棍棒を振りかぶり殴りかかる。さくらは棍棒を軽々と避け、殴り返そうとしたところで手が止まってしまった。

ゴブリンは何度も殴りかかってくるが、さくらは避けるだけで反撃に移れない。

さくらの表情を見ると、焦りと恐怖で泣きそうになっている。

厳しかったか？　やめるべきか？　……いや、このまま行こう。

「さくら、行け！　今だ！」

「っ……！　はい……！」

俺が声援を送ると、さくらの表情が変わり、腕にも力が入った。

「えい……！」

さくらが振るった杖は、ゴブリンの頭部に直撃し、残り少ないＨＰをゼロにした。

人型の魔物を自らの手で殺したさくらは、自分の手を見つめていた。

「どうだった？」

「魔物を殺した感触が手に残っていて気持ち悪いです……。慣れるのは、厳しそうです……」

「慣れる必要はない。大事なのは、いざという時に躊躇《ためら》わないことだ」

「それだけなら、何とかなりそうです……」

多少ではあるが、さくらにも自信がついたようだ。

「ただ、まだトドメしか刺していませんから、戦闘に慣れたとは言えないと思います……」

「それなら、今度は最初からさくら一人で戦ってみるか？」

「でも、それだと能力が奪えませんよね……？」

「いや、多少のステータスより、さくらの経験になる方が重要だ」

さすがに、珍しそうなスキルを持っていたら譲れないが、その辺のゴブリンやスライムのステータスなら、さくらの経験にした方が良いだろう。

「わかりました……。次は、一から接近戦をしてみようと思います……」

「頑張れ、さくら。俺も次のステップに進めるよう、頑張るつもりだ」

「次のステップ……。どんな魔物を倒すんですか……？」

俺はさくらよりも一つ先のステップを目指している。

人型以外の魔物、人型の魔物、その次のステップといえば？

「魔物じゃない。人を殺す」

「ええ……!?」

俺の宣言を聞き、さくらが酷く驚いた顔をする。

「ほ、本当に、人を殺すんですか……？」

「ああ、俺は敵対する相手に容赦をする気はない。当然、殺すという選択肢もある。一応、最初は盗賊あたりから肩慣らししていくけどな。次の目的地近くにもいるから」

盗賊が相手なら罪悪感が不要なので、肩慣らしには最適だ。

「と、盗賊が近くにいるんですか……!?」

「マップによれば、街の近くの森に一〇人くらいの盗賊が集まっている。多分、隠れ家だろうな」

「マップ、本当に便利です……」

隠れ家に隠れていようが、マップがあれば簡単に位置を捕捉できる。

マップ経由でステータスも確認できるので、便利を通り越してズルいとすら言える。

「戦力的にも負ける要素はないから、街に入る前に盗賊団を潰そうと思う」

「少し不安ですけど、仁君ならきっと大丈夫ですよね……」

「ああ、大丈夫だ」

さくらからの強い信頼を感じる。当然、その信頼を裏切る気はない。

少し暗くなってきたので、急いで村に戻ることにした。遭遇した魔物は俺が瞬殺する。

日が落ち切る前に村に着いたので、道具屋に魔石を売りに行く。

「ほう、やるじゃないか。これはゴブリン・ジェネラルの魔石だね？　このランクの魔石なら、売れば一個で五万ゴールドになるよ」

道具屋の老婆にゴブリン・ジェネラルの魔石を渡すと、驚いた顔をして言う。

五万ゴールド、つまり普通のゴブリンの五〇倍の価格だ。コレは美味しい。他の魔石も全て売り払い、合計で七万ゴールドの収入となった。

それなりの値が付きそうだが、『ゴブリン将軍の剣』は俺が使うので売らない。

「寝袋と、保存食と……」

まだ日が落ちるまで多少の時間があるから、今日中にできるだけ準備をすることにした。

次の目的地は、歩いて一日くらいの距離にある、少し大きめの街だ。日を跨《また》ぐので、野営が必要になるから、準備は念入りに行う必要がある。

「テントは二人で一つでも良いかな？　一人一つだと荷物が多くなりすぎるから」

「大丈夫です……」

宿では同じ部屋に泊まっているが、昨日は二人ともすぐに寝てしまったので、素敵なイベントは何一つ起きなかった。テントとなれば、二人の距離は今まで以上に縮まるだろう。

さくらの方も、慣れてきたのか、感覚がマヒしてきたのか、快諾してくれた。

二人してあれこれ物を買ったり、荷物が大きくなると諦めたりしていた。結局三万ゴールドくらい使って準備は万全となった。宿に戻り食事をとり、オッサンに話しかける。

「水桶二つお願い」

日本で暮らしていた高校生に、二日間風呂なしは辛い。せめて身体だけでも拭いておこう。

＜水魔法＞があるので、シャワーをすることはできるが、外で素っ裸になる訳にもいかない。

一人が部屋の中で身体を拭き、もう一人は一階で飲み物でも飲んで待つ。終わったら交代だ。うっかり部屋に入らないように鍵を閉めている。余計なハプニングは信頼関係を壊すからね。

「お休み」

「お休みなさい……」

さくらに本日分のステータスを分配した後、まだ少し早いが寝ることにした。

さくらには、俺が得たステータスの極一部しか渡していない。本当はもう少しもらってほしいのだが、さくらが申し訳なさそうに断るので無理は言えなかった。

まあ、少しとはいえ、普通の人から見れば異常なステータス上昇なのはご愛敬。

本人は、「何もないところで転ぶことが少なくなった」と喜んでいた。さくらさん、何もないところで転ぶ子だったのね……。そして、完全なゼロにはなっていないのね……。


次の日、宿の窓から外を見ると人だかりができていた。

マップで確認したところ、四人の兵士が王都からやってきているようだ。

「さくら、外に王都から来た兵士がいる」

「もしかして、私たちを探しに来たんでしょうか……？」

その可能性は低くないだろう。念のため、死体を確認してこいとでも言われたか？

「そうかもしれない。それなら、選択肢は二つだ。見つからないうちにこの村を出ていくか、兵士たちを皆殺しにするか。どちらでも良いけど、さくらはどう思う？」

幸い、昨日のうちに村を出ていく準備は完了している。さっさと次の街へ向かっても問題はない。

幸い、四人の兵士のステータスは低く、余裕で倒すことができる。皆殺しにしても問題はない。

この村を出てしまえば、移動先の候補が増えるので、追っ手を差し向けるのは困難になる。しかし、この国にいる限り、追っ手の可能性が残り続けるのも事実だ。ああ、早く国を出たい。

兵士の目的が俺たちなら、この村で魔石を売ったことがバレる可能性は高い。その場合、俺たちの手元に多少の金があることと、ゴブリン・ジェネラルを倒す力があることもバレてしまう。

日銭が必要だったとはいえ、王都の近くの村で力を隠さなかったのは失敗だったか。

そうなると、兵士たちに闇に呑《の》まれてもらい、口封……口止めをするのもありだろう。

「えっと、村を出ましょう……」

さくらが少し怯えた目をしている。どうやら、殺気が漏れていたようだ。

「とりあえず、一階で情報収集をしよう」

旅支度を終え、すぐに村を出られる状態にしてから、一階でオッサンに話を振る。

「おはようございます。外に人だかりができていましたけど、何かあったんですか？」

「おう、おはよう。それなんだが、なんか王都の兵士がこの村に来たらしいぞ」

それは知っている。欲しいのは、もう少し踏み込んだ情報だ。

「そうですか。この村にはよく兵士が来るんですか？」

「いや、そんなことはない。王都が近いから、偶《たま》に兵士が来ることもあるが、今回みたいに兵士だけで来ることは滅多にない。……もしかしたら、近くにお尋ね者がいるのかもしれんな」

俺たちのことを探している可能性が上がった。これは、さっさと出ていくことが確定だな。

「逃げましょう……」

「出ていこう」

小声で今後の方針を決定した。残念ながら、朝食を食べている余裕はなさそうだ。

オッサンに頼んで、出来合いの料理を少し包んでもらう。まさか、朝食が食えないとは思っていなかったので、昨日のうちに料金を払っていたのだ。

チェックアウトを済ませ、マップにより兵士から見えないように村の外を目指す。

慌ただしい移動だが、準備ができている分、王都の時よりはマシだろう。

「それじゃあ、行こうか」

「はい……」

結局、何事もなく村の外に出ることができた。さすがはマップだ。

村を出たので、堂々と道の真ん中を歩く。道といっても、舗装なんてされていない、ただ草が生えていないだけの簡素な道でしかないが。

「今日中に盗賊倒せるといいな」

「それ、予定に入っているんですね……」

盗賊、それは剣と魔法の世界《ファンタジー》のお約束の一つ。楽しみに決まっている。

しかも、ヘルプ先生によれば、盗賊が略奪した物は、盗賊を倒した人の物になるという。

Q：この世界の盗賊の扱いってどうなっているの？
A：暴力によって、他者の財産・生命を奪おうとする存在のことです。襲われた場合、反撃して殺害しても罰則はありません。盗賊が強奪したもの（当事者がその場にいない場合）は、盗賊を討伐した者に所有権が移ります。冒険者ギルドで賞金を懸けられていることもあります。

Q：冒険者ギルドとは何のこと？
A：冒険者ギルドは冒険者の互助組織のことです。冒険者は討伐、採集、護衛などの依頼を受け、対価をもらう職業のことです。冒険者になるには、冒険者ギルドへの登録が必須となります。

盗賊退治は色々とうまみの多い依頼として扱われているらしい。

盗賊退治の場合、依頼者が街や冒険者ギルド自体となることもあり、評価を得られやすい。事後報告でも討伐を証明できれば報償がもらえるし、先に述べた盗賊の略奪品も得られる。

ただし、盗賊退治を達成した場合、討伐者は公開される。これは、盗賊が奪った品物に関して、元の所有者（または遺族）が返還交渉するための処置である。

当然、略奪品の所有権は冒険者にあるので、突っぱねることも金額を吊《つ》り上げることも可能だ。

「つまり、盗賊はレアドロップが確定した魔物なんだ」

「扱い、酷くないですか……?」

盗賊の扱いなんて、酷いくらいで丁度良いんだよ。

「盗賊なら殺しても心が痛まない。盗賊が集めた略奪品が手に入る。……完璧だ！」

「さすがに、私は人を殺すのは無理だと思います……。もちろん、お手伝いはします……」

「ああ、フォローを頼む。レベル7となった〈身体強化〉の力があれば、俺一人でも大丈夫だ」

「私もレベル5にしてもらいましたけど、〈身体強化〉は持っている魔物が多いから、他のスキルよりも簡単にレベルが上がるみたいですね……」

〈身体強化〉はレベル5でも地球のスポーツ選手を圧倒する身体能力を得られる。

盗賊から逃げるくらいなら簡単だろう。それでも、偶に転びそうになるさくらさん……。

昼頃、異世界に来て以来、最大の危機と言っても過言ではない問題が発覚する。

「保存食まずい！」

「まずいです……！」

そう、道具屋で購入した保存食は、栄養があるがとにかくまずかった。

ハッキリ言って、保存食ではなく非常食だ。非常時以外には食べたくない。

日本で生きてきた俺たちにとって、うまい食事というのは最低限必要なものになっていた。

非常食で一食を済ませることを諦め、ホーンラビットという角の生えたウサギ魔物を探し出し、瞬殺して＜跳躍＞と魔石を奪う。

ヘルプ先生によれば、ホーンラビットの肉は比較的美味らしい。俺がナイフで解体し、俺が＜火魔法＞で焼いた。さくらさん、ウサギを捌《さば》くのは無理だった。

ホーンラビット
ＬＶ３
スキル：＜身体強化ＬＶ１＞＜跳躍ＬＶ２＞
説明：角の生えたウサギ。

「捌くのはともかく、料理はできる？」

「ごめんなさい、無理です……」

「俺もできない」

ホーンラビットはそれなりにうまかったが、二人の間には重い空気しか流れない。

異世界で、最初に命の危険を感じたのは、食糧問題でした……。

「何故か、料理は全くできないんだよなぁ……」

「私も料理ができません……。料理人って偉大ですね……」

「当面、焼いた肉が主食になりそうだな。食事のことは後で考えよう。でも、必ず、考えよう」

「絶対に考えましょう……」

こうして、俺たち二人の絆《きずな》は更に強まり、大きな目的が生まれた。食糧問題で……。

第六話　盗賊の発見と退治

まずい保存食の問題を乗り切るため、ホーンラビットを狙って倒し、二食分の肉を確保した。

ホーンラビットは美味しいが、それだけでは栄養が偏るため、まずいが栄養のある保存食を食べた後、ホーンラビットの肉を食べて口直しをすることにした。

この世界には魔法があるので、旅をするのは俺たちの世界よりも楽になっているはずだ。

＜水魔法＞があれば飲み水に困ることはなく、＜火魔法＞は夜の灯にも使える。

他には＜土魔法＞にも重要な役割がある。具体的に言うとトイレだが、詳しい説明は省かせてもらう。

詳しく話すと、さくらが涙目になるからな。

「よし、これで良いだろう」

夕方になったので、キャンプを張って野営の準備を終わらせた。

「仁君、テントを張る手付きが慣れていましたね……」

「ああ、元の世界での経験が活《い》きたな。親友とキャンプに行ったことがあるんだよ」

残念ながら、この世界にその親友は来ていないのだが……。

「親友とキャンプ……」

さくらが悲しそうな、羨ましそうな、複雑な表情をする。

さくらは元の世界で虐められていたようだし、一緒に遊ぶ友達がいなかったのだろう。

「それより、さくらも随分と戦闘に慣れたな」

「仁君のお陰です……」

少し強引に話を変えたが、さくらが戦闘に慣れたというのは嘘ではない。
道中のゴブリンを相手に、何度か一人で戦ってもらったが、最初の時のような躊躇いもなくなり、安定して倒せるようになっていた。これで、さくらの戦闘に関する懸念は消えたと言える。
それと、新しい魔物とスキルがいくつか出てきたので紹介しておく。

マッドボア
LV4
スキル：<身体強化LV1><突進LV2>
説明：突進してくるイノシシの魔物。

ファングウルフ
LV3
スキル：<身体強化LV1><咆哮《ほうこう》LV1>
説明：牙の発達した狼《おおかみ》の魔物。

ゴブリン・アーチャー
LV4
スキル：<身体強化LV1><弓術LV2>
説明：弓を持ったゴブリン。

大した相手ではなかったので、いつも通り倒してステータスを奪った。

面白かったのは、〈身体強化〉は動体視力も上昇するようで、ゴブリン・アーチャーが放った矢を剣で打ち落とすという芸当ができたことだろう。

なお、マッドボアとファングウルフの肉は食用可能だが、ホーンラビットよりもまずいそうだ。猪《ボア》という単語はうまそうだが、泥《マッド》の部分で相殺されているのかもしれない。

「それじゃあ、お休み」

「お休みなさい……」

まずい保存食とホーンラビットによる口直しを終えた後、テント内で寝袋を準備して横になる。

二人旅で寝ずの番をするのは厳しいので、ここで裏技を使うことにした。

その裏技とは、マップの機能の一つ『接近アラート』だ。敵が指定範囲に入ってきたら、アラートが鳴って接近に気づけるというものである。

寝る前に周囲の魔物を殲滅し、五〇〇メートルの範囲で接近アラートを設定する。これで、魔物が接近するまでは寝ていられる。熟睡はできないかもしれないが、多少は寝る時間がとれるだろう。

結局、三回スライムがアラートに引っかかったので瞬殺した。スライムは寝ないので、夜間も動き続けるようだ。スライムに限りアラートを一〇〇メートルにしたら、起こされることはなくなった。

「今日は盗賊と戦おうと思う」

「はい……」

翌朝、食事を終え、テントを片付けたところで、本日の方針を宣言する。

「基本的には、マップの有利を活かして、奇襲をかけようと思っている」

「アジトはどのような場所にあるんですか……？」

「洞窟の中だな。洞窟は森の一部らしく、同じエリア扱いになっている。だから内部の詳細もわかる。一方的に相手の位置を把握しているんだから、奇襲なんて簡単だろう」

「マップ様々ですね……」

「そうだな。ヘルプ先生、マップ様はもう手放せないよ」

〈千里眼《システムウィンドウ》〉のことを便利能力の詰め合わせと言ったことがあるが、実際には超便利能力の詰め合わせだった。

「それで、盗賊は俺が全て殺すけど、さくらはどうする？　人が死ぬ場面に耐えられなければ、森の外で待っていても良いけど……」

スキルを奪うから全ての盗賊は俺が殺したいし、ステータス的にも余裕があるので、さくらが盗賊との戦いに参加するのは絶対に必要なことではない。

それより、盗賊たちの死体にさくらが耐えられるかどうかの方が問題だ。

「正直、耐えられる自信はありません……。でも、森の外で待っているのは嫌です……。だから、洞窟の外で仁君のサポートをするだけでは駄目ですか……？」

「いや、それで十分だ。さくらは洞窟の入り口付近に待機して、逃げようとする盗賊がいたら、ウォール系の魔法で動きを封じてくれ。もちろん、無理はしなくて良い。安全第一だ」

「それなら大丈夫だと思います……」

さくらが大丈夫と言うので、本格的に盗賊退治が本日の目標となった。

盗賊アジトがある森を目指して、しばらく道を歩いていく。

「ここからは警戒度を上げよう。マップは常に確認しておくよ」

「はい……」

森に到着したので、警戒しながら入っていく。

ここはゴブリンの森ではないので、ゴブリン以外の魔物も当然のように生息している。……いや、魔物だけではなく、普通の動物も生息している。

普通のイノシシが魔物を倒すレアな光景も見えた。イノシシ、強い。

余談だが、魔物と動物の違いは、基本的に魔石の有無だけらしい。魔力の塊である魔石を持つので、能力が動物よりも高くなるのは当然なのかもしれない。そして、それに勝つイノシシ……。

「そろそろ、洞窟だ」

「……」

盗賊のアジトに近づいてきた。さくらの表情も強張《こわば》っている。

アジトにいる盗賊は一〇名。全員がステータスの称号欄に『盗賊』とあるので、無実の人間がいないこともわかっている。つまり、全員殺して大丈夫ということだ。

気になる盗賊のスキルだが、持っていないスキルがいくつもあった。

〈斧《ふ》術〉、〈格闘術〉、〈暗殺術〉、〈鍵開け〉、〈恐喝〉、〈泥棒〉、〈拷問〉、〈魔物調教〉、〈夜目〉、〈狂戦士化〉

うん、予想通りダーティなスキルが多いね。

一番気になっているのが、テイミングスキルだと思われる〈魔物調教〉だ。

盗賊のうち、二人がこのスキルを持っており、二人のポイントを合わせればレベル3に届く。これは確実に入手しておきたい。いや、入手すると決めた。

それと、マップを見て気づいたことだが、盗賊のお宝部屋の中に、檻《おり》に入った魔物がいた。

フェザードラゴン
ＬＶ２
スキル：〈竜魔法ＬＶ２〉〈飛行ＬＶ１〉

ヘルプ先生によれば、フェザードラゴンは羽毛みたいな翼を持つ白いドラゴンとのこと。
とても珍しい種族で幼体らしいので、盗賊が見つけたら、捕まえて売るのは当然だろう。
ちなみに、このフェザードラゴンはテイムされておらず、ただ捕まっているだけだった。
テイムされているのは、アジトの入り口に座っているブラックウルフの方だ。

ブラックウルフ
ＬＶ７
スキル：〈身体強化ＬＶ３〉〈咆哮ＬＶ２〉〈噛《か》みつきＬＶ２〉
説明：ファングウルフの黒い上位個体。

〈魔物調教〉の持ち主がいて、魔物のテイム実績もあるのに、どうしてフェザードラゴンをテイムしないのだろう？　テイムすれば、檻に入れる必要がなくなるはずなのだが……。

Ｑ：フェザードラゴンをテイムしない理由は何か？

Ａ：フェザードラゴンのテイム条件は＜魔物調教ＬＶ３＞以上です。

なるほど。盗賊たちの実力が不足していただけか。

逆に言えば、俺だけはフェザードラゴンをテイムできる状態にある訳だ。

「……決めた」

この時点で、俺の中ではフェザードラゴンをテイムして仲間にすることを決めていた。

テイムされていないレアな魔物がいて、その周囲に合計すればテイム条件を満たすレベルの＜魔物調教＞がある。何より、両方とも盗賊を倒せば自動で入手できるのだ。

ここまで条件が整っているなら、テイムしない方が失礼というものだ。神が俺にテイムしろと言っている気がする。この世界の女神は信仰していないけど。

俺自身、テイムには興味がある。ヘルプ先生によると、テイムされた魔物は主人に親愛のようなものを抱くらしい。この世界の生き物で初めて、心を許せる存在が得られるかもしれない。

最初が魔物というのも、少々締まらない気はするが……。

「どうしたんですか……？」

「盗賊が捕まえたドラゴンをテイム……仲間にすると決めたんだ」

「ドラゴン……。危なくないんですか……？」

「＜魔物調教＞というスキルを使えば、危険はないはずだ。そのスキルは盗賊が持っている」

「ちょっと、タイミングが良すぎませんか……？」

「俺、運が良いって言っただろ」

二人で身を隠しながら盗賊のアジトに近づく。

ブラックウルフは狼だけあって嗅覚が鋭いが、マップで念じたら索敵範囲が表示されたので、そのギリギリ外側で準備を終える。

洞窟の中は狭いので、今まで以上に武器の運用に気を付けよう。ステータスが高いからといって、慢心してはいけない。人間、死ぬ時は簡単に死ぬのだ。

準備を終えたので、いよいよ盗賊のアジトに襲撃をかける。

「『ウィンドバレット』」

ブラックウルフの知覚範囲外から、マップを頼りに『ウィンドバレット』を発動する。

『ウィンドバレット』はレベル１の〈風魔法〉であり、着弾時に大きな音がしないという特徴がある。バレット系の魔法は威力が低い代わりに弾速が速い。つまり、暗殺向きの魔法なのだ。

魔法が直撃した門番のブラックウルフが倒れる。レベル１の魔法とはいえ、俺の高い魔力パラメータで強化された一撃なら、盗賊がテイムできる程度の魔物に耐えられる訳がない。

音もなく門番が殺されたため、盗賊たちは誰も異常に気づかず、外に出てくることはなかった。

さくらは洞窟の入り口で待機させ、一人で洞窟の中に入る。少し歩くと、二人の盗賊が会話をしているようだったので、気づかれないように近づく。

「……の街の貴族様が、フェザードラゴンを買ってくれるんだとよ」

「マジか。いくらになったんだ？」

「一〇〇〇万ゴールドだとよ。お頭、スゲー喜んでたぜ」

「へへっ、俺らの分け前も期待できる額だな」

フェザードラゴンは絶対に俺が手に入れる。

「おっと、そろそろ持ち場に戻るか」

「そうだな。こんなところでサボってるのがばれたら、分け前減らされちまう」

この場を離れようと二人が後ろを向いたところで、そのうちの一人に斬りかかる。無音で近づいたため、ギリギリまで俺の存在に気づかず、抵抗すらできずに斬られることとなった。

「ぐはっ……!?」

盗賊のＨＰが一瞬でゼロになる。こうして、最初の殺人はあっけなく終わった。

人を殺したというのに、俺の感情に大きな変化はなかった。もしかしたら、パラメータの抵抗あたりが精神的な強さに影響しているのかもしれない。

「て、敵襲！」

もう一人の盗賊が大声で仲間を呼ぶ。おっと、余計な考察は後にしよう。

俺はすぐに死体からステータスを奪う。上手く隙を見つけ、倒した敵からステータスを奪えば、戦闘中でも強くなり続けることができる。これは、イカサマにも程があるだろう。

「くっ、アルフレッドの仇《かたき》！」

盗賊の片割れがナイフを手に突っ込んでくる。言いたいことが二つある。

一つ目、殺した盗賊の名前が格好良すぎる。どっかの英雄みたいな仰々しい名前の盗賊だ。盗賊相手で名前なんていちいち見てないからな。ちょっと吹きそうになった。

二つ目、せっかく仲間を呼んだのに、相手よりリーチの短い得物で突っ込んでくるのはどうなんだ？　時間稼ぎに徹し、数の有利を活かそうとするのが正解だと思う。

「ふんっ！」

ナイフの間合いの外、剣の間合いからの一閃《いっせん》で盗賊が崩れ落ちる。この程度の相手なら、不意を打たなくても一撃で倒すことができる。

俺は何よりも優先して殺した盗賊からスキルを奪う。何を隠そう、この盗賊こそが＜魔物調教＞の所有者なのである。……あと一人。

奥の方から盗賊四名が武器を持って走ってくる。うん、意外と対応が早かったな。

「アレックスとアルフレッドがやられただと……」

「てめえ、冒険者か！」

殺気のこもった目と武器を向けてくる盗賊たち。やや遅れて、残る四人の盗賊もやってきた。

「お頭！　アレックスとアルフレッドがやられた！　多分冒険者だ！」

お頭と呼ばれたのは二メートル近い大男だった。巨大な大斧《おの》を担いでいる。

ドルグ
ＬＶ22
スキル：＜身体強化ＬＶ４＞＜恐喝ＬＶ３＞＜夜目ＬＶ２＞＜泥棒ＬＶ３＞＜斧術ＬＶ４＞＜狂戦士化ＬＶ１＞＜格闘術ＬＶ２＞
装備：怨嗟の大斧

名称：怨嗟の大斧
分類：大斧、呪い
等級：稀少《レア》級
効果：同種族の殺害人数に応じて攻撃力上昇

物騒な効果を持った武器だな。同族殺し前提って、盗賊くらいにしか使い道がないだろう。

余談だが、所有者が変わると上昇値はリセットされるようだ。つまり、要らない。

お頭は俺の方を睨み付けると、警戒しつつ話しかけてきた。

「てめえは冒険者だろ？　何故一人で俺の前に立っている？　普通、盗賊の討伐依頼ともなれば、それなりの人数が用意されるはずだ」

驚くべきことに、お頭は冷静に状況を分析していた。

仲間を殺されたなら、そのまま襲いかかってくるのが普通じゃないか？

「色々と考えているところ申し訳ないが、俺は冒険者じゃなくてただの旅人だ。お前たちを倒しに来たのは事実だが、討伐依頼を受けている訳じゃない。一人で来たのは、俺一人で十分だからだ」

「んな訳あるか！　てめえが囮で伏兵がいるんだろ！　そんな見え透いた嘘に引っかかるかよ！」

勘違いされているようだったので訂正したが、お頭は信じずに言い返してきた。

何一つ嘘を言っていないのに、全く信じてくれない。一本道の洞窟に伏兵はないだろ……。

「本当なんだけど……。まあ、信じても信じなくても、やることは変わらないか」

俺が武器を構えると、お頭も武器を構える。

「ちっ、よくわからない野郎だ。だが一人で俺らの前に立っていて、仲間を殺したとあっちゃあ、生きて帰すつもりなんざ微塵《みじん》もねえ！　ぶっ殺してやるよ！」

お頭が言い終わるか終わらないかのうちに俺は走り出し、お頭に向けて剣を振るおうとするが、大斧を振り回して牽制してきたので一度下がる。

更にお頭は繰り返し大斧を振るってくる。

縦に斧を振るったと思ったら、回避した先に手下が攻撃を加えてくる。手下が攻撃をしてきていると思ったら、手下が急に避けて大斧が振るわれる。

斧の振り方も一定ではなく、力任せに振るうこともあれば、最小限の動きでこちらに牽制をしてくることもある。

「おらおら、逃げてばっかのチキン野郎が！　最初の威勢はどうした！」

お頭が大斧を振りながら挑発してくるが、それに乗る訳にはいかない。

コイツ、口は悪いが全く油断をしていない。狭い洞窟内で大斧なんて正気を疑っていたが、フレンドリーファイアどころか、手下と完璧な連携がとれているじゃないか。

大斧使いの印象を覆すような戦術に俺は感心すらしていた。まさか、盗賊にチームワークを見せられるとは思わなかった。

「お前たちこそ、盗賊のくせに小賢《こざか》しい戦い方をするじゃないか。驚いたよ」

「……ふん、盗賊が戦術を学ばないとでも思ったか？　盗賊が連携の訓練をしないとでも思ったか？　残念だったな。それができるから、俺たちはここらでシマ張れる盗賊やってんだよぉ！」

どうやら、このチームワークはこのお頭が主導したもののようだ。

連携の要は言うまでもなくお頭だ。相当に頭が良さそうだし、これだけのことを盗賊という荒くれ者たちに仕込んでいる以上、カリスマ性もあるのだろう。

「ちっ、避けるのだけは上手いみたいだな」

その後、しばらく膠着《こうちゃく》状態が続いた。

盗賊たちの連携は見事だが、俺も回避力には自信がある。まともに攻撃を受けることはない。

しかし、俺の攻撃も盗賊たちの連携に阻まれ、有効打を与えることができていない。

正直、俺は盗賊たちのことを舐《な》めていたのだろう。ここまで見事な連携は完全に予想外だった。魔物との戦いの延長で考えていたのが悪かったのかもしれない。

さて、膠着状態が続く時は、隠し玉を一つ切り、状況を有利な方に傾けるべきだろう。

という訳で、俺は接近戦をしながら〈雷魔法〉の詠唱を開始する。

「何だと⁉　こいつ、魔法使いなのか！」

「しかも、詠唱しながら動いてやがる！」

手下たちは大いに驚いてくれたようだ。しかし、さすがはお頭、すぐに指示を飛ばす。

「てめえら、こんな虚仮威《おど》しにビビるな！　詠唱しながらマトモに動ける訳がねえ！　一発ぶち当てて、詠唱を止めやがれ！」

お頭の判断は早かった。しかし、それよりも詠唱が終わる方が早かった。

間もなく、『サンダーバレット』の詠唱時間である五秒が経過する。お頭の指示に従い、深く踏み込んできた盗賊の剣を弾《はじ》き、隙を作り……。

「『サンダーバレット』！」

魔法を直撃させる。瀕死《ひんし》ではあるが即死はしなかったので、トドメの斬撃を加える。

これで、八対一が七対一になった。

「クソッ！　よくも俺の部下を殺《や》りやがったな！」

お頭が忌々《いまいま》しそうに顔を歪《ゆが》めて吐き捨てる。

それでも、逃げるという選択肢はないのか、攻撃を続けてくる。しかし、一度戦況が傾くと、流れは簡単には変えられない。次々と盗賊たちは倒れていく。

盗賊の残りが四人になったところで、お頭が叫んだ。

「てめえら！　アレをやる！　離れてろ！」

お頭の言葉を聞いた盗賊たちは、すぐに指示に従いお頭から離れる。

「うおおおおおおおお‼」

お頭の目が血走り、パンパンだった筋肉が更に膨張する。

お頭が〈狂戦士化〉のスキルを発動したようだ。理性を減らし、戦闘力を上げるスキルだな。

「ぐりいいいいいああああああ！」

今まで以上の速度、今まで以上の攻撃力を持ってお頭が突進してくる。

しかし、それは悪手だ。俺が盗賊たちに苦戦していたのは、戦術とチームワークが厄介だったからだ。

戦闘力が高くなったとしても、強みである頭脳を捨てた攻撃に脅威を感じない。

「ふっ！」

「ぐはっ……」

今までのような繊細さを感じない大振りを避け、隙だらけの胴体に斬撃を当てる。

見事にクリーンヒットしたようで、お頭のＨＰが一発でゼロとなり、ドサリと倒れる。

「「「うっ、うわあああああ⁉」」」

お頭の切り札である〈狂戦士化〉が通じず、為す術もなく殺されたことで手下たちは諦め、洞窟の外に向かって敗走を始めた。

このまま逃がす訳にはいかない。まだ、〈魔物調教〉持ちのもう一人を倒せていないのだ。

「『ファイアウォール』……！」

盗賊たちが洞窟を出ようとしたら、突如発生した火の壁に行く手を遮られる。

「何だ⁉」

「ここから先は通しません……！」

「さくら、ナイスだ！」

どうやら、さくらがフォローしてくれたようだ。

逃げ場を失った盗賊たちに斬りかかる。間もなく、最後の三人も地に伏すことになった。

「ふう、これで全員倒したな」

今回の戦いは色々と得るものが大きかった。

やはり、スキルやパラメータ任せに戦うのではなく、戦術や連携も磨いていく方が良さそうだ。それを、盗賊の戦術と連携で実感することになるとは思わなかったが……。

戦術や連携を磨くなら、ステータスはある程度下げた方が良いだろう。

実は＜生殺与奪《ギブアンドテイク》＞には、取得したステータスを調整する機能がある。

この機能を使えば、スキルやステータスの値を任意の値に変更することや、デメリットなどの理由で使わないスキルを無効化することができる。

これにより、＜生殺与奪《ギブアンドテイク》＞を使うことで上昇し続けるステータスを調整し、自力を高められる程度に抑えて戦える。良く言えば鍛錬、悪く言えば舐めプだな。

「さくら、大丈夫か？」

「うぅ……、あまり、大丈夫じゃないです……」

「無理せず、しばらく休んでいてくれ」

「はい……」

さくらは戦いの後、洞窟の外に座り込んで気分が悪そうにしている。盗賊の惨殺死体を直接見てしまったからだろう。

俺は洞窟に入り、全ての死体からスキルを奪う。無事に＜魔物調教＞がレベル３になった。＜狂戦士化〉、〈泥棒〉は俺の趣味ではないので無効化しておく。

俺は〈水魔法〉で身体を覆い、血を吸収して身体と服を綺麗にする。可能な限り水気をなくしてから、〈火魔法〉と〈風魔法〉で服を乾かす。

攻撃力がほぼ存在しない簡単な水、火、風の操作を行える魔法がレベル１に存在するのだ。

まだ所有していないが、〈生活魔法〉というスキルの中に、一瞬で身体や服を綺麗にする魔法が存在するらしい。いずれ、欲しいと思っている。

第七話　ドラゴンテイムと異能開眼

さくらと共に洞窟を進み、盗賊団のお宝部屋に到着した。

扉は頑丈な金属製で錠がかかっているが、お頭が持っていた鍵を奪ってあるので問題ない。

いよいよ、お待ちかねのフェザードラゴンとの対面だ。絶対、今すぐ、テイムしてみせる。

「ここがお宝部屋ですか……。厳重に守られていますね……」

「厳重に守られているということは、中のお宝にも期待が持てそうだ。恐らく、この盗賊団は相当な大物だったと思う。たった一〇人だけど、お頭の強さが異常だったからな」

最優先はフェザードラゴンだが、その他のお宝を無視するという訳ではない。

しかし、俺たちに持ち運べる量には限りがあるので、ドラゴンをテイムした後、持ち出す品物を吟味する必要があるだろう。

鍵を開け、お宝部屋の扉を開く。重そうな扉だったが、思ったより簡単に開いた。

中は結構広く、樽《たる》や木箱などが雑多に置かれている。

部屋の中心に置かれたテーブルの上に、小さな檻がのっている。俺は迷わず檻に近づいた。

「きゅいいいい」

俺の接近に気づいたのか、フェザードラゴンが鳴き声を上げる。

檻の中を覗《のぞ》くと、フェザードラゴンと目が合った。白い羽毛のような羽。ドラゴンらしさはあるが愛嬌があり可愛らしい顔。うん、絶対にテイムすると誓った。

Q：魔物をテイムするにはどうしたらいい？

A：＜魔物調教＞を使用し、陣を当てることで魔物にテイムを宣言します。魔物の種族に応じてスキルのレベルが必要になり、条件を満たさない場合は弾かれて失敗します。レベルが足りていれば、魔物が術の使用者を主《あるじ》と認めるまで戦います。目安として、HPを残り二割くらいまで減らせば、魔物に認められることが多いようです。制限時間は二時間で、これを過ぎるとテイム失敗となります。一度テイム失敗した個体に再度挑むためには、一カ月間を空ける必要があります。

「仁君、テイムを始めるんですか……？」

「ああ、万が一テイムに失敗したら、次に挑戦できる一カ月後までこの辺で過ごすことになる」

「え……。この国から早く出るんじゃないんですか……？」

「そうだった。それなら、檻に入れたままフェザードラゴンを連れていくことになる」

フェザードラゴンを諦めるという選択肢は全く存在しない。

ここで一カ月も待つのは現実的じゃないので、檻に入れたまま連れ歩くことになりそうだ。

「それじゃあ、始めるぞ」

「頑張ってください……！」

さくらが少し必死になって応援してくれる。檻同伴は嫌らしい。

檻の前に立つ、目が合う。俺からは絶対に逸《そ》らさない。見つめ合う。見つめ合う。見つめ合う。見つめ合う。見つめ合う。見つめ合う。見つめ合う。見つめ合う。見つ

「テイムしないいんですか……？」

「はっ!?」

無心で見つめ合っていたが、さくらの一言で正気に戻った。しかし、目は離していない。

早速、〈魔物調教〉を発動すると、魔法とは少し違う陣が現れ、フェザードラゴンに向かって飛んでいく。陣はフェザードラゴンの身体に当たり、弾ける。

▼フェザードラゴンをテイムしました。

▼フェザードラゴンに名前を付けてください。

あれ？　戦闘はどうした？

「仁君、戦わないんですか……？　あ、檻に入ったままだから、出さないと駄目ですか……？」

「……いや、戦闘していないのに、テイムに成功した」

「ヘルプ先生が間違えていたってことですか……？」

「ヘルプ先生は間違えない」

自分の異能を信じているので、自信満々に言う。しかし、一応先生に質問をする。

Q：戦闘せずにテイムできたけど何故？

A：術の使用者を最初から認めている場合、危機的状態にありテイムされてでも助けてほしい場合等、魔物側がテイムされることを望んでいれば、戦闘なしでテイム可能です。

「戦わなくても、魔物側がテイムを望んでいたら、すぐにテイムできるみたいだ」

「檻から出してほしいから、テイムを受け入れたってことですか……？」

「多分……」

個人的には、目を離さなかったことが高得点だったのではないかと思う。

盗賊から奪った〈鍵開け〉を使い、フェザードラゴンを檻から出してあげる。

「きゅいい……」

檻から出たフェザードラゴンは、小さな翼で羽ばたいて俺の胸元にすり寄ってきた。

何、この生き物、超可愛い。俺はフェザードラゴンを幸せな気持ちで撫《な》で続けた。

……そうだ。名前を付けないと。それが飼い主の最初の責任だ。

▼「ドラ子」と名付ける
▼「ドーラ」と名付ける
▼「ゆかり」と名付ける

……自分のネーミングセンスのなさに絶望した。

前の二つは安直すぎるが、それ以上に三つ目が酷い。これ、初恋の女の子の名前だよ。テイムした魔物（♀）に初恋の子の名前を付けるとか、倒錯した趣味はないつもりなんだが……。

とりあえず、この中で一番マシなドーラにしよう。

「君の名前はドーラだ」

「え……？」

「ドーラだ」

さくらが驚いた顔をしているが無視してゴリ押す。

「きゅういいいい！」

ドーラ（確定）が喜びの鳴き声を上げる。

名前が気に入ったというよりは、名前を付けてもらったことに喜んでいる様子。

喜ぶドーラを見てほっこりする。やはり、ペットや小動物は良いモノだ。

そういえば、ドーラの詳細なステータスを見ていなかったな。

実はステータス表示にはいくつか種類があり、人物には詳細表示、魔物や敵は簡易表示と使い分けている。ドーラも今までは簡易表示だったが、仲間になったのだから、詳細表示を見ておこう。

名前：ドーラ
性別：女
年齢：7
種族：フェザードラゴン、竜人種《ドラゴニュート》
称号：仁の従魔、竜人種《ドラゴニュート》の皇女
スキル：〈竜魔法ＬＶ３〉〈飛行ＬＶ１〉

竜人種《ドラゴニュート》？　聞いたことのない単語が出てきた。ヘルプ先生？

Ｑ：竜人種《ドラゴニュート》って何？
Ａ：竜人種《ドラゴニュート》とは、ドラゴンの姿と人の姿、二つの姿を持つ種族です。人間と同等の知性がありますが、分類は魔物扱いとなります。通常のドラゴンとは別の種族ですが、ドラゴンとドラゴンの姿の竜人種《ドラゴニュート》を外見から区別することは困難です。また、テイムレベルは同じドラゴンなら両者共通となります。

つまり、ドーラはフェザードラゴンの姿を持つ竜人種《ドラゴニュート》なのか。

ドラゴンをペットにしたと思ったら、ドラゴン娘をペットにしていた訳だ。

気になったので、ドーラに人間形態を見せてもらうことにした。

「ドーラ、人間の姿を見せてくれるかな？」

「何のことですか……？」

ごめんさくら。説明は後にさせてくれ。

「きゅい」

頷きながら鳴くと、ドーラの身体が光り輝き、徐々にシルエットが大きくなる。

少しして光が収まると、そこには七歳くらいの女の子が全裸で立っていた。……そりゃあ、服なんて着ている訳がないよね。

腰まで伸びた髪と肌の色は白く、顔は整っていた。瞳だけはドラゴン形態と同じく青い。

ドラゴン形態も可愛いが、こっちはこっちで滅茶苦茶可愛いな。

とはいえ、裸の女の子をいつまでもガン見し続けるのは良くない。着せる服もないので、少し惜しいがドラゴン形態に戻ってもらった方が良いだろう。

「ドラゴンの姿に戻ってくれるかな」

「きゅい」

ドーラは再度輝き、元のドラゴン形態に戻る。

そういえば、人間形態は実年齢と同じ七歳くらいだったな。もしかしたら、竜人種《ドラゴニュート》の年齢は人間形態の見た目年齢に影響するのかもしれない。

「なななな何ですか今の……!?」

さくらが盛大に混乱している。そろそろ説明してあげよう。

「ドーラは竜人種《ドラゴニュート》という種族で、ドラゴン形態と人間形態を持つ」

「意味がわかりません……。仁君が、人間をテイムしたってことですか……!?」

「さくら、落ち着いてくれ。順番に説明するから」

「あ、は、はい……」

俺が努めて冷静な口調で言うと、さくらは少し落ち着いてくれた。

「まず、竜人種《ドラゴニュート》は、ドラゴン形態と人間形態を自由に変えられる魔物だ。どちらが本物という訳ではなく、二つの姿がある。ドラゴン形態では、普通のドラゴンとほぼ同じだから、ステータス画面で気づけなかったみたいだな」

「人間の姿にもなれる魔物ということですか……？」

「ああ、だから〈魔物調教〉でテイムできたんだ」

人間の姿をしていても、魔物ならばテイムできる。テイムの可能性が広がったな。

そして、懸念点の一つが解消したとも言える。フェザードラゴンを連れ歩くより、幼い少女を連れ歩く方がまだ目立たないはずだ。

「そういえば、人間形態なら人間の言葉が喋《しゃべ》れるのか？」

人間の言葉を理解しているのは間違いないが、人間の言葉を喋れるのかはわからない。

「きゅいいいい……」

首を横に振る。無理なのか。理由はヘルプ先生の方に聞いてみよう。

Q：竜人種《ドラゴニュート》って人間の言葉は喋れないの？
A：喋れます。ただし、一〇歳くらいまでは人間形態、ドラゴン形態共に未成熟のため、どちらの性質も中途半端となっています。平均して一〇歳を超えれば、喋れるようになるはずです。

相手が普通のペットならば、意思が完全に通じなくても気にしないが、人間形態があるとなればそうはいかない。しっかりと意思疎通ができないと色々と困るだろう。
そんなことを考えていたら、頭の中に情報が追加された。

▼新たな異能が解放されました。

＜無限収納《インベントリ》＞
触れたものを容量無限の収納空間に送る、または収納空間から取り出すことができる。生物は収納不可。
フォルダ分け、条件検索などの機能がある。

▼新たな異能が解放されました。

＜契約の絆《エンゲージリンク》＞
自身の下位存在（部下、奴隷、従魔など）と契約を結ぶことができる。契約者とは不可視の線《パス》によって、様々なものを共有することができる。スキルやパラメータ、異能などを他者に使わせることができる。

また声を出さないで思ったことが伝えられる『念話』も可能となる。能力の詳細を決められるのは所有者のみで、所有者をマスター（主）、契約者をスレーブ（従）とするネットワークの構築ができる。

▼新たな能力が解放されました。

▼〈生殺与奪《ギブアンドテイク》〉がＬＶ３になりました。

〈生殺与奪《ギブアンドテイク》ＬＶ３〉

スキルポイントを変換できる。変換効率は五対一。所有していないスキルには使用不可。


どうやら、俺の異能は俺のことを全力で甘やかしてくれるようだ。

今現在、俺の頭を悩ませている問題が、異能によって全て解決できてしまった。

折角だから、新しく得た異能の効果を一つずつ確認していこう。

第三の異能の名前は〈無限収納《インベントリ》〉。

これがあれば、持ち物を無限に持てることになる。その便利さは言うまでもないだろう。

具体的に言えば、盗賊からの戦利品を全て持ち去れるようになる。生き物は入れられないようだが、死体は入れられるらしい。

第四の異能の名前は〈契約の絆《エンゲージリンク》〉。

この異能があれば、契約を結んだ相手、契約者と様々なモノを共有できる。

契約者との間には不可視の線《パス》が結ばれる。この線《パス》に距離の制限はないので、どれだけ離れていても共有は有効となる。

共有できるモノの中には、異能と意思も含まれている。
異能である〈生殺与奪《ギブアンドテイク》〉を共有すれば、遠く離れた場所にいる契約者も異能を使え、倒した対象からステータスを奪えるようになる。
意思の共有は、『念話』という思念による会話により行える。口に出すよりも早く、遠くまで声を届けられるので、戦闘での有用性は言うまでもない。
思念による会話なので、自我がある相手ならば声を出せない者とも意思の疎通ができる。そう、ドーラとお話ができるようになったのだ！
《ドーラ、聞こえているか？》
早速、ドーラと契約をして、ドーラに向けて頭の中で念じてみる。
ヘルプ先生によれば、〈魔物調教〉でテイムした魔物（従魔）が相手なら、了承を得なくても契約を実行できるようだ。
《わっ⁉　このこえ、もしかしてごしゅじんさまー？》
おお、無事に伝わった！
ドーラは驚いた後、すぐに俺の声だと気づいてくれた。
《ああ、そうだ。俺の力でドーラと心でお話ができるようになったんだ》
《すごーい！　さすがごしゅじんさまー！》
子供にもわかる程度の説明をしてみたが、多分よくわかっていない。
ドーラは七歳らしいが、日本の七歳児より幼い印象を受ける。
《ドーラは何故、こんな場所に閉じ込められていたんだ？》
これも、言葉が通じるならば聞いておきたかったことだ。

さくらを放置しているのは申し訳ないが、ドーラとの情報共有を優先したい。
《えっとねー、ヒマだったからあそびにでかけて、おなかがすいたからごはんをさがしてたら、こわいおじさんにつかまったの。ここくさいし、ごはんもまずいからきらーい》
《出かけた時は、誰かと一緒だったか？》
《ひとりででかけたよー》
マップを調べてみても、周辺に他の竜人種《ドラゴニュート》は存在しなかった。
つまり、理由はどうあれ、今のドーラには保護者がいない訳だ。それなら、ドーラはテイムしたままで良いだろう。さすがの俺も、保護者の前で子供を誘拐《テイム》する気はないからな。
竜人種《ドラゴニュート》を見かけたら、ドーラの知り合いか確認する必要がありそうだな。知り合いを見つけたら、故郷に帰してあげよう。……非常に残念だけど。
一応、ドーラの出生に関するヒントは存在する。それが、称号欄の『竜人種《ドラゴニュート》の皇女』である。うん、厄介事の匂いがする。
《ドーラは家に帰りたいか？》
《んーん、ごしゅじんさまといっしょがいい。ごしゅじんさま、たすけてくれたし、ちかくにいるときぶんがよくなるからすきー！》
嬉しそうに笑いながら、ドーラが好意を示してくれる。可愛い。
「ずっと黙っていますけど、どうかしましたか……？」
放置していたさくらが質問をしてきた。そろそろ、さくらにも説明しておこう。
「ああ、実は俺の異能が増えて、ドーラと心の中で会話できるようになったんだ」
「異能が増える……？　心の中で会話……？　すいません、理解が追いつきません……」

唐突に情報が増えすぎて、さくらが混乱してしまった。

「仁君、一体いくつの異能を持っているんですか……？」

「合計で七つだな。今、二つ異能が明らかになったから、効果不明の異能はあと三つだ」

「七つ、そんなにあったんですね……。それで、もう一つの異能はどんな効果ですか……？」

「無限に物を入れられる倉庫みたいな異能だな。これで、お宝を全て持ち運べるぞ」

「もしかして、仁君に困ったことがあると、異能が解決してくれるんですか……？」

その可能性は否定できない。

その後、数分間かけて新しい異能の詳細をさくらに説明した。

「つまり、その異能の効果が適用されれば、仁君にいつでも連絡できて、ドーラちゃんとお話ができるようになるんですね……？」

「ああ、その通りだ。ただ、この異能を適用できるのは、俺の配下に当たる存在だけらしい。この異能の効果を受け入れた段階で、俺の配下であると認めたことになる」

「わかりました……。それなら、私も配下になるので、異能を使ってください……」

「え!?」

あまりにもアッサリと配下になると言ったので、俺の方が驚いてしまった。

「さくら。落ち着いてくれ。話を聞いていたか？　配下になるってことは、従魔や奴隷と変わらない立ち位置になるんだぞ？　良いのか、それで？」

女子高生が男子高校生の配下になるって、イヤラシイ響きがあるよね。

「大丈夫です……。その異能の恩恵は、今の私に絶対必要なものですから……」

確かに、俺もさくらに異能の効果を適用すれば、色々と楽になるとは思った。しかし、簡単に誘える内容ではないので、俺の方から何かを言うことはなかった。

「配下になったからといって、何かが大きく変わる訳じゃないんですよね……?」

「ああ、俺に絶対服従とか、そういう話じゃない。俺の配下になることを、受け入れられるか、受け入れられないか、それだけの話だ」

「それなら、何も問題はありません……。私は仁君の配下になることを受け入れています……」

「……受け入れるの、早くないか?」

「今の私は仁君の庇護《ひご》下にあります。そして、仁君の命令を拒否する気もありません……。庇護下にあり、命令に従うなら、それはもう配下と言って良いと思います……」

「確かに……」

適切な呼び方こそ思い付かないが、配下と言われれば配下と言えなくもない。

「今と何も変わらないなら、受け入れることは苦になりません……。だから仁君、私を配下にしてください……」

そこまで言われてしまえば、俺の方から断ることなんてできない。

「……わかった。さくらが良いと言うなら、配下になってもらおう」

「はい、お願いします……!」

こうして、俺は同学年の女子を配下にすることに決めた。

「じゃあ、早速小指を出してくれ」

「小指、ですか……?」

「この異能を元々配下じゃない相手に使うには、指切りをする必要があるんだ」

正確に言えば、俺の小指と相手の身体の一部を繋《つな》ぐことが発動の条件だ。その時、相手が配下になることを受け入れていれば、配下として異能が適用される。
条件が『相手の小指』じゃないのは、小指がない相手に使う可能性があるからだろう。
「意外と可愛い発動条件ですね……」
「俺もそう思うから言わないでくれ……」
この年になって指切りをするのが恥ずかしいのはお互い様だ。
さくらが若干赤くなりながら小指を出してきたので、俺も小指を出して指切りをする。異能の効果が発動し、さくらが俺の配下となった。
目に見えない線《パス》がさくらとドーラに繋がっていることを感じる。
《どうだ。聞こえるか？》
《はい、聞こえます……。何か、変な感覚ですね……》
さくらもすぐに念話の使い方を理解したようで、俺とドーラに言葉を伝えてきた。
《この人はさくら、俺の旅の仲間だ。つまり、ドーラの仲間だ》
《さくら……うん、おぼえた！　よろしくねー！》
《この声、ドーラちゃんの声ですね……。こちらこそ、よろしくお願いします……》
《うん！》
ドーラも話せる相手が増えて嬉しそうだ。ぜひ、仲良くしてほしい。
「少し確認したいことがあるから、二人で話をしていてくれないか？」
さて、そろそろ〈生殺与奪《ギブアンドテイク》ＬＶ３〉の効果を確認しよう。
「わかりました……」
《はーい》

二人が話し始めるのを見てから、異能の効果について確認を始める。

新しい〈生殺与奪《ギブアンドテイク》〉の効果は『スキルポイントの変換』だった。

スキルポイントはスキル経験値と言い換えることができる。スキル経験値《ポイント》を貯め、一定値を超えればスキルレベルが上がるのだ。

レベルアップに必要なスキルポイントは、現在のスキルレベル×一〇となる。

レベル1から2に上げるには一〇ポイント、レベル2から3に上げるのは二〇ポイントとなる。つまり、レベル1から3まで上げるには、合計で三〇ポイントが必要になる計算だ。

一つ、例を挙げよう。

俺が盗賊たちから奪ったのは、二つの〈魔物調教ＬＶ２〉だった。しかし、より正確に言えば〈魔物調教〉二四ポイント、〈魔物調教〉一九ポイントとなる。

合わせて〈魔物調教〉四三ポイント、つまり、〈魔物調教ＬＶ３〉という訳だ。

次に本題である『スキルポイントの変換』について考えよう。

これは読んで字のごとく、スキルポイントを別のスキルのスキルポイントに変換する能力だ。

正確に言えば、スキルポイントを未変換ポイントという特殊なポイントに変換する能力と、未変換ポイントを自分の所有するスキルのスキルポイントに変換する能力の二つを持つ。

一つ目の能力の変換効率は五対一、二つ目の能力の変換効率は一対一なので、スキルポイントが五ポイントあれば、他のスキルのスキルポイントを一ポイント入手できる計算となる。

試しに、使う予定のない〈吸収〉と〈分裂〉を五ポイントずつ未変換ポイントにしてみる。計算通り二ポイントの未変換ポイントができた。

そのうちの一ポイントを〈鼓舞〉に変換する。〈鼓舞〉は元々二九ポイント所有しており、レベルは二だった。一ポイント足されて三〇ポイントになり、〈鼓舞LV3〉にレベルアップした。

正直、決して効率が良いとは言えないが、一ポイントでも所有していれば、いくらでもスキルポイントを増やせると考えれば、中々に凄まじい能力だと思う。

あるいは、レアなスキルを持つ者から一ポイントだけ奪い、ポイントを増やしてから一ポイント返せば、相手のスキルポイントを減らさずにレアなスキルを入手できるようになる。

敵以外が持つスキルが欲しい場合、この方法を使えば多少は罪悪感が薄れるはずだ。承諾なしで勝手に奪う以上、罪悪感がゼロになることはないだろうが……。

一応、補足しておくと、この方法をこの国の住人に対して使うことはない。

この方法は、ある意味で借りを作るようなものだ。本人が知らないとはいえ、俺はこの国の住人に借りを作るようなことはしたくないからな。

この国で〈生殺与奪《ギブアンドテイク》〉を使う対象は、罪悪感が不要な敵だけにする予定だ。

第八話　さくらの異能と街到着

俺の異能の確認は終わったが、もう一つ確認すべき異能が存在する。そう、さくらの異能だ。

配下となったさくら、ドーラのステータスを確認していたところ、さくらの異能が開眼していることに気づいたのだ。

「さくら、少し良いか？」

早速、ドーラと話をしているさくらに伝えようと思う。

「何でしょうか……？」

「今、ステータスを確認したら、さくらの異能が開眼していた」

「本当ですか……！　これで、役立たずから抜け出せるかもしれません……！」

とても嬉しそうに笑いながら、とても悲しいことを言うさくら。

そもそも、俺はさくらのことを役立たずなんて思ったことはない。戦力として見れば不足する部分もあるが、心理的な意味でさくらの存在は十分な助けになっている。

俺は一人旅よりも仲間と一緒の旅の方が好きだからな。

「さくらを役立たずと思ったことはないからな？」

「それはわかっています……。でも、私は私を役立たずだと思っています……。だから、何か一つでも良いから、自信を持って役に立てると言えるものが欲しいんです……」

「……そうか。それなら、この異能がその自信に繋がると良いな」

そう言って、俺はさくらの異能を紙に書いて見せる。

〈魔法創造《マジッククリエイト》〉

？？？


名前だけで凄いことがわかる異能である。

「〈魔法創造《マジッククリエイト》〉……。どんな効果があるんですか……？」

「わからない」

「わからない……？　調べたんですよね……？」

困惑したさくらが尋ねてきたので頷いた。

ステータス画面では名称しかわからなかったので、その理由をヘルプ先生に確認した。

「調べてもわからなかった。〈千里眼《システムウィンドウ》〉では、他人の異能は名前しかわからないらしい」

異能とは、この世界のルールから外れた力だ。〈千里眼《システムウィンドウ》〉とは、この世界の情報を確認する能力だ。要するに、効果の対象外なのである。

「それじゃあ、どんな効果なのか、確認する方法がないんですか……？」

「いや、そんなことはない。本来、自分のスキルや異能っていうのは、どんな効果か何となくわかるようになっているらしい」

この世界でスキルの存在は認識されていない。しかし、この世界の住人はスキルを使用する。

スキルの効果を把握しているのではなく、『自分にできること、得意なこと』がわかるからだ。

異能も同様の性質を持っており、自分の異能であれば〈千里眼《システムウィンドウ》〉を使えなくても効果を知ることができる。……と、ヘルプ先生が教えてくれた。

「名前までわかっているから、試しに自分に問いかけるようにしてみたらどうだ？」

「やってみます……。自分の異能に問いかける……自分の異能に問いかける……」

さくらは目を閉じながら呪文のように呟き、三〇秒ほど経ったところで目を開いた。

「わかりました……。この異能を使うと、この世界にない魔法を創り出せるみたいです……」

「予想通り、とんでもない能力だな。……元の世界に帰る魔法は創造できそうか？」

多分、そこまで上手い話はないだろうが、念のため確認しておく。

「少し待ってください……。何か、邪魔が入る感覚があって、無理みたいです……」

やはり、そんなに甘くはないか。残念だが諦めよう。

「それと、魔法を創り出すには、莫大《ばくだい》なMPが必要みたいです……。創り出した魔法を使用する場合も、普通の魔法よりも多くMPを消費するみたいです……」

俺の異能とは異なり、さくらの異能にはコストが必要になるようだ。

「莫大なMPってどれくらいだ？」

「えっと、今の私のMPでは、何一つ創り出せないくらいです……」

「…………それ、俺の異能なしで使える効果なのか？」

今のさくらには、魔法を使うために多めにMPを渡している。その状態で使用不可となると、相当量のMPが必要になると考えた方が良さそうだ。

＜生殺与奪《ギブアンドテイク》＞によりMPを増やし続ければ、いずれは使用可能になるだろう。言い換えれば、俺の異能の存在が前提となっているのだ。

「無理、です……。仁君のお世話にならないと、異能一つ満足に使えないみたいですね……」

さくらが申し訳なさそうに言うが、俺の頭にはある仮説が浮かんでいる。

俺の異能はその時の困り事を解決することが多かった。つまり、『異能とは、本人の望みを叶《かな》える形で発現する』という仮説が成り立つ。

自分で言うのも何だが、今のさくらは俺に依存していると言える。そして、さくらの異能は俺の異能に依存する効果として発現した。

俺の仮説とさくらの性格を合わせて考えると、『さくらは俺の役に立ちたい。しかし、独り立ちできるような力は望んでいない』ということになる。

悪い言い方をすれば、この状況はさくらの望み通りになっているのだ。

「今すぐには使えないようだし、さくらの異能の検証は後にして、ここを離れるとしようか。折角だから、部屋にある物は全て俺の〈無限収納《インベントリ》〉に入れていこう」

「はい、わかりました……。何か手伝うことはありますか……？」

「いや、大丈夫だ。この部屋を回って、持っていく物に触れるだけだからな」

正確に言えば、触れずに手を近づけるだけで良い。触れたくない物も回収できる親切設計だ。

「それなら、ドーラちゃんとお話をしていますね……」

《さくらとおはなしー！》

「ドーラちゃん、可愛いです……」

さくらもドーラにメロメロになっている。俺は可愛いドーラの頭を撫でた。

《きもちいー》

「こっちまで幸せになるな……」

「そうですね……」

二人してドーラに癒されていたが、作業が進まないので、泣く泣くドーラから離れる。

《またなでてねー》

「おう、また後でな」

部屋の中を時計回りに移動しつつ、手当たり次第にアイテムを収納していく。

樽の中身を確認すると、血が付いた装飾品が入っていた。商人から奪ったものだろう。

他にも武器、防具などが複数入っている。木箱を開けてみるとポーションなどの薬品が無造作に積まれていた。金品の類もかなりの量があったので、当然頂戴する。

面倒なので、樽や木箱ごと＜無限収納《インベントリ》＞の中に入れていく。

＜千里眼《システムウィンドウ》＞と組み合わせれば＜無限収納《インベントリ》＞の中にある物を鑑定することができるので、中身の確認は後で行えば良い。

一つ、分けて置かれているポーチが目に付いた。高価な品かと思ってステータスを確認する。

名称：アイテムボックス
説明：一定量までの物を入れられる魔法の道具《マジックアイテム》。

ヘルプ先生によれば、この世界には＜無限収納《インベントリ》＞のように、物を多く収納する手段がいくつか存在する。そのうち、二つ有名な方法を紹介しよう。

一つ目は目の前のポーチと同じアイテムボックス。これは、特殊な方法で作製した魔法の道具《マジックアイテム》と呼ばれる存在で、見た目よりも多くの物を収納できる。

物によって収納できる体積が決まっており、高い物だと体育館、安い物だと物置相当の広さに物品を入れることができる。当然、高価な代物であり、物置サイズでも一〇万ゴールドは必要となる。

目の前のアイテムボックスは、ポーチサイズでレンタルボックスくらいの収納量があり、かなりの高級品なので、宝部屋に置かれるのも納得できる。ちなみに中身は空だった。

二つ目は〈空間魔法〉により習得できる『格納《ストレージ》』。これは、亜空間に繋がる穴を生み出し、その中に物を収納する魔法だ。

亜空間のサイズは使用者の魔力量、穴のサイズは魔法のレベルによって決まる。

使用に詠唱が必要な点を除けば、アイテムボックスよりも『格納《ストレージ》』の方が使い勝手が良い。しかし、今の俺にとっては、アイテムボックスの方が嬉しかったりする。

何故ならば、これで〈無限収納《インベントリ》〉の存在を誤魔化せるからである。

〈空間魔法〉を使うフリをするより、アイテムボックスを使うフリの方が楽だからな。

「それじゃあ、このポーチはさくらが持っていてくれ」

「わかりました……。結構、可愛いですね……」

アイテムボックスの説明をした後、どう見ても女性物のポーチをさくらに預けることにした。

「そのアイテムボックスに、この部屋にある高価な物を入れようと思う」

「何故ですか……？　高価な物なら、〈無限収納《インベントリ》〉に入れた方が安全だと思います……」

「アイテムボックスに高価な物を入れておけば、まとめて取り出す時とか楽になるからな」

「なるほど……」

何らかの理由で盗品を取り出す必要が出てくる可能性がある。貴重品をまとめてアイテムボックスに入れておけば、そこから中身を取り出すだけで良くなる。

「〈無限収納《インベントリ》〉から高価な物を取り出すから、ポーチに入れてくれ」

「はい……」

〈無限収納《インベントリ》〉と〈千里眼《システムウィンドウ》〉を使い、市場価格が一定額以上となる物だけを取り出す。

血などの汚れは〈無限収納《インベントリ》〉内で取り除くことができるので、取り出された物は全て綺麗な状態になっている。これだけでも価値のある機能だ。

俺が〈無限収納《インベントリ》〉から物を取り出して、さくらがアイテムボックスに入れるという作業を繰り返し、全ての高価な物をアイテムボックスに移し終わった。

部屋にある物を全て収納した後、盗賊の装備品を収納することにした。

ただし、特に高価な物以外は取り外さないようにしている。装備を全て奪い、村人みたいな格好で転がしておくと、俺たちの行為の正当性が疑われてしまう恐れがあるからな。

なお、お頭の大斧は〈無限収納《インベントリ》〉に入れた。大きすぎて、ポーチの口に入らなかったので仕方がない。アイテムボックスの欠点は、口の大きさで入れられる物のサイズが決まってしまうことだろう。

「めぼしい物はこれで全部かな……」

《おかたづけおわったのー？》

そうか、ドーラにはお片付けに見えていたのか。

「ああ、終わったよ。これからここを出るけど、ドーラはドラゴン形態のままでいてくれ」

《わかったー！》

ドーラに着せられる服がないので、人間形態で連れ回すことはできないのだ。

ドラゴン形態も目立つだろうが、全裸の幼女を連れ回すよりはマシである。

「それと、もう一つドーラにお願いがある」

《なーに？　なんでもいってー》

「できれば、俺たちと一緒に戦ってほしいんだ」

「ド、ドーラちゃんを戦わせるんですか……⁉」

「ああ、ドーラには戦いの素質がある。鍛えれば、強くなるはずだ。当然、無理にとは言わない」

ヘルプ先生によれば、相当な素質がなければ、七歳で〈竜魔法〉のスキルレベルが3に達することはないそうだ。

戦いの中でスキルレベルを鍛えた可能性もあるが、ドーラのレベル的にあり得ないと言える。

つまり、ドーラには〈竜魔法〉のスキルレベルを上げる才能がある。そして、スキルレベルが上がりやすいということは、他人よりも強くなりやすいということだ。

《たたかえばいいの？　うん、がんばるー！》

「そんな簡単に……」

さくらがアッサリと了承したドーラに驚愕する。

「さすがにそのまま戦わせる気はないぞ。まずはステータスを与えようと思う」

「そ、そうですよね……。少し、安心しました……」

《？》

俺の言葉にさくらは安堵《あんど》し、ドーラは理解できず首を傾げた。

異能のことはドーラに伝えていなかったので、できるだけわかりやすく説明してみた。

《ごしゅじんさますごーい》

残念ながら、あまり理解してくれなかった。

それでも、俺が凄いことだけは理解してくれたので、これでヨシとしよう。

「それじゃあ、今からステータスを渡すぞ」

《わーい！》

早速、盗賊たちから奪ったステータスの一部をドーラに与えてみる。

《なんか、つよくなったきがするー》

ステータスの向上を実感できたようで、興味深そうに身体を動かしている。

「ドーラはドラゴン形態で戦う時は、〈竜魔法〉を積極的に使ってくれ」

《はーい！　まかせてー！》

「〈竜魔法〉……？　それがドーラちゃんの使える魔法ですか……？」

ドーラが元気よく返事をした横で、さくらが不思議そうな顔をする。

「さくらにはまだ説明していなかったな。〈竜魔法〉は竜人種《ドラゴニュート》だけが使える魔法で、無詠唱、高威力、属性付きとんでもない代物だ。その分、一度撃つとしばらく撃てないけどな」

ゲーム的に言えば、強力だがクールタイムの長い必殺魔法といったところか。

「凄い魔法ですね……。でも、どうしてその魔法で檻を壊さなかったのでしょう……？」

言われてみれば、ドーラには檻を壊して、逃げる手段があったことになる。

俺とさくらがドーラの方を見つめると、ドーラは首を傾げながら口を開いた。

《あのね、おじいちゃんから、ブレスはつかうなっていわれてたの。だから、おりのなかではつかわなかったんだー》

理由はわからないが、親族から使用を禁じられていたようだ。

「でも、これからは〈竜魔法〉を使うんですよね……？」

《うん！　おじいちゃんよりもごしゅじんさまのほうがすきだから、ごしゅじんさまのいうことをきくの！》

ドーラが嬉しいことを言ってくれる。でも、お爺《じい》ちゃん可哀想。

「さて、ドーラの準備も終わったし、ここから出ていこうか」
「はい……」
《おー！》
準備を終えたので洞窟を後にする。本当に、得る物の多い洞窟だった。

盗賊団のアジトは森の中の洞窟なので、洞窟を出ても森を抜ける必要がある。

三人で森の中を進み、道中で遭遇したゴブリンを瞬殺する。

《ごしゅじんさま、かっこいー！》

初めて俺の戦いを見たドーラが、キラキラとした目で見つめてくる。

その目には魔物の死体も映っているはずだが、ドーラは全く動じていなかった。メンタル強い。

「よしよし」

《えへへー！》

俺はドーラを撫でながら、三人のステータスを順に確認していく。予定通り、三人に三等分されたゴブリンの経験値が入っていた。

本来、経験値とは魔物にトドメを刺した者だけが得られる。しかし、俺の〈契約の絆《エンゲージリンク》〉はそのルールを無視し、経験値を仲間で共有することができる。

元々、経験値のラストアタック制はあまり好きではなかったので、誰が倒しても均等に分配されるように設定することにした。

その後、遭遇した魔物は俺とさくらで倒し続け、ドーラは見学となった。

ドーラの〈竜魔法〉を見たい気持ちはあるが、威力や効果のわからない魔法を森の中で使うのは不安なので、森を出るまで使わないように指示を出しておいた。

しばらく歩いて森を抜け、最初に遭遇した哀れなゴブリンが実験台だ。

「ドーラ、あのゴブリンに向けて〈竜魔法〉を撃ってくれ」

《わかったー！》

空を飛んでゴブリンに近づいたドーラは、大きく息を吸い込み、そのまま吐き出した。

ドーラの口から勢いよく炎が噴出され、放射状に一〇メートルの範囲を焼き払った。当然、その範囲内にいたゴブリンは黒焦げになっている。

「「………………」」

俺とさくらは言葉を失う。まさか、ここまで強力だとは思わなかった。

《おわったよー》

「ああ、お疲れ様。凄い威力の魔法だったな」

《ひさしぶりだから、すごいてかげんしたんだよー？》

これで全力じゃなかったのか。末恐ろしい幼女だ。

「ドーラちゃん凄いです……」

《ほめて、ほめてー》

ドーラがさくらに近づき、すりすりと頬を擦り付ける。

少々の想定外はあったが、ドーラが十分な戦力になることが確認できたので、次は連携を強化していこうと思う。目下の目標は『盗賊団以上の連携』にしておこう。

更に三時間ほど歩くと、街の外壁が見えてきた。

この街の名前は『ティエゾ』といい、王都と比べれば小さいが、十分に大きな街だった。

「あれが次の街だな」

「結構、遠かったですね……」

《また、ホーンラビットのお肉が食べたいー》

ドーラは途中で食べたホーンラビットの焼肉を気に入っていた。

「街に行けば、他にも美味しい物が食べられると思いますよ……」

《わーい！》

決めた。街に入ったら、ドーラに美味しい物を食べさせてあげよう。

俺はマップを確認し、一番近くにある門を目指して歩く。

この国の大きな街は外壁に囲まれていることが多く、通行用の門から出入りしなければならない。

五メートルほどの外壁で窪《くぼ》みもあるので、パラメータ次第では乗り越えることも可能だが、わざわざ目立つことをする必要もないだろう。

「ドーラ、街に着いたら、良いと言うまで静かにしていてくれよ」

《はーい！》

少し可哀想なのだが、ドーラは背嚢の中に隠れてもらっている。

やはり、ドラゴンでも全裸の幼女でも目立つのは間違いないので、服を買うまで姿を隠すしかないという結論に至った。

街に入ったら最初に服を買い、宿をとって人間形態になってもらい着替えさせる。そうすれば、ドーラはただの幼女なので目立つこともないだろう。

少し歩き、門を通ってティエゾの街の中に入る。

「向こうに服屋があるみたいだ。丁度、近くに宿もあるな」

「本当に、マップが便利です……」

早速、マップで服屋を探し、一番近くにある店に入った。

「いらっしゃいませー、何をお探しでしょうかー」

「七歳の女の子が着る服をください。予算は二万ゴールド、可愛い服をお願いします」

「かしこまりましたー」

店員の女性が勧めるまま、青いワンピースタイプの服を購入する。

お値段は一万ゴールド。思ったよりも高いが、ドーラへの初めてのプレゼントなので、奮発することにした。可愛い子は可愛い服を着るべきだからな。

服を購入した後、近くの少し高い宿屋で部屋を一つ借りる。

「よし、ドーラ。人間形態になってこの服を着てくれ」

《はーい!》

元気よく返事をして、人間形態になるドーラを見守る。

《どうやって、きればいいのー?》

「私が手伝いますね……」

《ありがとー!》

さくらの手を借りて、服を着るドーラを見守る。

「仁君、見すぎです……」

「ドーラの可愛い姿を見逃したくないからな。可愛かっただろ?」

ドーラの変身シーンと着替えシーンが可愛いのだから仕方がない。

「気持ちはわかりますけど、小さくても女の子の裸ですし……」

「保護者でご主人様で異世界だから大丈夫だ！」

「それは、そう、でしょうか……？」

俺が自信満々に言うので、徐々に自信を失っていくさくら。

ご主人様だろうが、異世界だろうが、幼女の着替えをガン見して良い理由には弱いと思う。

《きがえたー》

「よしよし。よくできました」

《えへへー》

白い髪を撫でると、ドーラが嬉しそうに笑った。

ドーラの髪は白いが、色素が抜けた白髪ではなく、白銀のように光沢のある綺麗な白色だ。手入れをしているようには見えないが、サラサラで手触りが良い。

ドラゴン形態もフワフワで触り心地が良かったし、小動物特有の可愛さがあった。

人間形態もドラゴン形態も可愛いとか最強なのでは？

「さて、ドーラを愛《め》でるのはこれくらいにして、冒険者ギルドに報告に行こうか」

「そうですね……。行くなら早い方がいいですよね……」

この街で予定している作業の一つが、冒険者ギルドへの『盗賊退治の報告』である。

盗賊の情報が商人や周辺の住人にとって、非常に重要な情報であることは言うまでもない。

この国に恩などないが、住人全てに恨みがある訳でもない。多少の手間で済むのなら、報告くらいはしても良いだろう。

ちなみに、冒険者ギルドへの登録をするつもりはない。この国で活動する気はないし、情報を残すのもできるだけ避けたいからだ。

宿を出てドーラと手を繋ぎながら歩き、冒険者ギルドへ向かった。

冒険者ギルドはレンガ造りで中々に雰囲気のある建物だった。中から喧噪《けんそう》が聞こえてくるので、荒くれ者も多いのだろう。

「ようこそいらっしゃいました。本日はどのようなご用件でしょうか」

見目麗しい受付嬢のお姉さんが丁寧な対応をしてくれる。

「はい。盗賊を退治しましたので、その報告に来ました」

「アジトの発見ではなく、討伐、ですか？」

「はい。全部で一〇名、リーダーは大斧を使っていました」

「お、大斧……！　そうですか……」

受付嬢は驚いた顔をした後、何かを考え始めた。

「今、この周辺でその情報に当てはまるのは、盗賊団『黒い狼』ですね」

「アジトには、テイムされた黒い狼がいました」

「間違いないでしょう。ちょっとギルド長呼んできて」

「は、はい！」

近くの受付嬢が慌てて駆け出した。何やら、面倒事になりそうな予感。小規模な盗賊団だったから、すぐに話が終わると思っていたが、多少の手間で済まなくなるかも……。

「今までお見かけした記憶がありませんが、冒険者の方でしょうか？」

こちらに向き直った受付嬢が確認してくる。

「いいえ。多少は腕に覚えがありますが、冒険者ではありません」

「そうですか。それでは、冒険者登録をしてギルドカードをお作りしましょうか？　順番は前後しますが、討伐が確認され次第、報奨金を満額お支払いできるようになります」

ギルドカードとは、ギルドに登録した冒険者であるという証《あかし》だ。

「確か、登録をしないでも、報奨金は頂けるんですよね？」

「はい。登録をしなくても半額はお渡しできます。ですが、登録に際してデメリットはありませんし、報奨金が高額なら大きな損失になってしまいますよ？」

「すいません。他の国のギルドで登録すると友人と約束しているので……」

「そうですか。そのような約束があるのでしたら仕方がありませんね」

理由を聞くと、受付嬢は冒険者登録を勧めるのをやめてくれた。

嘘は言っていない。約束をした友人が横にいるさくらだということは、言う必要のないことだ。

ギルドカードには発行した国の印が刻まれる。こんな国の印なんて、残したい訳がない。

『黒い狼』を倒したというのは彼らか？」

奥から厳ついオッサンが出てきた。四〇代くらいで、歴戦の強者感が出ている。

「はい。ギルド長、こちらの方です」

「ふむ。君、応接室を用意してくれたまえ」

ギルド長を呼びに行った受付嬢が再び奥に下がる。これは面倒事が確定したな。

「私の名前はジョセフという。ティエゾの街の冒険者ギルドで、ギルド長をやっている。君たちに詳しい話を聞きたいのだが、お時間はよろしいかね？」

面倒事なら避けたいが、応接室まで用意させている以上、絶対に話を聞く気なのだろう。

「大丈夫ですよ。連れも一緒で良いですか？」

「うむ、構わんよ」

ギルド長と受付嬢に連れられ、奥にある応接室に入る。

荒くれ者が使うとは思えない綺麗な部屋だ。いや、ここは依頼者向けの部屋だな。

「さて、早速聞きたいのだが、『黒い狼』のアジトはどこにあった？」

ギルド長は部屋に置かれた周辺地図を広げた。

「この森のこの辺ですね。洞窟がありました」

俺のマップより正確ではない地図を見ながら、大体の位置を指し示す。

「むう、意外と近くにあったのだな。経緯や戦いなどの詳細を説明してくれるか」

「はい。目的があって森に入ったら、洞窟の前で狼の魔物を見つけました。狼を倒して怪しい洞窟に入ると、一〇名の盗賊がいたので全滅させ、その報告のためにこの街に来ました」

ギルド長は俺の話を聞いて何かを考え込んでいる。

嘘は言っていない。盗賊団の殲滅を目的として森に入ったことは、言う必要のないことだ。

「盗賊団のボスは大斧を使っているという話だが、どうだった？」

ギルド長が曖昧な質問をしてくる。

「中々に手強《てごわ》い相手でした。大斧を力任せに振るうのではなく、手下との連携を考えて振るっているようでした。指示も的確で、何で盗賊をやっているのか、不思議なくらいでしたね」

「……どうやら嘘ではないようだな」

小声で言うギルド長。＜身体強化＞を上げているお陰で聞き取れてしまった。

「わかった。今日は遅いから、明日中にギルドから討伐の確認を出す。問題がなければ報奨金を渡そう。君たちはギルドに登録していないようだから、報奨金は半額になる。登録したくなったら言うと良い。数日中なら、残りの半分も出せるだろう」

要らないって。

「そうだ。戦利品はどうした？　アジトに残っているなら、そのへんも相談に乗るが」

「運べる物は全て運び出し、別の場所に置いています。ほとんど何も残っていないと思いますが、残った物は好きにしてもらって構いません」

「わかった。調査隊に伝えておこう。それと、買い戻し対応のため、しばらくこの街にいてほしいのだが、可能だろうか？」

「良いですよ。とはいえ、急用があればそれを優先させてもらいますけど」

急にいなくなるかもしれないけど、その時はゴメンね？

「それは仕方がないな。言い方は悪いが、我々に君たちを拘束する権限はないからな」

「街を出るにしても、可能な限りギルドに報告をしようと思います」

「それは助かる。可能ならば、今の所在地を教えてほしいのだが」

不用意に居場所を知られるのは好ましくないので、首を横に振って答える。

「買い戻しの方に押しかけられても面倒なので、それは遠慮させてください」

「口外をするつもりはないが……。仕方があるまい。それでは、朝の一〇時と夕方六時の二回、冒険者ギルドに顔を出してくれないか？」

「それくらいなら構いませんよ」

こうして、ティエゾの街滞在中のタスクが決まった。

「しかし、その若さで大したものだ。『黒い狼』はギルドも手を焼いていた、悪名高き盗賊団だぞ」

「俺、運が良いですからね」

運が良くて勝ったとは言っていない。運が絡むような戦い方をした記憶もない。

「リーダーの狡猾《こうかつ》さは有名だ。少し運が良いくらいで倒せるような奴ではない。詳しい、戦いの様子を聞かせてもらえないだろうか？」

「申し訳ありませんが、それはお断りさせていただきます。手の内は隠しておきたいので」

ギルド長の質問をキッパリと断る。敵地《エルディア》で手の内を公開する気はない。

「それにしても、盗賊の頭について随分と詳しいですね。面識でもあるんですか？」

「むう、ちょっとな……。奴はこのギルドで活動していた冒険者だったのだよ」

気になったことを聞いてみると、ギルド長は渋い顔をして答えた。

やはり、関わりはあったのか。しかし、オッサン同士の関わりにそれほど興味はない。

「さて、こちらの聞きたいことは以上だ。話を聞かせてもらい感謝する」

ギルド長が切り替えるように言う。こちらにも用はないので、帰る旨を伝える。

「それじゃあ、失礼いたします」

俺のお辞儀に合わせて、さくらとドーラもお辞儀をする。

「うむ。明日の一〇時に来てくれ。恐らく、いきなりは買い戻しする者もいないだろうがな」

冒険者ギルドを出た後、多少の買い物を済ませて宿に戻り、三人で食事をとる。

《おーいーしーいーよー！》

ドーラが宿の食事を夢中で貪り食っている。頬がパンパンに膨らんでいる。ちょっと可愛い。

「ご飯は逃げないから、慌てずにゆっくり食べなさい」

《ふぁーい》

少しだけ勢いが弱くなったが、まだまだ貪り食っている。

聞いた話によると、ドーラの故郷では竜人種《ドラゴニュート》はドラゴン形態で過ごすことが多く、野生の動物や魔物の肉を食べて生活しているそうだ。

つまり、ドーラにとって初めての人間の食事という訳だ。まさしく、世界が変わっただろう。

「やっぱり、値段が高いだけあって料理も美味しいですね……」

「そうだな。野営の時は酷かったよな……」

「ええ、そうですね……」

折角うまい料理を食べているのに、過去の食生活を思い出してテンションが下がってしまう。

そろそろ、本格的に食事について考える時期かもしれない。

いくつか、考えていることはあるが、時間経過しない〈無限収納《インベントリ》〉に出来たての料理を入れておくことが暫定策かな。

第九話　連携戦闘と最初の買い戻し

夕食後、俺はこの世の楽園を堪能していた。

「ああ、生き返るー」

楽園の名はＯＦＵＲＯ。そう、お風呂である。

俺たちが泊まる宿には、銭湯のような共同風呂が備え付けられていた。むしろ、この宿は風呂があるから選んだと言っても過言ではない。

当然、風呂は男女で分かれており、女湯ではさくらがドーラを洗っているのだろう。

身体を洗い、髪を洗った後、ゆっくりと湯船に浸かる。満足するまで堪能して、のぼせる前に湯船から出る。他の客はおらず、事実上の貸し切りだったのも嬉しい。

下着や部屋着は冒険者ギルドからの帰りに買った物を着る。その時に魔石を換金したので、多少は懐が温かくなっている。

部屋に戻るが、まだ二人は戻っていなかった。女性の長風呂を待つのは男の役割だ。

しばらく待つと、スッキリした表情の二人が戻ってきた。

ドーラは可愛らしいパジャマ、さくらは落ち着いた色合いの部屋着を着ている。

「それじゃあ、今後の話をしよう」

「はい……」

《はーい！》

二人に向き合い、今日中に決めておきたいことを話す。

「最初に決めておきたいのは、ドーラの戦闘スタイルだな」

「ドラゴン形態で〈竜魔法〉を使ってもらうんですよね……？」

確かにドーラの〈竜魔法〉は強力だが、無視できない問題も多い。

「いや、〈竜魔法〉は一度撃つとしばらく使えなくなるから、他の戦法と組み合わせるべきだ。連携のことを考えると、ドーラには人間形態で武器を持って戦ってもらいたい」

《なんでもやるよー！》

ドーラはやる気に満ち溢れている。安請け合いとも言う。

「ドーラちゃんに使える武器、何があるでしょうか……？」

人間形態のドーラは七歳児相応の身長しかないので、扱える武器は制限されてしまう。

ドーラが使えそうな武器がないか、手持ちのスキル一覧を眺めていると、盗賊の一人が持っていた〈槌《つち》術〉というスキルが目に付いた。

「ハンマーとかどうだろう？」

「ハ、ハンマーですか……⁉」

良い考えだとは思うが、さくらが驚くのもわかる。

「幼いドーラに刃物を持たせるのは気が進まない。刃物以外の武器となると、真っ先に思い付くのは鈍器だ。鈍器なら、スキルとパラメータがあれば小柄なドーラでも扱えるからな」

「それなら、私と同じ〈棒術〉でも良いと思いますけど……」

「確かに〈棒術〉も悪くない選択肢だけど、折角だから攻撃力を重視したい」

〈棒術〉と〈槌術〉は同じ打撃武器のスキルで、似た部分は多々あるが、攻撃性能という面では〈槌術〉に軍配が上がる。

「ますは一度試してみよう。試して合わないなら別の武器を検討すれば良いだろう。ドーラ、明日はハンマーで戦ってもらうけど構わないか?」

《いいよー!》

「こんな小さい子がハンマーで敵に殴りかかるって、凄い絵面ですよね……」

小さい女の子が大きな武器を使うのって、悪くないと思うんだけど……。

その後、明日の予定などを話し合い、ドーラが眠いと言ったところで就寝することにした。

「きゅいい……」

実は、この部屋にはベッドが二つしかない。

それほど大きくないベッドなので、人が二人寝るには少々厳しい。しかし、一人と一匹ならば十分な大きさだ。そう、ドーラはドラゴン形態で寝ているのである。

そして、白い羽毛で覆われたフェザードラゴンは、俺の腕の中で抱き枕になっている。

フワフワでフカフカなドーラは、抱き枕としてあまりにも優秀だった。その証拠という訳ではないが、明日はさくらの抱き枕になることが決まっている。その次の日は俺の予定だ。

翌朝の一〇時、冒険者ギルドに向かったが、まだ買い戻しの依頼は出ていなかった。

さすがにここまで早く依頼が出るとは思っていなかった。加えて言えば、冒険者相手に金を出すより、同じ物を買った方が安く済むので、買い戻しを選ぶ者は意外と少なかったりする。

露店や食料品店で料理を多めに買い込み、∧無限収納《インベントリ》∨に入れる。これは、料理ができない俺たちの生命線とも言える。

次に向かったのは武器屋である。ドーラ用のハンマーを購入する予定だ。

俺たちの武器も新調した方が良い頃合いかもしれないが、今のところ困っていないので、ドーラの武器を優先させることにした。

「ごめん。さくらの杖はまた今度買おう」

「私は後回しで大丈夫です……。杖で直接戦う機会は少ないですから……」

そう言ってくれるのは嬉しいが、女子にいつまでも『ゴブリン魔術師の杖』を使わせ続けるのも可哀想だ。次の機会で買い換えよう。

「すいません。長柄《ながえ》のハンマーってありますか？」

武器屋に入り、店主のオッサンに聞いてみる。

「おお、あるぞ。……お前らの中の誰が使うんだ？」

「この子です」

「そんな小さい子がハンマーなんか使える訳……、もしかしてそういう種族なのか？」

ドーラを前に出すと、店主が呆《あき》れたような顔をするが、すぐに思い直して聞いてくる。

「はい。腕力には自信があります。だよな？」

《うん。だいじょーぶ》

店主に声は聞こえないが、ドーラがコクリと頷いたのでわかるだろう。

「小柄でハンマー……もしかしてドワーフか？　まあいい。その子の背丈に合わせると、このあたりだな。先に言っておくが重いぞ」

そう言って店主が取り出したのは、ドーラの身長と同じくらいの長さのハンマーだった。柄は細く長い木製、先端の部分に金属製の頭部が付いている。

名称：アイアンハンマー
分類：両手槌
等級：一般級《コモン》
効果：ノックバック（極小）

ドーラにハンマーを手渡すと、軽々と持ち上げて握り心地、持ち上げ心地を確かめている。

「本当に持ち上げやがった……」

《うーん……》

驚く店主をよそに、ドーラの顔には不満が見える。

「ああ、ちょっと待て。微妙に身体に合ってないみたいだな」

店主はそう言うと、奥からほんの少し形状の異なるアイアンハンマーを取り出し、ドーラの持っている物と取り替えた。

《これ、もちやすい！》

再び使い心地を確かめ、今度は満足した様子を見せるドーラ。店主、やるな。

「すいません。このハンマーをください」

「五万だ」

俺は店主に六万ゴールドを支払った。

「おい。一万多いぞ」

「良い仕事だったので、そのお礼です」

「変な奴だな……。まあいい、ありがたく受け取っておく」

この店主が悪い人間とは思わないが、この国では可能な限り借りを作りたくない。料金を多めに払うことで、金額以上のサービスを借りや義理にしないつもりだ。

満足する武器を得られたので、次は街の外に行き、実戦で使わせてみようと思う。


門を出て道沿いにしばらく歩き、そこから魔物の多い方に道を外れていく。しばらく進むと複数の魔物を発見した。

まずはドーラ一人で戦わせて、その実力を確認してみる。

《いくよー！》

最初の相手はマッドボアだ。ドーラは突進を軽々と避けると、その頭にハンマーを叩き付けた。

「ブモッ⁉」

耐えきれず、一撃で絶命するマッドボア。

《やったー！》

その後、何回か戦わせるが安定して勝利している。〈竜魔法〉なしでも十分に強いな。

《えっへん！　ドーラ、つよい！》

魔物を次々と倒し、少し調子に乗りすぎているドーラ。

「ドー……」

「さくら、ストップ」

戦闘中のドーラに声をかけようとするさくらを止める。

「でも、このままだと……！」

《きゃう⁉》

「ああ……！」

調子に乗り、油断していたドーラは背後から迫るマッドボアに気づかず、その突進を背中に受けることになった。ドーラは吹っ飛び、ゴロゴロと転がる。

「『ハイヒール』！」

「ええ……!?」

＜回復魔法LV2＞『ハイヒール』。レベル1で使える『ヒール』を遥かに超える回復量を誇る。

『ハイヒール』の光がドーラに当たり、ドーラのHPが全回復する。正直、普通の『ヒール』でも全回復していた。

《えーい！》

すぐに立ち上がったドーラは、少し涙目になりながらマッドボアを倒す。

《ごしゅじんさま、ありがとー！　いたかったー……》

「ドーラ、戦いの最中に油断をしたら駄目だ。それと、自分より弱い相手を見下すのも良くない」

《はーい。ごめんなさーい……》

「良い子だ。よしよし」

素直に謝ったドーラを全力で撫でる。撫でて撫でて撫でまくる。

《えへへへへー》

「仁君、そろそろ次に行きませんか……？」

「あ、はい」

五分ほど撫でていたら、さくらに声をかけられた。さくら、よく五分も待ってくれたよ。

ドーラの実力がわかったところで、連携の練習を始めようと思う。

マップで調べると、少し離れた場所に魔物の群れがいることがわかった。あまり強くない魔物たちだが、数が多いので丁度良い練習になるだろう。
《ふぁいあー！》
可愛らしいかけ声と共に、可愛くない威力のブレスが放たれる。
ドーラに先制攻撃の〈竜魔法〉を任せたのだが、立ち位置と向きが悪く、範囲攻撃に魔物を上手く巻き込めなかった。
《ドーラ、〈竜魔法〉の範囲を覚えて、どこで撃てば多くの敵に当てられるか考えるんだ！》
《はーい！》
魔物たちも〈竜魔法〉が脅威であることを察し、ドーラの方に多くの魔物が向かう。
俺はドーラをフォローするように立ち回り、魔物の数を減らしていく。
さくらの『ファイアボール』が俺たちから遠く離れた魔物に当たる。
「『ファイアボール』……！」
《さくら、遠くの魔物を狙うのも良いが、俺たちの近くの魔物も狙ってくれ！》
《でも、二人に当てたらと思うと……！》
《大丈夫だ！　さっきも言ったが、万が一当たってもダメージはない！　頑張れ！》
《が、頑張ります……！》
さくらは覚悟を決め、俺たちの近くにいる魔物にも魔法を放つようになった。
上手く俺たちの負担になりそうな魔物を狙ってくれるので、前衛二人の動きにも余裕ができる。
連携の前にさくらには説明していたが、〈契約の絆《エンゲージリンク》〉の効果の一つに、パスを繋いだ者への攻撃が大きく減衰するというものがある。わかりやすく言うと、『味方への攻撃オフ《フレンドリーファイア》』である。

これは魔法にも適用されるので、万が一さくらの魔法が俺たちに当たってもダメージはない。

《ドーラ、前に出すぎだ。仲間の位置は常に把握して、大きく離れないようにしろ》

《うん！　わかったー！》

集団戦や連携を知らない少女たちに、念話を通じて戦いの指示を出し続ける。

群れを全滅させたら、次の群れを探して再び戦う。何回も戦いを繰り返し、連携というものを身体に覚えさせる。

街で買った料理で昼食を済ませ、この日は一日中街の外で戦闘を繰り返した。

街へ帰還する頃には、安定した連携を取れるようになり、二人の特徴もわかってきた。

ドーラは見た目に反してかなりタフなようで、一日中前衛としてハンマーを振るっていたのに、全く疲れた様子を見せなかった。また、前衛をやるだけの度胸も証明されている。

強力な〈竜魔法〉もあるので、安心して近中距離の敵を任せられる前衛だ。

さくらは接近戦のセンスは皆無だが、魔法のセンスは抜群だった。最初はフレンドリーファイアを恐れていたが、戦闘の中で前衛に当たった魔法の数はゼロである。

集団戦でも冷静な判断で要所を把握し、的確に魔法を当ててくれる頼りになる後衛だ。

新規の魔物も多く、新しいスキルの習得を含め、成果に満足して街に戻ることにした。

マンドラゴラ
ＬＶ４
スキル：〈毒攻撃ＬＶ１〉〈調剤ＬＶ１〉
説明：人の形をした根っこの魔物。

キラーアント
ＬＶ６
スキル：〈酸攻撃ＬＶ１〉〈噛みつきＬＶ１〉
説明：大型の蟻《あり》。

ファイティングベア
ＬＶ８
スキル：〈身体強化ＬＶ２〉〈格闘術ＬＶ２〉
説明：格闘技を身につけた熊。

ホークアイ
ＬＶ６
スキル：〈飛行ＬＶ２〉〈索敵ＬＶ２〉
説明：鷹《たか》の魔物。上空から襲撃してくる。

街に到着したので、さくらとドーラには宿に戻ってもらい、冒険者ギルドでの買い戻し対応には俺一人で向かうことにした。面倒事になった場合、一人の方が動きやすいからな。
盗賊団のお宝を入れたアイテムボックスをさくらから預かったのだが、女性向けのポーチを身に着けるのは恥ずかしいので手に持つことにした。

冒険者ギルドに到着したのは六時二分前。買い戻しの予定時間ギリギリになってしまったが、遅れた訳ではないので問題はないだろう。

「すいません。買い戻しの件で伺いました」

昨日と同じ受付嬢がいたので、その人に用件を伝えた。

「はい。買い戻し希望の方が応接室でお待ちです」

まさか、こんなにも早く買い戻し希望者が現れるとは思わなかった。少し驚きながら、買い戻しのルールを受付嬢から聞く。

「買い戻し交渉はギルド内で職員監督のもと行ってもらいます。交渉ではトラブルが起きやすく、それを防止する措置となりますのでご了承ください」

「わかりました」

「それでは、ご案内いたします」

受付嬢に連れられ、冒険者ギルドの奥にある応接室に向かう。応接室の周囲は防音処理がされているようで、俺たちの足音だけが廊下に響いた。

「こちらの部屋になります。買い戻し希望者は貴族の方になりますので、ご注意ください」

受付嬢が小声で今更なことを言う。よりにもよって貴族かよ。嫌な予感しかしないぞ。

嫌そうな顔をする俺を無視し、受付嬢が応接室の扉をノックした。

「どうぞ、お入りください」

扉の奥から落ち着いた男性の声が聞こえたので、少しはマシな相手だと安堵する。

「失礼いたします」

受付嬢が扉を開け、買い戻し希望者の姿が見えるようになる。

「遅いですわ！」

大声で叫んだのは、金髪を縦ロールにして、赤いドレスを着こなした女性だった。誰がどう見ても貴族のお嬢様である。

縦ロールの後には、執事服を着た初老の男性がいた。誰がどう見ても執事である。

ノックに対応したのは執事だが、実際の買い戻し希望者は縦ロールのようだ。

名前：エリザベート
性別：女
年齢：18
種族：人間
称号：貴族令嬢
スキル：＜精霊魔法ＬＶ１＞＜精霊術ＬＶ１＞

念のためステータスを見たが、やはり縦ロールの方が貴族で間違いなさそうだ。

それにしても、＜精霊魔法＞と＜精霊術＞は見たことがないスキルだな。

＜精霊魔法＞
大気中に偏在する微精霊を媒体として魔法を行使できる。微精霊にＭＰを与えることで、微精霊が魔法を代行する。

＜精霊術＞
契約した精霊を召喚、使役することができる。召喚中は常にMPが消費される。精霊に魔法を使わせることもできるが、MPを消費するのは契約者となる。

どうやら、この世界には精霊が存在するらしい。いつか会ってみたいものだ。

「お待たせいたしました。こちらは買い戻し希望のエリザベートさんです」

「遅いですわ！ 私《わたくし》を待たせるとはどういうつもりかしら!? 貴族の貴重な時間を使わせるのですから、時間よりも前に来て待っているのが常識でしょう！」

受付嬢に紹介された縦ロールは、挨拶もせずに大声で怒鳴り散らす。

無茶苦茶なことを堂々と宣言する縦ロールに対し、俺の好感度は一気にマイナスまで下がる。

ここまで駄目な貴族の代表例が待ち構えているとは思わなかったよ……。

一応は交渉の席なので、丁寧な口調を心がけようと思う。そうしないと、苛立《いらだ》ちが表に出てしまいそうだ。

「約束は六時にギルドに来ることなので、間に合っていますよ」

「関係ありませんわ。貴族である私《わたくし》が買い戻しをすると言ったら、ギルドはそれを伝え、準備をさせるのが当然でしょう」

勝手な言い分に対し、受付嬢も困った顔をしている。

「申し訳ありませんが、冒険者ギルドにそのようなルールはございません。私共としましても、指定時間前に呼び出すような権限は持っておりませんので、ご要望にはお応えできかねます」

「ギルド職員風情が、よくも貴族である私《わたくし》に口答えしましたわね！　貴女《あなた》なんて、私《わたくし》の権限で街から追い出しても良いのですわよ！」

自分の思い通りにならないと喚《わめ》き散らす。これは最悪の部類の貴族だな。さっさと話を進めて、とっとと帰ろう。

「貴族の時間は貴重なのでしょう？　早く話を進めましょう。何を買い戻したいんですか？」

「何て失礼な男でしょう。これだから冒険者というのは野蛮で……」

「お嬢様、今は目的を優先いたしましょう」

縦ロールの文句が続きそうなところで、黙っていた執事が先を促した。

「……そうですわね。ご苦労様、セバスチャン」

執事の名前は執事っぽい名前だった。これは完璧だ。

「私が買い戻したいのは、鷲《わし》の紋章の入った短剣ですわ。持っていらして？」

取り繕った声色で問いかけてくる縦ロールだが、本性を見たばかりなので不快感しかない。

この国の貴族女性は、王女も含めて外面を取り繕うのが得意なのかもしれない。

さて、買い戻し希望の短剣だが、確かにアイテムボックスに入れた記憶がある。

取り出したのは、いくつもの宝石が付いた、高そうな短剣だった。柄には鷲の紋章がある。

「持っていますね。これですか？」

「それを返しなさい！」

短剣を見せると、縦ロールが短剣を掴み取ろうとしてきた。

縦ロールの手を避けると、顔の前に手を出してそれ以上の暴挙を防ぐ。この場で縦ロールの手に短剣を渡すと、そのまま奪い取られそうな気がする。

「値段交渉が先です。それまでは一切触れさせません」

「何を勝手なことを！」

一番勝手な事をしているのはお前だよ！

無言で手を出し続けていると、俺を睨み続けていた縦ロールが先に折れた。

「ふん、いいでしょう。一〇万ゴールドでその短剣を返しなさい！」

縦ロールが再びふざけたことを言い放つ。

〈千里眼《システムウィンドウ》〉で短剣を調べたところ、短剣自体の価値だけで五〇〇万ゴールドを超えていた。付加価値も合わせれば、もっと高くなるのは確実だ。

これは、貴族だから言うことを聞くと思っているのだろうか？　それとも、俺が相場を知らないと思い、安く買い戻そうとしているのだろうか？

「何の冗談ですか？　この短剣はそんなに安くないでしょう？」

具体的な値段は出さず、問いただすように言うと……。

「うるさいですわね！　私《わたくし》が一〇万と言ったら一〇万なのですわ！」

どうやら、前者だったようだ。貴族をどれだけの特権階級だと思っているのだろうか？

確かに、この国では貴族の立場は相当高いようだ。しかし、その威光が誰にでも通じる訳ではない。俺のように、この国に何の恩も義理もない人間だっているのだ。

それを考えず、いつも通りに振る舞っているのだろう。……普段からコレとか、なおさら救いようがないよな。

もう良いだろう。付き合うだけ時間の無駄だ。ここからは、一気にいかせてもらう。

「わかりました。それでは、買い戻しを拒否させていただきます」

バッサリ買い戻しを拒否してみる。このまま交渉決裂するならそれでも良い。

「な!? 許しませんわ! そんなことをしたら、この街で冒険者などさせませんわよ!」

さすがに慌てる縦ロールだが、それでも下手に出るつもりはないようだ。

ここまでの話の流れから、この短剣は縦ロールにとって、絶対に取り戻さなければならない類の品だという予測が立っている。

好き勝手なことを言う縦ロールだが、この買い戻しの主導権は俺にある。俺が買い戻しを拒否すれば、この短剣を取り戻すことはできなくなる。まずはそれを理解させる。

「先ほどから勘違いしているようですが、俺は冒険者じゃないので関係ありませんね」

これを見越していた訳ではないが、この街で冒険者登録をしなくて良かった。

「何を馬鹿なことを……。言い逃れをしようとしても無駄ですわよ!」

どうやら、冒険者でもない一般人が盗賊団を壊滅させたとは信じられない様子。

「いえ、彼は本当に冒険者登録をしていません。それと、ギルド内で堂々と一般人を脅すような言動は慎んでください」

「ギルド職員風情が偉そうに……」

受付嬢に釘《くぎ》を刺され、縦ロールは俺と受付嬢の二人を交互に睨み付ける。

「わかりました。二〇万ゴールド出しましょう。早く短剣を売りなさい」

この期に及んで、まだそんなことを言う縦ロールに、俺の我慢も限界を迎えた。

縦ロールへの苛立ちは、この国への苛立ちにも火を付ける。冷静なフリをしていたが、この国に対して色々と思うところはある。

国を出る前に貴族相手に面倒事を起こすのは得策とは言えない。しかし、それ以上にこの国の連中に好き勝手されるのは我慢ができない。

　どうせ、国全体が敵のようなものだ。今更、貴族の一〇人二〇人と敵対したところで、何も状況は変わらない。襲いかかってくるなら、迎え撃って殺せばいい。

「二〇〇万ゴールド」

「はい？」

「二〇〇〇万ゴールド未満では売りません」

　買い戻しで荒稼ぎする気はなかったので、自主的に五〇〇万を超える価格を提示すれば売るつもりだった。しかし、いつまで経っても五〇〇万に近づく素振りすらない。

　時間の無駄なので、四倍の価格をふっかけて話を強制終了してやろう。計算式は、短剣の価格が五〇〇万、推定付加価値が五〇〇万、貴族がムカつくから二倍、締めて二〇〇〇万ゴールドである。

「む、無茶苦茶ですわ。その短剣の価値は五〇〇万程度ですわよ……」

　無茶苦茶なのは当然だ。これは交渉ではなく脅迫なのだから。

　やはり、この短剣自体の価値は把握していたようだ。本当に呆れて物も言えない。

「二〇〇〇万、払いますか。払いませんか」

　できるだけ、平坦《へいたん》な声で語る。

「貴族である私《わたくし》に、そのような無茶な要求をしてタダで……」

「二〇〇〇万、払いますか。払いませんか」

　同じ声色で同じ内容を語る。

「待ちなさい！　せめて一〇〇〇ま……」

「二〇〇〇万、払いますか。払いませんか」

縦ロールの話を遮って語る。

「だから、話を……」

「二〇〇〇万、払いますか。払いませんか」

機械のように繰り返し語る。

「……は、払いますわ」

とうとう、縦ロールが折れた。

一切話を聞かず、同じ話を繰り返してゴリ押すという、主導権がなければできない、無慈悲なる戦術が炸裂《さくれつ》した。

「交渉成立ですね。支払いは現金でお願いします。ギルド職員さん、記録をお願いします」

「……はい」

言った言わないの水かけ論になるのは嫌なので、受付嬢に正式な記録を残してもらう。

「くっ……」

受付嬢は引いているし、縦ロールは悔しそうな顔をしているが、全く気にならない。

第一〇話　獣人奴隷と犯罪奴隷

さすがの縦ロールも二〇〇〇万ゴールドの現金は持ち歩いていなかったようで、街の反対側にある自宅まで取りに戻るのを待つことになった。

「こちらが大金貨二〇枚で二〇〇〇万ゴールドになります」

二人は三〇分後に戻ってきて、セバスチャンから大金貨の入った袋を手渡される。

軽く袋の中身を確認して、短剣を取り出す。当然、二人を信用している訳ではないので、マップ上で正確な枚数は確認済みである。二〇枚ピッタリだった。

俺がセバスチャンに短剣を渡すと、すぐに縦ロールがひったくり、表裏隈《くま》なく確認する。

「間違いなく我が家の家宝の短剣ですわ。持たせた使者が盗賊に襲われたと聞いた時はもう返ってこないものかと思いましたけど、無事取り返せましたわ。これであの取引をもう一度……」

多分、感極まって言っちゃいけないことを口走った気がする。こちらの視線に気づいた縦ロールがもの凄く気まずい顔をしている。

「忘れなさい……」

それだけを絞り出すように言って黙る。

多分、貴族的に言ってはいけない話だな。言われた通り、忘れるのが正しいだろう。

そして、あの短剣は家宝だったのか。それは取り戻さない選択肢はないよな。

解散になったので、まずは縦ロールから外に出ていった。ギルド管轄外での無用なトラブルを避けるため、退出は別々に行うらしい。

「ずいぶん吹っかけましたね。多分ギルド歴代一位ですよ」

「態度が不快だったから吹っかけたのは事実ですけど、背景込みで一〇〇〇万ゴールドはする短剣ですから、妥当な値段だと思いますよ」

苦笑しながら言う俺に対し、少し真剣な顔をする受付嬢さん。

「しかし、彼女がこの街の貴族であることは事実です。大丈夫ですか？」

「まあ、何とかなると思います。危なそうならさっさと出ていきます。一度でも時間通りに買い戻しに来なければ、もう来ないと思ってください」

「残念ですが、最初がアレでは仕方ありませんね……」

納得を示すということは、受付嬢的にも酷い部類に入るのだろう。

こんこん、と応接室の扉がノックされる。受付嬢が扉を開けると、ギルド長が入ってきた。

「買い戻しをしていたみたいだな」

「はい。もしかして、報奨金ですか？」

ある意味、タイミングが良いと考えるべきだろう。

最悪、この街を出ていこうと考えていたのだから、もらえる物はもらっておいた方が良い。

「うむ、討伐が確認された。受け取れ、五〇万ゴールドだ。これでちょっとした金持ちだな」

大金なのは間違いないのだが、正直に言うと今更感が強い。

直前に二〇〇〇万ゴールドを入手しているので、五〇万ゴールドでは消費税分にもなりはしない。

「実は、今の買い戻しで二〇〇〇万ゴールドを手に入れているんですよ……」

「何⁉　……まさか貴族相手に吹っかけたのか？」

わかる人にはわかるよな。一般人相手では、吹っかけるにも限度があるから。

「はい。態度が非常に悪かったので」

「おいおい、貴族にケンカ売るとか正気かよ。大金も持っているし、気を付けろよ？」

「ええ、肝に銘じておきます」

五〇万ゴールドを受け取り、また明日も来ることを伝え、二人の待つ宿に帰ることにした。

「お金持ちになりました」

帰って最初のセリフがコレである。二人ともキョトンとした顔をしている。可愛い。

「もしかして、買い戻しがあったんですか……？　それとも、報奨金ですか……？」

「両方だな。報奨金五〇万、買い戻し二〇〇〇万だ」

「二〇〇〇万……！　それは、本当に大金ですね……」

さくらは驚いた顔をしているが、ドーラはキョトン顔のままである。

「美味しいものが沢山食べられるようになったんだ」

《やったー！　ごしゅじんさまだいすきー！》

わかってくれたようで何よりだ。そして、俺もドーラが大好きだ。

「∧無限収納《インベントリ》∨があるから、生活必需品も沢山買えますね……」

「ああ、旅の質向上は優先課題の一つだからな」

実は、少し前から考えていたことがある。このタイミングなら、切り出せそうだ。

「それと、買いたい物があります」

「何で急に敬語になったんです……？」

やましいことがあると、敬語になる癖があるのです。

「奴隷を買いたいです」

「どれい……？」

この世界には奴隷制度があります。親に売られた子供、借金が返せなくなった者、犯罪者などが奴隷として売られています。

奴隷との契約には〈奴隷術〉というスキルが必要になり、奴隷紋という奴隷の証を刻むか、『隷属の首輪』という魔法の道具《マジックアイテム》を着けることで行動を縛ります。

奴隷紋は格下の相手にしか刻めないため、強い戦闘奴隷は珍しいです。

奴隷に人権はなく、基本的に物として扱われます。奴隷から解放することも可能です。

これらの情報を丁寧に説明しました。

「一番の目的は料理だ」

これはやましくない理由である。

「奴隷に料理を作らせるってことですか……？」

俺もさくらも料理ができないなら、できる人間を旅のメンバーに加えればいい。

「旅の同行者として、この国の住人は信用できない。この国に帰属意識がある以上、国の命令に逆らえるかわからないからな」

「そこで、奴隷という訳ですか……」

「そうだ。奴隷なら国への帰属意識よりも主人の命令が優先される。〈料理〉スキル持ちも探せばいるだろう。この国で同行者を増やすとなると、他の選択肢はないと思う」

「購入した奴隷には、戦ってもらうんですか……？」

「ああ、そのつもりだ。〈生殺与奪《ギブアンドテイク》〉と〈契約の絆《エンゲージリンク》〉があれば、戦闘経験のない奴隷でもそれなりの戦力にはなるだろう。俺の能力は配下の数が多いほど有利だからな」

正直、三人だけでは大した効率にはならない。折角、配下の数に制限がないのだから、拡張できるなら拡張していくべきだ。

「わかりました……。私も奴隷の購入に賛成します……」

《ドーラもー！》

丁寧な説明により、さくらから奴隷購入の忌避感をなくすことに成功したようだ。

奴隷を買いに行くのは明日ということにして、本日は早めに休むことにした。

本日、ドーラはさくらと一緒に寝ている。ドラゴン形態のドーラを抱きしめ、さくらは幸せそうに眠っていた。明日は俺の番だ。


翌日、冒険者ギルドに買い戻しの確認をした後、奴隷の販売を行う奴隷商に向かった。

奴隷商は意外と小綺麗で大きい建物だった。特に裏通りにある訳でもなく、堂々としていることから、奴隷商が後ろ指を指されるような職業ではないことが窺える。

少し考えたのだが、今回はさくらとドーラにも同行してもらっている。これから一緒に行動するのだから、二人にも見てもらった方が良いと思ったのだ。

……しかし、この面子《めんつ》で奴隷商に入ると、傍《はた》から見たらどんな関係に思われるのだろう？

「いらっしゃいませ。本日はどのようなご用でしょうか？」

胡散《うさん》臭そうなオッサンが近づいてきた。どうやら、店主らしい。胡散臭い。

「料理のできる奴隷を買いたい。予算は一〇〇万ゴールド以内だ」

目的と予算を伝えれば、細かい判断は奴隷商の方で行ってくれるだろう。

予算に関しては、命の値段としてはどうかとも思うが、一〇〇万ゴールドあればかなりの上物が買えるらしい。ヘルプ先生はこんな場面でも役に立つ。

Q：奴隷購入の相場を教えて？

A：ピンキリですが、この国では数万～数一〇〇万くらいが多いです。

「わかりました。今ご用意させますので、応接室でお待ちください」

応接室に入りソファに座る。右にはさくら、左にはドーラが座っている。

少し待っていると、薄い貫頭衣《かんとうい》を着た女性たちが入ってきた。男性は一人もいない。

貫頭衣は薄く、奴隷たちの身体のラインがモロに出ている。歩いてくる時も貫頭衣の隙間からチラチラと見える。さくらは顔を真っ赤にしている。

……なるほど。ソファなら足が組みやすいというメリットがあるのか。よく考えてあるな。

女性奴隷たちの年齢は若く、一〇代から二〇代前半くらいになっている。比較的容姿も整っており、店主が言外の要求を理解していたことを窺わせる。

しかし、交代させて何グループか確認するも、お目当ての＜料理＞スキル持ちはいなかった。

スキルがなくても料理はできるが、折角ならうまい料理が食べたい。

この奴隷商に＜料理＞スキル持ちの奴隷がいるはずなんだが……。もう一度、確認してみよう。

「……その扉の先には何があるんだ？」

部屋の隅にある扉を指示して店主に質問する。店主は不思議そうな顔をするも、質問に答えた。

「はい。その部屋には犯罪奴隷や欠損の激しい奴隷をまとめて入れています。お客様のご要望は料理ができる奴隷とのことなので、衛生面も含め除外させていただきました」

犯罪奴隷とは、身分を奴隷に落とすという刑を与えられた犯罪者のことをいう。

一旦は奴隷商で販売されるのだが、その多くは買われることなく、鉱山などの過酷な肉体労働に従事させられる。事実上の死刑と言っても過言ではない。

また、この世界には肉体の欠損を治す手段が存在するが、非常に稀少で一般的ではないため、身体を欠損してしまった奴隷の需要はないに等しい。

これらの事情を考えれば、店主が俺に見せる必要がないと判断したことにも頷ける。しかし、マップによれば〈料理〉スキルを持つ奴隷はその部屋にいるようだ。

「すまないが、その部屋を少し見ても良いだろうか？」

「構いませんが、時間の無駄だと思いますよ」

犯罪奴隷も欠損奴隷も値段は安い。奴隷商としては、金のある人には高い奴隷を買ってほしいだろうから、あまり乗り気でないのも当然だろう。

「それでも頼む」

「わかりました。鍵を取ってきますので、少々お待ちください」

犯罪奴隷と欠損奴隷の部屋が衛生的とは思えないので、さくらとドーラは連れていかず、俺一人で扉の中に入ることにした。

少し長い通路を進むともう一枚扉があった。その扉の先には、檻がいくつも置かれており、亜人や欠損の酷い者、ギラギラした目をした奴隷などがいた。当然のように臭い。

その中で二人の少女が気になった。一人は左腕がなく顔中に酷い怪我をした獣人の少女、もう一人は肩までの黒髪と黒い瞳を持つ少女だ。

黒髪、黒目の少女が俺の存在に気づいて叫んだ。

「お願い！　私を買って！　高校生くらいのお兄さん！」

高校生、この世界にはない概念だ。

目の前の少女は黒髪、黒目の俺を見て、『日本人らしい言葉』で懇願してきたのだった。

名前：ミオ
性別：女
年齢：10
種族：人間（転生者）
称号：犯罪奴隷
スキル：＜料理ＬＶ５＞＜家事ＬＶ４＞

なるほど。＜料理＞スキル持ちは転生者だったのか。

しかし、犯罪奴隷か……。犯した罪の内容によっては、いくら＜料理＞スキル持ちとはいえ、仲間にする訳にはいかないだろう。ここは、しっかりと確認しておこう。

「店主、その娘は何をした？　見たところ欠損もないようだし、犯罪奴隷なのだろう？」

「はい。この娘は料理に毒を盛った罪で村から犯罪奴隷として引き渡されました。料理ができる奴隷に該当しますが、毒で捕まった者を料理人として紹介はできません」

さすがに料理に毒を盛った転生者を買うのは無理だ。

仕方ないから、料理のできる奴隷から可愛い娘を一人選び、獣人少女と合わせて購入しよう。

俺が少女から目線を外すと、少女は自分が興味の対象でなくなったことを察して訴えかける。

「待って！　私そんなつもりはなかったの！　私……」

「ここでは売り込みは禁止です。大人しくしていなさい！」

少女が話を続けようとするが、店主が奴隷紋で少女のセリフを遮ろうとする。

「マヨネーズがど……くなん……て、知ら……なかった……の……」

奴隷紋により激痛が走り、途切れ途切れになったものの、辛うじて意味のある言葉が伝わった。

「店主、その娘に話をさせてやれ」

「よろしいのですか？」

「ああ、構わない」

「わかりました」

店主が奴隷紋による拘束を解くと、少女は息を切らしながら縋るような目で見つめてきた。

「はぁ、はぁ。……いいの？」

「ああ、もう一度詳しい話を聞かせてくれ」

俺が先を促すと、少女は息を落ち着かせながら話を進めた。

「私の名前はミオ。自分の村でマヨネーズを作ってお金を稼ごうとしたの。小さい頃から料理や家事をしていたから、村の皆も恐る恐るだけどマヨネーズを食べてくれたわ」

確かに〈料理〉と〈家事〉のスキルレベルが高い。

「一度食べたら皆も気に入ってくれて、村で大流行したんだけど、この世界ではマヨネーズって一定量以上を食べると毒になるみたいなの。マヨネーズを多く食べていた人が倒れて、私のせいだってことになって、後はそのまま犯罪奴隷に落ちて……」

少女の様子を確認していたが、嘘を言っているようには見えなかった。

嘘を言っている人間の見分け方は、元の世界で親友から教わったことがあるからな。

再び俺の目を見て懇願する少女。

「お願いします。私を買ってください。このままだと鉱山送りなんです。どんなことでもします。何でも言うことを聞きます。料理も作ります。お世話もします。だから、だから……」

ここまで聞き、俺の意思は決まっていた。この少女には、買うだけの価値がある。

俺は黒髪、黒目の少女と欠損の酷い獣人少女を指し示して店主に伝える。

「この娘とそっちの娘を買いたい。いくらだ」

「ええ!?」

急に二人も買うと言い出したので、奴隷商が驚いている。

「嘘みたいな身の上話を聞いて、同情するのはやめた方が良いと思いますよ。そちらの獣人は料理どころか、欠損が酷くて長くは生きられないでしょう」

「それで構わない。いくらだ?」

「……はい。二人合わせて四万ゴールドになります」

俺が意見を変えようとしないので、諦めた店主が二人の価格を提示する。

「随分と安いんだな」

「死にかけの奴隷と犯罪奴隷ですから、一般的な奴隷よりも相当安くなっております」

「このまま連れ歩くのは厳しいから、最低限体裁を整えてから連れてきてくれ」

俺はそう言って店主に五万ゴールドを手渡す。

「はい。しばらくお待ちください」

応接室に戻りしばらく待つと、先ほどの貫頭衣よりはマシな格好をした二人が入ってくる。

獣人少女はフードで顔を隠され、力なく座り込んでいる。犯罪奴隷の少女は心底安堵した表情をしている。

店主と共に怪しい風貌をした男が入ってきた。恐らく、〈奴隷術〉使いだろう。折角なので、ステータスを確認してみる。

名前：ゲドー
性別：男
年齢：35
種族：人間
スキル：〈奴隷術ＬＶ２〉

予想通り〈奴隷術〉使いだった。欲しいスキルではあるが、敵ではないので奪わない。

「それでは、奴隷契約をいたします。血を一滴ずついただきますが、ナイフはご入り用ですか？」

「ああ、頼む」

奴隷紋による契約の場合、主人となる者の血を奴隷紋に刻み込む必要がある。

奴隷紋は背中にあるので、犯罪奴隷の少女は着ていた服をめくり上げられる。〈奴隷術〉使いがスキルを発動すると、少女の奴隷紋が光り始めた。

「ううっ……」

少女が苦しげな声を上げる中、店主から借りたナイフで指先を切り、奴隷紋に血を一滴垂らす。

「くうっ……」

続いて、呻《うめ》き声を上げる獣人少女の奴隷紋にも血を一滴垂らす。

契約が完了し、俺の所有物となった二人の少女に最初の命令をする。

「俺がお前たち二人を買った仁だ。奴隷商を出たら、俺が良いと言うまで喋ることは禁止する」

「はい」

犯罪奴隷の少女は返事をしたが、獣人少女は返事をしない。そもそも、返事ができる状態にも見えない。自力で立ち上がることもできなそうなので、俺が抱えていくことにした。

「またのご来店、お待ちしております」

店主に見送られて奴隷商を後にすると、大急ぎで宿に戻った。

部屋に入り鍵を閉める。重要な話をするので、念のためというヤツだ。

「よし、もう喋っても良いぞ」

『喋るな』という命令を解除したが、獣人少女の方は喋れるような状態には見えない。

ただ、時々呻き声は聞こえるし、ＨＰはそれなりにあるので、簡単に死ぬことはないだろう。

「まずは自己紹介をしてくれ」

「はい、わかりました」

俺が促すと、犯罪奴隷の少女が丁寧なお辞儀をした。

「コホン。では、改めまして、私の名前はミオといいます。日本人のご主人様」

「ええ!?」

さくらが驚いた顔で俺を見てくる。そろそろ、説明してあげよう。

「恐らく、ミオは元日本人の転生者だ。記憶を持ったまま、この世界で生まれ変わったのだろう」

「あれ？　何でご主人様はそこまで知っているの？　多分、日本人だと思って話しかけたけど、私の事情に詳しすぎませんか？」

　よく考えたら、ミオが俺を日本人と判断した理由は聞いていなかったな。

「お前こそ、どうして俺を日本人だと思った？」

「この世界では黒髪、黒目の人はそれなりに珍しいんですよ。最近、勇者を異世界から召喚するって噂が流れていて、過去の勇者の大半が日本人らしいから、黒髪、黒目で日本人顔のご主人様は、日本人の可能性があると推測したの。半ば賭けだったけどね」

「なるほど。結構な無茶をしたな」

　俺が日本人でなければ、奴隷商の命令を無視したミオの待遇は更に悪くなっていただろう。

「ホント、危なかったわぁ……」

「それじゃあ、他にも色々と質問させてもらうぞ。俺たちの説明は後回しだ」

「わかったわ。ご主人様たちの説明、楽しみにしているわね」

　ミオが嬉しそうに微笑《ほほえ》む。どうやら、意外と茶目っ気があるタイプのようだ。

「一応、確認するけど、ミオは料理が得意なんだよな」

「あ、本来の目的は料理人でした……」

　転生者のインパクトにより、さくらは奴隷購入の目的が料理人確保だということを忘れていた。

「ああ、〈料理〉スキルは確認済みだ」

「それなら安心ですね……」

「ご主人様たちは料理人をお望みなのね？　任せて！　元一人暮らしの炊事力を見せてあげる！」

　ミオが自信満々に宣言した。日本人の料理人なら、俺たちの舌に合う料理を作れるだろう。

「残念ながら、俺たち二人とも料理が壊滅的だからな。料理は任せるが、毒は入れるなよ」

「そ、そんなことしません！　酷いですよー。トラウマなんですからー……」

「わかっているって。ごめん、言いすぎた。よしよし」

俺の軽いジャブにミオが泣きそうになったので、慌ててフォローしつつミオの頭を撫でる。

どうやら、結構なトラウマになっているようなので、このネタで弄《いじ》るのは控えよう。なお、絶対に弄らないとは言っていない。

ミオの様子を見ると、顔を真っ赤にしつつ、大人しく撫でられている。

《ドーラもなでてー！》

俺に撫でられているミオを羨んだのか、ドーラが頭を出してすり寄ってきたので撫でる。

右手でミオ（一〇歳）、左手でドーラ（七歳）を撫で続ける。

「あの、毒って何のことですか……？」

さくらが恐る恐る聞いてくる。そういえば、さくらは毒の話は初耳だったな。

「さくら、ごめん。その話は後で良いか？　とりあえず、危ないことはないから」

「わかりました……。後で詳しい話をお願いします……」

「ああ、後でちゃんと話すよ」

さくらとしても、気になることは色々とあるだろうからな。

次に獣人少女の方に注目する。座り込んだまま、こちらを見ようともしない。そんなこともできないような状態なのだろう。

「本人が喋れないようだから、俺が代わりに紹介しよう。この少女は『獣人の勇者』マリアだ」

「はい……？」

「何それ？」

紹介になっていない紹介を聞き、さくらとミオが首を傾げる。
「うぅ……」
《えへへー》
マリアは苦しそうに呻き声を上げ、ドーラは嬉しそうに撫でられ続けている。

第一一話　欠損回復と奴隷たちの事情

名前：マリア
性別：女
年齢：12
種族：獣人（猫）
称号：仁の奴隷、獣人の勇者

　これが俺の奴隷となった獣人少女、マリアのステータスである。

「勇者……。この子も異世界から来た勇者なんですか……？」

　勇者に良い思い出がないこともあり、さくらが不安そうに尋ねてくる。

「いや、マリアの称号は『異界の勇者』じゃなくて『獣人の勇者』だから、転移者や転生者の可能性は低いと思う。少なくとも、日本人ではないはずだ」

「あのー、称号って何のことですか？」

　ミオが手を上げて質問してきたが、そのあたりの説明も後回しにしたいところだ。

「もしかして、ゲームの鑑定みたいな能力があって、他人の称号が見えるんですか？」

　何も説明していないのに、大体の事情を理解してくれた。意外とそういう方面に詳しいようだ。

「ああ、細かい説明は後回しにするが、その認識で間違っていない」

「わかりました。説明が楽しみです」

異世界転生してマヨネーズで成り上がろうとするような子だから、サブカルチャーに詳しくても不思議ではない。

「どう見てもレアな称号だったからな。詳しい話を聞きたいと思って買った訳だ。このままじゃ、話を聞くこともできないだろうけど……」

身体中がボロボロで欠損も酷い。ＨＰを見ても欠損のペナルティなのか最大値が相当に低い。放っておけば、確実に死ぬ。そして、買った以上は簡単に死なせるつもりはない。

俺がさくらの方を見ると、さくらがハッとした表情になる。

「もしかして、私の能力でこの子を治す魔法を創るんですか……？」

この世界に欠損を治す魔法は存在しない。そして、さくらの＜魔法創造《マジッククリエイト》＞はこの世界に存在しない魔法を創れる。

さくらに最初にどんな魔法を創りたいか聞いたところ、『仁君の役に立つ魔法』と答えた。丁度良い機会を窺っていたのだが、これ以上に相応しいものはないと思う。

「そのつもりだが、頼んでも良いか？」

「はい、大丈夫です……。魔力とＭＰをお借りしても良いですか……？」

「もちろんだ。ドーラも良いよな？」

《あげるー！》

「それでも足りなければ、外で回収してこよう」

魔力とＭＰが高い魔物は少ないので、数で補う必要があるだろう。

「魔法……。今度は何をするんだろう？」

俺たちの話を聞き、ミオが小さく呟く。好奇心が抑えられない様子でこちらを見ている。

俺とドーラの魔力とＭＰの大半をさくらに譲渡する。

「これなら、行けそうです……」

さくらの足下に光り輝く魔法陣が浮かび上がる。

「＜魔法創造《マジッククリエイト》＞、『リバイブ』……！」

さくらが宣言して数秒経つと光が消えた。

さくらのステータスを確認すると、新しいスキルと魔法が追加されていた。

＜固有魔法《オリジナルスペル》＞
＜魔法創造《マジッククリエイト》＞により創造された魔法が使えるようになる。

『リバイブ』

対象となる生物の欠損を回復する。死体には使用不可。欠損ペナルティも解除されるが、ＨＰの回復はしない。


無事に欠損を回復する魔法の創造に成功したようだ。

「ふう、できました……」

さくらが息を荒くしているので、ステータスを確認したら残りＭＰが半分以下になっていた。

ＭＰについて調べた時にわかったことだが、短期間で大量のＭＰを消費すると疲労感が生じるらしい。

ＭＰを回復すればマシになるので、道具屋で買ったＭＰポーションをさくらに手渡す。

「回復は俺がやるから、これでも飲んで休んでいてくれ」

「はい、わかりました……」

さくらの〈魔法創造《マジッククリエイト》〉は、魔法を創造する時に大量のMPを消費するが、創造された魔法を使う時も普通の魔法以上のMPが必要になるそうだ。

疲れているさくらにこれ以上の負担はかけられないので、魔法の発動は俺が行うことにした。

俺はさくらから〈固有魔法《オリジナルスペル》〉のスキルを借りて、譲渡した魔力とMPを回収する。俺も残りMPは少ないのでMPポーションで回復しておく。

「マリア、今から魔法を使いお前の欠損を治す。試したことのない魔法だから、完全に治る保証はないが、今より悪くなることはないはずだ。この魔法を受け入れるか？」

マリアの目には絶望しか映っていない。俺の話は聞こえているだろうが、欠損が治ると聞いても希望が目に宿ることはなかった。既に諦め切っているのだろう。

しかし、諦めている以上、特に文句もないらしく、ゆっくりと頷いたのを確認できた。

「わかった。今から詠唱を始める」

マリアの正面に立ち、『リバイブ』の詠唱を始める。詠唱と同時にMPがガリガリと減る。

今後もさくらの〈魔法創造《マジッククリエイト》〉を使っていくなら、MPはいくらあっても困らない。戦力的に余裕ができたら、MP優先の狩りをするのも良いだろう。

一〇分ほど経過してようやく詠唱が完了した。これは、戦闘中に使うのは不可能だな。

「『リバイブ』」

魔法を発動すると、強い光がマリアを包み込んだ。

眩《まぶ》しくてよく見えないが、マリアのシルエットが徐々に変化しているように見える。

少しして光が収まると、四肢の欠損が治り、茶色のショートヘアの上に猫耳のついた、可愛らしい猫獣人の少女が現れた。

『リバイブ』の説明文にあった通り、減少したＨＰまでは回復していないので、ギリギリ残ったＭＰで『ヒール』を発動して回復してあげる。

「『ヒール』。よし、これで元通りになったはずだ」

欠損前のマリアの姿は知らないが、恐らく元通りに戻ったのだろう。

「「………………」」

ミオとマリアが呆けたような表情をしている。何も説明していないので無理もない。

マリアは自分の身体を見て、顔を触り、手を触り、身体中を触っていく。

「あれ、喋れる。手もある。何で……。もう死んじゃうんだとばかり……。うぇ、」

「うぇ？」

マリアが変な声を出して顔をクシャクシャに歪める。これは、泣くな。

「うぇええええええええん。びえええええええええええええ」

思った通り、マリアが泣き出した。マジ泣きだ。号泣だ。

それから、マリアは一〇分近く泣き続け、泣き終わると同時に俺の前に平伏した。何これ？

「えっと、マリア、それは何だ？」

「感謝と忠誠を形にして示そうと思いました」

俺が尋ねると、マリアは俯いたまま答えた。

「ご存じの通り、私の名前はマリアといいます。仁様、私を助けてくださったこと、心から感謝しております。今の私には何もできませんが、せめて生涯の忠誠を捧げさせてください」

いきなり生涯の忠誠を捧げられてしまった。

余談だが、奴隷は所有者が解放しない限り生涯奴隷のままである。加えて言うと、犯罪奴隷を勝手に解放することは犯罪だし、簡単には解放できないようになっている。そりゃそうだ。

「いつ命が潰《つい》えても不思議ではない状況の中、もしも私を救ってくださるような人が現れたら、その人に全てを捧げようと決めていたのです」

「その理屈で言うと、忠誠を捧げる対象は俺で良いのか？　俺は魔法を使っただけで、その魔法を創ったのはそこにいるさくらだ。間違いなく、さくらの方が功績は大きいぞ」

俺の功績は『リバイブ』と『ヒール』の発動だけであり、一番の大きな功績は『リバイブ』を創り出したさくらであることは疑いようがない。俺としても、勘違いで忠誠を捧げられるのは嫌だ。

「全てを理解している訳ではありませんが、私を買ってくださったのは仁様です。そして、さくら様に私を治すよう頼んだのも仁様です。さくら様にも感謝はしていますが、『私を治す』という意思決定をした仁様に一番の感謝と忠誠を捧げたく思いました」

なるほど。『リバイブ』を使ったからではなく、『マリアを治す』と決めたのが俺だから、俺に忠誠を捧げるということか。勘違いじゃないなら、忠誠を受け取っても良いだろう。

「わかった。マリア、お前の忠誠を受け取ろう」

「はい、よろしくお願いいたします」

マリアも話せるようになったし、そろそろ本格的な自己紹介をしていこう。

「それじゃあ、もう少し細かい話をしていくが、最初に命令しておく。今から話す内容は他言無用だ。絶対に他人に知られたくない情報が含まれているからな」

「はい、わかりました」

「そうよね。ご主人様たち、どう見ても普通じゃないもの」

やはり、ミオは何となく察しているようだ。

「まずはもう一度名前を教えておこう。俺の名前は進堂仁。進堂が名字で仁が名前だ」

「名字……。仁様は貴族なのですか？」

この世界では貴族しか名字を持っていない。

しかし、貴族呼ばわりはあまり気分が良くないな。この国の王族を思い出すからだろう。

「違う。俺の故郷では全員が名字を持っていたんだ」

「この国の住民ではないのですね。どこから来たのかお聞きしてもよろしいですか？」

「異世界だ。勇者召喚によってこの世界に呼ばれた」

「仁様は勇者だったのですか⁉」

今度は勇者呼ばわりだ。これも気分が良くない。この国の王族を思い出すからだろう。

「違う。俺たちは勇者じゃない。マリア、貴族と呼ぶのも勇者と呼ぶのも禁止する」

「も、申し訳ございません！」

少々怒気をはらんだ声で命令すると、マリアが土下座をして謝ってきた。

悪気はないのだろうが、先ほどから呼ばれたくない呼び名を連発しすぎだ。

「俺とさくら……進堂仁と木ノ下さくらの二人は、大勢の学校関係者とこの世界に勇者召喚で呼ばれた。しかし、俺たち二人には祝福《ギフト》が与えられなかった。異世界から来た祝福《ギフト》の持ち主が勇者だ。祝福《ギフト》のない俺たちを勇者とは呼ばない」

「ありゃ、勇者じゃなかったのね。ちょっと予想が外れたわ。まあ、転移してきた日本人というのが当たったから良いか。日本人顔だから、絶対に間違いないと思ったのよね」

ミオは黒髪、黒目だが、顔立ちには西洋の雰囲気が含まれている。整った容姿ではあるが、日本人に見えるかと聞かれると、若干の違和感がある。

「ニホン、それが仁様の故郷の名前……。貴女はどうしてニホンを知っているのですか？」

「おっ、次は私のターンね。さっきも言ったけど、私の名前はミオ。ご主人様と同じ日本で生きていたけど死んじゃって、記憶を持ったままこの世界に生まれ変わったのよ」

「生まれ変わり……。そんなものが実在するのですね」

この世界は異世界転移だけでなく、異世界転生にも対応しているらしい。

簡単に異世界転生者が見つかったし、探せばもっと見つけられるかもしれない。

「何故、その年齢で犯罪奴隷になったんですか……？」

「えっと……」

さくらの質問に対し、ミオは言いにくそうにモジモジする。

俺に伝えた時は必死だったのだろうが、いざ冷静に考えてみると少々間抜けな理由である。他人に言いにくいのも無理はない。

「生まれ故郷の村でマヨネーズを作って広めました。でも、この世界でマヨネーズの大量摂取は危険らしく、中毒者を出しちゃったんです。それで犯罪奴隷に……」

「何でマヨネーズなんかに手を出したんだ？」

「私の家、私の村は貧乏だったの。日本の知識を活かして成り上がるため、簡単に作れて人気の出そうなマヨネーズで資金を集めようと思ったのよ」

日本知識による成り上がりを目指したのか。

「村人に振る舞って、人気が出そうなら大々的に売るつもりだったわ。結論から言えば、村では大人気になったけど、大量に食べた人が次々と倒れて、あっという間に捕まって犯罪奴隷よ」

大量摂取しなければ毒にはならないようで、味見しかしていないミオは無事だったようだ。

むしろ、一緒に倒れていればただの事故で済んだかもしれないのに……。

「毒を扱った犯罪奴隷が売れる可能性は低いし、この街に来たのも鉱山に送る準備だったから、カウントダウンが始まっていたのよね。ううっ、本当に危ないところだった……」

鉱山奴隷の致死率は非常に高く、凄くビビって眠れぬ夜を過ごしていたらしい。

「本当に買ってくれて助かりました。誠心誠意ご奉仕しますから、可愛がってくださいね？」

茶目っ気たっぷりに言うミオに気になっていたことを質問してみる。

「そういえば、享年は何歳だったんだ？　今は一〇歳みたいだけど……」

「うっ、女性に年齢を聞くのは失礼ですよ！」

「いや、一〇歳の女の子に年齢を聞くのは失礼にはならないだろ」

今は一〇歳だから失礼じゃないが、聞いている年齢自体は失礼になるかもしれない。複雑だ。

「一六歳よ。事故で死んじゃったの……」

俺たちと同年代だったか。いや、違うか……。

「精神的には二六歳か」

「お願いだから足さないで……」

ミオが本気で嫌そうな顔をしている。

肉体年齢一〇歳、精神年齢二六歳、享年一六歳。うん、訳がわからないね。

「さっきも言ったけど、料理には自信があるから任せておいて。それ以外にも家事は一通りできるわ。ちゃんと働くから、捨てないでね？」

上目づかいでそんなことを言う。可愛いので近づいて頭を撫でながら言う。

「捨てないから、安心してくれ」

「あうえええ」

ミオの顔が真っ赤になる。どうやら、茶目っ気に対して真面目に返されるのは弱いようだ。

反応が可愛いので撫で続けていると、予想通りドーラも寄ってくる。

《ドーラもなでてー》

当然、ドーラのことも撫でる。幼女二人を撫で、何かを悟ったような気持ちになる。

ふと、マリアを見ると青い顔をしていた。

「料理……できません。捨てられる……」

マリアが絶望的な声色で呟く。マリアは反応が大袈裟《おおげさ》だな。

「いや、そんな簡単に捨てないからな。そもそも、マリアは料理を求めて買った訳じゃない」

「どうしても料理を覚えたいなら、私が教えるわよ？」

「ミオちゃん、お願いします！」

「わかったわ。ご主人様の奴隷同士、仲良くしましょうね？」

「はい！」

折角二人の奴隷を買ったのだから、仲良くしてくれると俺も嬉しい。

さて、ミオの話は聞けたので、次はマリアのターンだな。

「それで、マリアはどうして奴隷になったんだ？　言いたくなければ言わなくても良いけど」

「いえ、大丈夫です。私は獣人の集まった集落に住んでいたのですが、口減らしで奴隷として売られました。輸送中に奴隷商の馬車が魔物に襲われ、囮として使われた時に怪我をしました」

マリアのステータスで魔物に襲われたなら、まともな抵抗もできなかっただろう。

生きていたのは運が良いが、魔物にやられたとなると戦闘に出すのは難しいか？

「勇者の称号に心当たりはあるか？」

「全くありません。初めて聞きました」

そうなると、生まれつき持っていた称号ということになる。

『獣人の』という単語が頭に付いていることから、他の種族にも勇者の称号を持った者がいる可能性は高い。仮に奴隷として売られていたら、衝動的に買ってしまうかもしれないな。

「私に心当たりはありませんが、もしも私が勇者であることで仁様のお役に立てることがあるのでしたら、何でも仰《おっしゃ》ってください」

そう言って跪《ひざまず》くマリア。この体勢、まるで猫耳を突き出しているかのようだ。

少し気になるので、ヘルプ先生に質問してみよう。

Q：猫の獣人の猫耳を触ることに特別な意味ってあるの？
A：あります。猫獣人の耳を触っていいのは、同性の家族、恋人、夫婦、忠誠を示す相手だけというのが常識です。跪いて猫耳を突き出している場合、触って良いという合図となります。

どうやら、触ってＯＫらしいので、突き出された猫耳を撫でる。

「ふにゃっ！」

マリアが変な声を出すが、無視して撫でて、揉《も》んで、揉みしだく。

「ふにゃん、ふうにゃ、あふん」

マリアはビクビクと身体を震わせながら、とろけたような顔になっていく。

コレ、間違いなく恋人や夫婦でもなければ見てはいけない表情だ。しかし、俺はやめない。

そして、俺は一通り満足するまで撫で続けた。マリアは跪いた体勢を維持することができず、腰砕けになっている。

「さて、何の話をしていたっけ？　ああ、勇者の話だったな」

「その状態のマリアちゃんを放置⁉」

ミオが驚いたように声を上げるが、マリアは別に意識を失っている訳ではないので、話を続けても問題はないはずだ。

「マリア、話は聞こえているよな？」

「は……い……。仁様の……お言葉は……一言も……聞き逃し……ません……」

マリアは力を振り絞ってそう言うと、震えながらも体勢を整えた。

「マリアが勇者の称号を持っていたから購入したのは事実だが、マリアに勇者であることを求めるつもりはない。そもそも、二人に求めている仕事を全ては説明していなかったな」

「料理じゃないの？」

ミオを購入した一番の理由は間違いなく料理だが、それだけではない。

「最初に、俺たちは旅をしている。理由は後で教えるが、遠からず……いや、できるだけ早くこの国を出ていく予定だ。二人には、料理を含めて俺たちの身の回りの世話をしてもらう」

「旅……ですか……」

マリアはこの場にいるメンバーを見て不安そうな顔をする。

マリアは一二歳、ミオは一〇歳、ドーラは七歳。一般的に、旅に出る年齢ではないだろう。

「質問！　夜のお世話は仕事に含まれますか？」

ミオが手を上げてとんでもない質問をしてきた。

「含まれません！　突然何を言うんだお前は……」

「いや、だって大事なことだから……」

奴隷的には重要なことかもしれないが、女子率八〇パーセントの空間で出す話題ではない。

「……話を戻すぞ。俺たちは冒険者ではないが、魔物と戦う機会が非常に多い。できれば、二人にも魔物との戦いに参加してもらいたいと考えている」

「魔物、戦い……」

魔物に大怪我をさせられたマリアの表情が更に暗くなる。マリアには厳しいか？

戦力が増えないのは残念だが、無理をさせて良いことは何一つない。とりあえず、最初にフォローは入れておこう。

「厳しいなら強制はしない。もしも戦ってくれるなら、俺が魔物に負けないくらい強くしてやる」

「仁様、こんな私でも強くなれますか？」

ミオが不安そうに尋ねてくる。俺を疑っているのではなく、自分に自信がないように見える。

「ああ、間違いなく強くなれる」

俺は自信を持って頷いた。俺の異能を使えば、常識では考えられないスピードで強くなれる。

今のマリアは正直言って弱いが、勇者の称号を持つくらいだから、大器晩成で更に強くなる可能性も十分にあるだろう。

「……仁様が言うなら信じます。仁様、私も戦いますから、強くしてください！」

マリアが覚悟を決めたように宣言する。

「あ、私も戦闘には参加するわ。武器も魔法も使えない私でも強くなれるのよね？」

アッサリとミオも参戦を表明する。

「ああ、二人まとめて強くしてやる。そのへんも含めて、次は俺たちの事情を説明しよう」

「待ってました！」

「仁様のご事情、絶対に聞き逃しません」

第一二話　転移者の事情とスキル封印

「俺たちは異世界の日本という国から勇者召喚で呼び出された。俺と同じ学校にいた全員が召喚されたから、約八〇〇人の勇者が現れた訳だ。しかし、俺とさくらは祝福《ギフト》を持っておらず、それを理由に王都から追い出されたんだ」

「聞いた話では、勇者召喚で呼び出された勇者は、必ず祝福《ギフト》がもらえるのよね。ご主人様たちは何で祝福《ギフト》をもらえなかったの？」

「詳しいことは後で話すが、俺たちが祝福《ギフト》以外の能力を持っていたせいで、祝福《ギフト》が入る余地がなくなったらしい」

ミオが早速質問してきたので、わかっていることを説明する。

「仁様の起こした奇跡は、その能力によるものなのですか？」

「奇跡という呼び名は正しくないが、マリアの治療はその能力のお陰だ」

俺の異能はともかく、さくらの〈魔法創造《マジッククリエイト》〉は『奇跡』と呼ぶに相応しい能力だと思う。

異能の話は重要だが、今は後回しにして全体の流れの説明を優先しよう。

「話を戻すぞ。どうやら、王宮では勇者を祝福《ギフト》の有無だけで判断しているようで、俺たちはそれに引っかからず、王宮から追い出されることになった」

「先ほど、仁様は八〇〇人が同時に召喚されたと仰いましたが、誰か知り合いの方が追い出されるのを止めたりはしなかったのですか？」

「学校ってことは教師もいたのよね？　生徒が追い出されそうなら止めると思うけど……」

俺の話を聞き、マリアとミオは不自然さに気づいたようだ。むしろ、気づかなかったさくらの方が特殊なのかもしれない。

「誰も止めなかった。それどころか、俺たちに敵でも見るような目を向けてきた」

「それ、あまりにも不自然じゃない？」

「ああ、俺も洗脳か何かを疑っている。そういう理由もあり、この国を早く出たいんだ」

「なるほど。それでご主人様たちはこの国から逃げようとしていたのね」

「ちょっと待て。逃げるって何だ？」

さすがに、その言葉は聞き流せない。それは、俺の主義に反する言葉だ。

「「え？」」

さくらとミオが同時に声を上げる。

「俺は逃げている訳じゃないぞ。ただ、この国が嫌いだから出ていくだけだ」

国が怖い訳でも、洗脳が怖い訳でもない。ただ、不快だから出ていくのである。

「私、逃亡者の心境でした……」

どうやら、俺とさくらの間には、若干の認識違いがあったようだ。

「今の俺たちなら、追っ手が来たところで問題はない。逃亡者としてコソコソするなんて御免だ」

逃亡生活で神経をすり減らすのは嫌だ。追っ手が来たら、倒してステータスにしてやればいい。

「余計なトラブルに自分から突っ込んでいくつもりはないけれど、敵対した者に容赦をするつもりもなければ、自分たちの意志を曲げてまでトラブルを回避するつもりもない。簡単に言えば、『遠慮をする気はない』ってところだな」

「ご主人様、結構大胆なのね」

「大胆じゃなければ、大きな街で堂々と奴隷を買う訳がないだろ」

そうだ。奴隷を買ったら確認しておかなければならないことがあったんだ。

「二人に確認しておきたいんだが、この国に帰属意識はあるか？　ハッキリ言って、俺はこの国を敵だと思っている。帰属意識があると、色々と辛いことになるかもしれない」

「問題ありません。私は仁様に忠誠を誓っています。それに、私の故郷は口減らしで子供を奴隷商に売るような村です。縁を切っても何も惜しくないし、知人が現れても何の感慨も湧きません」

マリアは本当に何とも思っていないようで、表情を全く変えずに言った。

「私も帰属意識はないわね。マヨネーズの件は私が悪かったけど、詳しい話を聞かずに犯罪者扱いの奴隷落ちはあんまりよ！」

ミオは自分が悪かったことは認めつつ、問答無用で奴隷にされたことに憤る。

「それに、私の故郷は未《いま》だに日本だと思っているわ。幼い頃は病弱だったんだけど、両親は凄く優しくしてくれたから、良い思い出も沢山あるのよ。大きくなってから、一人暮らしができるまで立て直したけど、交通事故で死んじゃった。二人に恩返しできず、先立ったのが心残りね」

どうやら、ミオの帰属意識は日本にあるようだ。懐かしそうに目を細めている。

二人の話を聞く限り、この国と敵対しても悲しむようなことはなさそうだ。

「わかった。二人に帰属意識がないならそれでいい。それじゃあ、続きを話すぞ」

「「はい」」

二人が元気よく返事をしたところで、ついに異能の話に入っていく。

「先に説明しておくと、俺やさくらの能力には『異能』という名前が付いている」

「「異能？」」

「詳しくは後で説明するから、今は俺の持つ不思議な力と覚えておくだけでいい」

「はい、わかりました」

「うぅ、気になる……」

マリアはアッサリと受け入れたが、ミオは異能が気になって仕方がない様子。

「王都を追い出された後、異能を使って近くの村まで辿り着き、旅の準備を整えた」

「旅の準備って、お金はどうしたの？」

ミオが中々に良い質問をしてくる。

「異能の力で魔物を倒して、その魔石を売った」

「武器も持たずに魔物を倒せたの？」

「異能の力で強くなって倒した」

「そういえば、祝福《ギフト》以外の力があるってどうしてわかったの？」

「異能の力で確認した」

「全て、異能のお陰なのね……」

「そうとも言う」

改めて状況を列挙すると、大体が異能に頼っているな。

「それで、村を出てこの街までやってきたんだ。ああ、街に到着する前に『黒い狼』って盗賊団を異能の力を使って壊滅させたっけ」

「ご主人様、巷《ちまた》で噂の盗賊団を壊滅させたことを、オマケのように言わないでよ」

そういえば、人数の割に悪名高い盗賊団だったらしいな。

「意外と実入りは良かったぞ。アイテムボックス含む高価な盗品もあったし、そこにいるドーラが捕まっていたから、助けて仲間にすることもできた」

《ドーラだよー！》

ドーラが手を挙げているが、念話はまだ設定していないから聞こえていないはずだ。

「ドーラちゃんというのですね。よろしくお願いします」

「よろしくね」

《よろしくー》

考えてみれば、さくらの紹介はしたけど、ドーラの紹介はしていなかったな。

しかし、異能の説明をせずにドーラのことを説明するのは難しいから、後回しにするしかないだろう。

申し訳ないので、ドーラにそのことを念話で伝えておく。

《きにしてないよー》

うん、良い子だ。

「盗賊団を倒した報奨金とお宝の買い戻しで儲《もう》けたお金で二人を買うことにした。俺たちの料理スキルが壊滅的だったから、料理のできる奴隷を求めたのが一番の目的だな」

「ふーん、ちなみに儲けたっていくらぐらいなの？」

「二〇五〇万ゴールドだ」

「多いわよ！」

唐突に出てきた大金に、ミオが強めのツッコミを入れる。

「報奨金がそこまで高くなるとは思えませんから、買い戻しだけで二〇〇〇万ゴールドですか？」

マリアが冷静に金額の内訳を当ててきた。

「その通りだ。貴族の家宝を相場の四倍くらいの価格で売った」

「ええ……、そんなことをして大丈夫なの？」

貴族に喧嘩《けんか》を売ったと聞き、ミオが不安そうな表情をする。

「知らん。不快な相手だったから後悔はしていない。襲われたとしても、返り討ちにすれば良い。それに、この街を出ていけば関係もなくなる」

「でも、冒険者ギルド経由で指名手配されたりするんじゃない？」

「この国では冒険者登録はしていないし、本名を名乗ったこともないから、追跡は不可能だな」

この国を敵として認識している以上、必要以上に情報は出さないようにしている。

ちなみに、俺はジーン、サクラはサティーラ、ドーラはドーナという偽名を使っている。間違えた時に誤魔化しやすいよう、元の名前に若干近づけることにした。

「仁様はそこまで徹底するほど、この国を嫌っているのですね……」

「ああ、俺はこの国が大っ嫌いだ。とはいえ、国民全員を敵視するつもりはないからな。相手が真っ当なら相応に接するし、二人が元国民でも気にすることはない」

「私はこの国が嫌いというよりは、この国の王族が嫌いです……」

国民全員を敵視することはないが、王族は明確に敵だから仕方がないね。

「仁様たちのお考えは理解いたしました。今後、私もエルディア王国を敵と考えることにします」

「全くいないとは言わないけど、私やマリアちゃんの境遇を考えても、エルディア王国にマトモな人は少なそうよね。ご主人様が早く出ていきたいと思うのも納得だわ」

少なくとも、この国で今まで出会った王族、貴族はマトモではなかった。

一部の人間を見て、全体を決めつけるのは良くないが、王族という代表者が駄目な時点で、全体も期待できないと判断するのは当然の流れだ。

「これで、ここまでの旅の流れは大体話せたな。そろそろ、異能の話をしようか」

「待ってました！」

ミオが嬉しそうに声を上げる。ずっと楽しみにしていたようだ。

「俺たちが祝福《ギフト》の代わりに得た異能は、一言で言えばズル、チートのことだ」

「でもご主人様、私の知る限り、勇者の祝福《ギフト》も大概チートな効果みたいよ？」

「俺の見た限り、異能の方が圧倒的にチートだ」

全員分ではないが、王城を離れる前に勇者たちの祝福《ギフト》を確認したところ、異能ほどルールを無視するようなものは、一つとして存在しなかった。

「どんな効果か説明する前に言っておくが、俺は異能を四つ持っている」

「祝福《ギフト》は絶対に一人一つなのよね。その時点で十分にチートだわ」

まだ、三つほど増える可能性があるが、話の収拾がつかなくなるので後回しにする。

「それじゃあ、順番に能力を説明していくぞ」

最初は〈千里眼《システムウィンドウ》〉の説明をしよう。今のところ、一番活躍しているし、他の異能を説明する時にも必要になるからな。

「一つ目の異能は〈千里眼《システムウィンドウ》〉、情報に関する能力だ。俺の目には、普通の人には見えない情報が見えている。例を挙げると、地上を上から見たような図、人の強さや技術、物の価値や特性とかだな」

「まるでゲームみたいね」

ミオが抱いた感想は、まさしく俺が抱いた感想と同じだった。

「ミオはそういうのに詳しいのか？」

「当たり前じゃない。病弱な人間は、常に暇を持て余しているのよ。漫画もアニメも見るし、ネトゲも嗜《たしな》んだわ。暇に飽かせてネットで色々と調べたから、幅広い知識があるわよ」

「その割には、いきなりマヨネーズでやらかしたけどな」

「それは、言わない約束よ……」

残念ながら、約束はしていないので、これからも言い続ける予定だ。

しかし、マヨネーズの件は気になるので、ヘルプ先生に確認しておこう。

Q：マヨネーズが毒とはどういうことなのか？
A：単体の材料では毒性を持ちませんが、マヨネーズとして完成すると微弱な毒性を持ち、大量摂取により影響が出ます。これは、ルール的な理由によるものです。

Q：ルール的な理由とはどういうことなのか？
A：この世界は、元の世界と異なるルールを持ちます。元の世界と同じことをして、同じ結果が得られるとは限りません。同じように見えても、同じルールに従っているとは限りません。例えば、元の世界では『火』とは『燃焼』のことでしたが、この世界では『火属性』という性質も持ちます。

実はコレ、かなり重要な情報じゃないか？

異世界なのだから、元の世界とルールが異なるというのは納得だ。元の世界と同じルールで、魔法を説明するのは難しいだろうからな。

もしかしたら、重力加速度とか摩擦係数といった物理法則にも差異があるのかもしれない。

しかし、マヨネーズに関しては、ルールの違いだけで説明するには不自然さが残る。ピンポイントでマヨネーズだけに毒性を与える理由がわからない。

とりあえず、元の世界と同じルールだと思って、不用意なことをしないように気を付けよう。

「質問なのですが、げーむとは何のことでしょうか？」

マリアが挙手をして質問をしてきた。

マリアが『ゲーム』という概念を知らないのは当然のことだ。ドーラも知らないだろうが、全く気にした様子はない。そもそも、あまり話を聞いているようには見えない。

「すまないが、異世界にしかない概念だから説明が難しい。ゲームの説明はまた今度で良いか？」

「わかりました、仁様の説明は不要です。今度、ミオちゃんに聞いておきます」

「え!?　私なの？」

ミオも寝耳にミミズで驚いている。間違えた。寝耳に水だった。

「はい。簡単に答えられないことに、仁様のお時間を使わせる訳にはいきません」

「まあ、ご主人様に聞くよりは、私に聞く方が正しいわね」

「ミオちゃん、お願いします。私に仁様の世界のことを教えてください」

マリアはしっかりと頭を下げ、ミオに頼み込んだ。絶妙に揉める距離じゃない。

「わかった。同じ奴隷仲間だし、それくらいなら協力するわ。時間がある時で良いわよね？」

「はい。よろしくお願いします」

マリアは真面目、ミオは面倒見が良い。二人の相性は悪くなさそうだな。

「話を戻すぞ。この異能で二人の情報を見ていたから、ミオが転生者だと判断できて、マリアの名前や称号を知っていたという訳だ」

ヘルプ先生による称号の説明がこちら。

Q：称号とは何か？
A：その存在の立場や生き様、偉業などにより与えられる称号です。所有することで、関連するスキルの習得率が若干上昇します。称号を得ることで、スキルを獲得することもあります。

次は〈生殺与奪《ギブアンドテイク》〉の説明をしよう。一番わかりやすい戦うための力だからな。

「二つ目の異能の名は〈生殺与奪《ギブアンドテイク》〉。パラメータやスキルを奪ったり与えたりできる力だ。パラメータは身体能力などの基礎的な力、スキルは技能や才能のことを言う。祝福《ギフト》もスキルの一種だな」

「その二つを奪われると、どうなってしまうのでしょうか？」

「当然、弱体化する。パラメータを限界まで奪い尽くせば、石を当てただけで相手は死ぬ」

「えげつない効果ね……」

俺もそう思うが、有効なので今後も遠慮なく使っていくつもりだ。

「そうだな。そして、パラメータとスキルを他者に与えて強化することもできる」

「もしかして、私たちを強くするって言っていたのは、その異能を使うってことなの？」

「正解だ。敵から奪ったパラメータとスキルを渡せば、すぐに人並み以上の力が得られる」

「私、昔から物覚えが悪いと言われ続けているのです。パラメータとスキルを頂いても、思うような結果が得られず、仁様のご期待を裏切ることになってしまうかもしれません」

不安そうな様子を見せるマリアだが、そのステータスには気になるものが存在している。

名前：マリア

性別：女
年齢：12
種族：獣人（猫）
称号：獣人の勇者、仁の奴隷
スキル：〈封印ＬＶ10〉

〈封印〉、コレが気になった。当然、鑑定してみたよ。


〈封印〉

スキル習得を阻害するデメリット効果を持つ。〈封印〉のレベル以下のレベルを持つスキルは無効化される。習得済みのスキルは効果を失い、新たにスキルを習得することもできない。スキルポイントを得る行動にマイナスの補正を与える。


何、このデメリットしか存在しないスキル。ご丁寧にレベル10なので、どんなスキルも習得できないと宣言されたようなものだ。

しかも、スキルポイントを得る行動にマイナス補正がかかるということは、何をやっても上手くいかないに決まっている。これでは、物覚えが悪いと言われるのも当然だろう。

「マリア、お前は〈封印〉というスキルを持っている。このスキルがあると、新しくスキルを習得できないし、物覚えも悪くなるようだ」

「もしかして、私はそのスキルのせいで能なしと言われ続けたということですか？」

「そうだろうな。とりあえず、＜封印＞のスキルを奪ってやる。話はそれからだ」

「お待ちください！　そのスキルを奪うと、仁様のスキルが封印されてしまうのでは⁉」

マリアが慌てて止めてくるが、それは問題にはならない。

「奪ったスキルが全て有効になる訳じゃない。種族的に使えないスキルや、使いたくないと思ったスキルは無効にすることができる。だから、安心して奪われろ」

俺がマリアの目を見て言うと、マリアはわかりやすく喜色を浮かべた。

「よろしくお願いします！　私の全ては仁様のものですから、好きにしてください！」

信頼されていると考えて良いのかな？　少々、信頼が重い気がするけど……。

「それじゃあ、奪うぞ」

意識を集中して、マリアの＜封印＞を奪う。言った通り、すぐに無効化する設定だ。

スキルのレベルが高いので、少しだけ時間がかかったが、問題なく奪い尽くすことができた。

「これで終わりだな。気分はどうだ？」

「明らかに身体が軽くなりました。頭もスッキリした気がします」

マリアは身体を軽く動かし、自身の変化を確認している。

念のため、マリアのパラメータを確認しておこう。まさか、奪っても奪っても＜封印＞が復活するとか、恐ろしいことはないと願いたい。

……いくらでも復活するなら、スキルポイントに変換すれば無限に稼げるのでは？

名前：マリア
性別：女

年齢：12
種族：獣人
称号：獣人の勇者、仁の奴隷
スキル：＜剣術ＬＶ５＞＜棒術ＬＶ１＞＜盾術ＬＶ１＞＜弓術ＬＶ１＞＜投擲《とうてき》術ＬＶ１＞＜格闘術ＬＶ２＞＜斧術ＬＶ１＞＜火魔法ＬＶ３＞＜水魔法ＬＶ３＞＜光魔法ＬＶ５＞＜回復魔法ＬＶ３＞＜生活魔法ＬＶ１＞＜魔物調教ＬＶ４＞＜調剤ＬＶ１＞＜料理ＬＶ１＞＜家事ＬＶ１＞＜伐採ＬＶ１＞＜狩猟ＬＶ２＞＜裁縫ＬＶ２＞＜採掘ＬＶ１＞＜鑑定ＬＶ３＞＜鍛冶ＬＶ２＞＜身体強化ＬＶ５＞＜ＨＰ自動回復ＬＶ５＞＜ＭＰ自動回復ＬＶ５＞＜跳躍ＬＶ１＞＜覇気ＬＶ５＞＜索敵ＬＶ１＞＜心眼ＬＶ４＞＜覚醒ＬＶ２＞＜強靱《きょうじん》ＬＶ２＞＜不動ＬＶ２＞＜勇者ＬＶ５＞

何……コレ……。


「何か、凄い量のスキルがあるんだけど……」

直前に＜千里眼《システムウィンドウ》＞で見たステータスには存在しなかったスキルが大量に増えていた。

恐らく、＜封印＞はスキルの習得は封じるが、スキルポイントの獲得自体は可能なのだろう。

スキルは得られなくてもスキルポイントは貯まるので、＜封印＞が除去された瞬間に精算され、大量のスキルを習得するに至ったのだ。

「どのようなスキルがあったのでしょうか？」

「ちょっと待て。今から紙に書く」

紙に書こうとしたところで手が止まる。スキルの表記が見づらい。

おっと、オプションでレイアウト変更がある。試しに使ってみよう。

名前：マリア
性別：女
年齢：12
種族：獣人（猫）
称号：獣人の勇者、仁の奴隷
スキル：
武術系
＜剣術ＬＶ５＞＜棒術ＬＶ１＞＜盾術ＬＶ１＞＜弓術ＬＶ１＞＜投擲術ＬＶ１＞＜格闘術ＬＶ２＞＜斧術ＬＶ１＞
魔法系
＜火魔法ＬＶ３＞＜水魔法ＬＶ３＞＜光魔法ＬＶ５＞＜回復魔法ＬＶ３＞＜生活魔法ＬＶ１＞
技能系
＜魔物調教ＬＶ４＞＜調剤ＬＶ１＞＜料理ＬＶ１＞＜家事ＬＶ１＞＜伐採ＬＶ１＞＜狩猟ＬＶ２＞＜裁縫ＬＶ２＞＜採掘ＬＶ１＞＜鑑定ＬＶ３＞＜鍛冶ＬＶ２＞
身体系
＜身体強化ＬＶ５＞＜ＨＰ自動回復ＬＶ５＞＜ＭＰ自動回復ＬＶ５＞＜跳躍ＬＶ１＞＜覇気ＬＶ５＞
＜索敵ＬＶ１＞＜心眼ＬＶ４＞＜覚醒ＬＶ２＞＜強靭ＬＶ２＞＜不動ＬＶ２＞
その他
＜勇者ＬＶ５＞

大分見やすくなったのは良いが、書くのが大変なのは変わらない。

頑張って書き終わった頃、＜契約の絆《エンゲージリンク》＞の説明を先にして、＜千里眼《システムウィンドウ》＞で情報を共有すれば良いと気づいた。悲しい事件だった。

「はい。これがマリアのステータスだ」

「ありがとうございます」

マリアは俺が手渡した力作を食い入るように見つめる。

「本当に凄い量のスキルですね。能なしと言われた私が、これほどのスキルを覚えているなんて、正直言って信じられません。もちろん、仁様の能力を疑う訳ではありません！」

「＜封印＞がなければ、天才って言われていたんだろうな」

「……そもそも、何故マリアちゃんは＜封印＞なんてスキルを持っていたのかしら？」

ミオの疑問は俺も持っているので、ヘルプ先生に聞いてみる。

Q：＜封印＞はどのような条件で取得するスキルなのか？
A：勇者の称号を持つ者が誕生すると自動で付与されます。それ以上の詳細は不明です。

実は＜千里眼《システムウィンドウ》＞を使っても詳細が不明になる質問は存在する。

主に女神に関する情報は不明になりやすいことがわかっている。

何故、わかっているかというと、暇な時にヘルプ先生に色々と質問をしたからだ。

Q：女神とはどういう存在なのか？
A：不明です。この世界を創り出した存在と言われています。
Q：元の世界に帰る方法はあるのか？
A：不明です。
Q：魔王とはどういう存在なのか？
A：人類と敵対している魔族の王です。定期的に現れ、勇者に討伐されます。
Q：魔族とはどういう存在なのか？
A：悪魔のような外見をした種族です。同族以外には残忍で容赦をしません。
Q：魔族はどこに住んでいるのか？
A：大陸の西側、巨大な山脈を越えた先にある魔族領に住んでいます。
Q：学校の連中は洗脳されていたのか？
A：不明です。状態異常や魔法の痕跡は検知できていません。
Q：過去の勇者たちは元の世界に帰れたのか？
A：不明です。

Q：元の世界における俺たちの扱いはどうなっているのか？
A：不明です。
Q：ヘルプで回答を得られなかった質問に答えられる者は存在するのか？
A：女神、エルフの語り部が考えられます。
Q：エルフの語り部はどこにいるのか？
A：エルフの里に居ます。
Q：エルフの里はどこにあるのか？
A：真紅《しんく》帝国という国の奥の方にあります。

異世界転移や女神に関する質問は概《おおむ》ね不明なので、途中で質問を諦めてしまった。

「残念ながら、〈千里眼《システムウィンドウ》〉でも詳しいことはわからなかった」

「仁君の〈千里眼《システムウィンドウ》〉にも、わからないことがあるんですか……？」

「ああ、便利な能力だが、全てを知っている訳ではないらしい。特に、女神に関することは大体が不明となる。逆に言えば、質問の結果が不明だったら、女神の関与が疑われる訳だ」

女神関連で知りたいことは山のようにあるので、痒《かゆ》いところに手が届いていないとも言える。

「質問してわかったのは、〈封印〉は勇者の称号を持つ者が生まれると、自動で与えられることだけだな。スキルを一切覚えさせないなんて、不幸な目に遭わせる気満々だよな」

「うん。悪意しか感じられないわよね……」

ミオの呟きと共に空気が重くなっていく。

仮に〈封印〉のスキルを与えたのが女神だった場合、異世界から来た勇者に祝福《ギフト》を与え、この世界で生まれた勇者には〈封印〉という呪いを与えたことになる。意味不明だ。

ところで、この〈封印〉スキルはどうしたものか……。

無効にしたまま所持していても無駄なので、未変換ポイントに換えてしまうのもありだ。レベル10を変換すれば、大量の未変換ポイントが入手できる。

もしくは、敵対した相手に〈封印〉を与えて、弱体化させるという使い方もできる。

マリアを苦しめていた忌むべきスキルだが、色々と使い道はありそうなので、今はこのままにしておこう。

「さて、気を取り直して、新しいスキルを見ていこうか」

「あ、あの……。私、ひらがな、カタカナ以外の文字が読めません。スキルが多いのはわかりましたが、具体的に何が書いてあったかはわからないのです」

マリアが申し訳なさそうに手を挙げて言った。

Q：この世界の識字率は何パーセントくらい？

A：一〇～二〇パーセントです。村単位では一〇パーセントを下回ることもあります。奴隷であれば、ひらがな、カタカナが読めれば上出来です。

マリア、実は上出来に分類されていた。

「今は気になるスキルだけ説明するつもりだ。スキルの内容はミオにでも聞いてくれ」

「はい。ミオちゃん、これも教えてください」

「……仕方ないわね。こうなったら、私にわかることは何でも教えてあげる！」

「ありがとうございます」

見た目はマリアの方が年上だが、完全にミオの方が教える側だな。

「まずは一番気になるスキルから見ていこう」

全員が見えるように、俺が書いた力作を中心に四人で囲む。ドーラは見ていない。

「当然、〈勇者〉のスキルだな」

「どう見ても別枠のスキルですよね……。分類も一つだけ『その他』ですし……」

「勇者の称号と何か関係があるのかしら？　いや、あるに決まっているわね」

早速、詳細を確認してみよう。


〈勇者〉

レベルに応じて勇者に相応しいスキルを獲得できる。このスキルのスキルポイントは、このスキルで得たスキルにも加算される。

ＬＶ１
〈剣術〉〈光魔法〉〈覇気〉
ＬＶ２

〈身体強化〉〈ＨＰ自動回復〉〈ＭＰ自動回復〉

ＬＶ３

〈心眼〉〈鑑定〉〈魔物調教〉

ＬＶ４

〈火魔法〉〈水魔法〉〈回復魔法〉

ＬＶ５

〈覚醒〉〈強靱〉〈不動〉

どうやら、この〈勇者〉というスキルは勇者育成用スキルの詰め合わせらしい。

入手するスキルも、勇者らしく徐々に強くするという意志を感じる。レベル４までは基本的なスキルが多いので、勇者見習いといったところか。

レベル５からは一人前扱いなのか、得られるスキルの方向性が『更に強く』に変わったように見える。レベル６以降も強力なスキルを覚えていくのだろう。

まさしく、壊れスキルと呼ぶに相応しい、強力かつ将来性のあるスキルだ。

俺は力作に書かれたスキルの中から、〈勇者〉によって得られたスキルの下に線を引く。

「〈勇者〉のスキルは、他のスキルを得る効果がある。線を引いたスキルが〈勇者〉によって得られたスキルだ。〈勇者〉スキルと連動して、これらのスキルも強くなるらしい」

「滅茶苦茶強力なスキルね。これ一つ持っているだけで、即戦力の出来上がりじゃない」

なるほど。確かに即戦力として十分なスキルのラインナップだ。

「即戦力……」

ミオの言葉を聞き、マリアが何かを考え込む。

「仁様、私の持つスキルを全て奪っていただけないでしょうか？」

「どういうことだ？」

マリアが意味のわからない提案をしてきたので聞き返す。

「私の持つスキルは、即戦力になれるほど有用なものなのですよね？　それでしたら、私が持つよりも、仁様が持っていた方が良いと思うのです。強力なスキルを持つほど仁様の安全が確保できますし、詳細を確認できる仁様の方がスキルを使いこなせるはずです」

言っていることは大きく間違っていないのだが、折角得られたスキルを躊躇なく手放そうとしていることには驚きを隠せない。

「……マリアは、スキルが要らないのか？」

「要らないと言うよりは、興味がないと言った方が正しいかと思います。元々、仁様がいなければないも同然だったスキルですから、愛着や執着が欠片も存在しません。それなら、仁様にお渡しして、仁様のお役に立てていただける方が何倍も嬉しいです」

どう見ても、本心から言っている。もしかして、これがマリアの忠誠心なのか？

文字通り全てを捧げる忠誠心のようだが、これは明確に断る理由がある。

「いや、そのスキルはマリアが持っていてくれ。既に話した通り、マリアたちの仕事は俺たちの身の周りの世話と戦闘だ。その役に立つスキルを奪ってどうする？　スキルを借りることはあっても、奪い尽くすような真似《まね》は絶対にしないぞ」

「そ、そうでした。私たちの仕事にもスキルが必要でした。申し訳ありません。仁様にスキルを使わせるのではなく、私がスキルを使って仁様のお役に立つのが正しかったです」

少し人聞きは悪いが、二人はスキルを使わせるために購入したのであって、スキルを奪うために購入した訳ではない。そもそも、奴隷からスキルを全て奪って主人が働いたら本末転倒では？

なお、有用なスキルのポイントを増やすため、一時的に借りることは頻繁にあると思う。

「わかれば良い。俺は全てのスキルを捧げられるより、マリア自身がスキルを使い込んで、スキルのレベルを上げてくれた方が嬉しいからな」

「わかりました！　仁様のためにも、私はスキルのレベルを上げ続けます！」

「しれっとマリアちゃんの仕事増えてない？」

「マリアちゃんが嬉しそうだから、問題はないと思いますけど……」

興奮したマリアの宣言を聞き、ミオとさくらが冷静にコメントをした。

✥第一三話　転移者の異能とスキル構成

マリアのスキルの中には初見で気になるものがいくつかあるが、全てを見ていたら時間がかかりすぎるので、今は俺の異能の話を進めさせてもらおう。

「マリアのスキルの話は一旦置いておいて、異能の話に戻そう」

「わかりました」

「これだけ凄い能力があと二つも残っているのよね。絶対にヤバいわ」

何度も言うが、実際には四つではなく七つである。四つの異能の説明が終わったら話そう。

「三つ目の異能の名前は〈無限収納《インベントリ》〉。無限に物が入れられる倉庫のような能力だ。生き物は入れられない」

「四次元ポ……」

「ミオ、ストップだ」

ミオが正確に言ってほしくない単語を言おうとしていたので止める。

「この異能は転移直後ではなく、旅の途中で手に入れた。以来、物の持ち運びが楽になったよ」

「そりゃあ、そうよね。それがあれば、ほぼ手ぶらで旅ができるもの」

「一応、怪しまれないように擬装用の荷物を持って誤魔化しているけどな」

可能なら、本当に手ぶらで旅をしたいくらいだ。

「擬装用の荷物は今後、私が持たせていただきます」

「まあ、奴隷が荷物を持つのは当然の話よね。だから、私も半分持つわ」

「いや、擬装用の荷物はアイテムボックスに入れてあるから、重さは気にしなくて良いぞ」

俺の言葉にミオが呆れた顔をする。俺、何か変なことを言ったか？

「アイテムボックスみたいな貴重品を擬装用に使うっていうのが、ご主人様のとんでもなさを端的に表していると思うわ」

「レンタルボックス分くらいしか入らないけど……」

「十分に貴重品よ。普通に旅をするなら、十分なサイズでしょ？」

レンタルボックス一つあれば、旅に必要な荷物は一通り入れることができるだろう。

「ああ、その通りだ。だから、最低限旅に必要な物はアイテムボックスに入れ、余剰分や旅と関係ない物、大っぴらにできない物を俺の異能の方に入れてある」

「アイテムボックスはこのポーチです……。女性向けなので、私が持っています……」

そう言って、さくらがポーチを掲げて二人に見せる。

「結構、可愛いポーチですね。ああ、それでさくら様が持っているのか」

「うん、その通り」

擬装のためとはいえ、可愛いポーチを身に着けるのは恥ずかしかった。

「だから、擬装用の擬装用に中身がほぼ空の背嚢を持っている」

「擬装用の擬装用とか、もう訳がわからないわね」

異能を隠すためのアイテムボックスだが、アイテムボックスも貴重品なので、普通の荷物でアイテムボックスの存在を隠す必要がある。

ややこしいのは間違いないが、絶対に秘密にしなければならないのは異能なので、空の背嚢がバレた時にアイテムボックスというダミーの回答が必要になるという訳だ。

「便利で凄い能力なのは間違いないけど、劣化とはいえ似たようなことができるアイテムがあるせいで、他の異能よりも地味に見えるのが難点だな」

「容量無限は普通にヤバいと思うけど、他と比べると少し地味よね」

「もしかしたら、仁君が知らない利点が他にもあるかもしれませんよ……？」

とりあえず、＜無限収納《インベントリ》＞をヘルプに聞いてみよう。

Q：＜無限収納《インベントリ》＞のアイテムボックスに対する利点は何？
A：容量に制限がないこと、収納先で分解・合成ができること、死体を入れることができること、物体の時間を止める・止めないが選べること、内部でアイテム使用ができること、石化、凍結状態なら生物も格納できること、魔法のストックができることなどがあります。

意外と色々と利点があった。聞き捨てならないことも多い。もう少し、しっかりと確認しておくべきだった。反省。

「今、確認してみたが、色々とできることは多いみたいだ」

ヘルプに聞いた内容を皆にも伝える。

「条件次第で人間を入れられるのは凄いわね。色々と悪用できそうな能力だわ」

「人聞きが悪いが、否定はできないな……」

活用・応用の幅が広い能力なのは間違いない。ミオの言う通り、悪用も容易だろう。

「時間に関しても面白いことができそうね。出来たての料理を入れて時間を止めたり、長期熟成が必要な料理を入れたままにしたり……。これは料理に革命が起きるわね！」

ミオのアイデアが止まらない。料理人視点のアイデアはありがたい。

「分解・合成って何ができるのかしら？　料理に役立つかな？」

「結構複雑な操作ができそうだ。魔物の死体の解体もできるぞ」

「肉の部位を分けるのに役立ちそうね。ご主人様、ナイス能力！」

〈無限収納《インベントリ》〉は料理のための能力ではないが、料理に活用しやすい能力らしい。俺の食生活が改善するなら、ミオにはぜひとも活用してほしい。

「魔法のストックとは何のことでしょうか？」

マリアが挙手をして質問をしてきた。

「詠唱終了した魔法を発動直前の状態で格納できるらしい。そして、取り出すと即発動する」

「事実上の無詠唱になるわね」

スキルではなく、異能で無詠唱を実現できるとは思わなかった。

「今後、余力があれば魔法を格納しておこう」

「大量の魔法が暴発したら怖いわね……」

そんなことはないはずだが、言われると少し怖くなってくる。入れる魔法はよく考えよう。

「最初の印象よりずっといい能力だったな。〈無限収納《インベントリ》〉、悪かったよ」

異能に謝る俺。少しシュールだ。

「さて、それじゃあ四つ目、最後の異能は〈契約の絆《エンゲージリンク》〉といい、俺と配下の間に特殊なパスを結ぶことができる」

「パスとは何ですか？」

「パスは目に見えない線のようなものだ。距離に制限はないが、部下、従魔、奴隷といった、俺の下位に位置する存在としか結べない。パスを結ぶと、声に出さずに会話をしたり、お互いの能力を共有することができるようになる」

「もしかして、私も異能を借りられるの⁉」

ミオが目を輝かせている。話を聞いていて、使いたい気持ちがあったのだろう。

「全ての能力を使える訳じゃないけどな。設定の権限は全て俺が持っている」

権限の譲渡は一切できず、俺だけが完全な権限を持っている状態だ。

「まあ、それは当然よね。どんな能力が使えるの？」

「〈生殺与奪《ギブアンドテイク》〉なら、倒した相手からステータスを奪う能力だけが使える。戦闘中に相手から奪う機能は使えない」

「それを使うと、敵を倒した人が強くなるの？」

「いや、全て俺の方に来る。能力を貸しているのではなく、共有しているだけだからな。とはいえ、俺だけが強くなっても仕方がないから、必要なら倒した本人に俺が分配するよ」

手作業は面倒だから、自動で『パラメータの半分を俺に、残りを倒した本人に』とか設定できたら楽なんだけど……。あ、自動設定あった！

「〈無限収納《インベントリ》〉は収納領域を一部貸し出せるようだ。本人だけが操作できるプライベートエリア、全員で共有するパブリックエリアとか、色々と設定できる。一応言っておくと、俺は全員のプライベートエリアに入れるからそのことだけは覚えておいてくれ」

わかりやすく言えば、中身を確認する権限のある管理人である。

「仁様、それは私たちにアイテムボックスが貸し与えられたと考えて良いのでしょうか？」

「その認識で間違いない。一部貸し出しと言っても、容量はほぼ無限だから安心していいぞ」

「やった！　これで食材入れ放題ね！」

ほぼフル機能の異能を全員で共有できるということになる。これは強力だな。

「＜千里眼《システムウィンドウ》＞はヘルプ機能が使えないけど、それ以外の機能はほぼ全て使えるようだ。わからないことがあれば、俺を経由してヘルプに聞けば良いだろう」

「それで十分でしょうね。ところで、＜契約の絆《エンゲージリンク》＞自体は共有できるの？　私たちが更に部下を作った場合、どういう扱いになるのかしら？」

それは考えたことがなかったな。調べてみよう。

「……できるみたいだ。俺より権限は小さくなるけど」

「つまり、ご主人様は配下が増えるほど加速度的に強くなっていく訳ね」

「……私が頑張った分だけ仁様が強くなる？　仁様、私、頑張ります！」

何かがマリアのスイッチを入れてしまったらしい。

俺の配下が増え、能力増加のサイクルが完成したら、俺は部下の稼ぎだけで最強になれる。

『寝るだけ簡単、最強への道』という本が書けそうだ。……いや、地力って本当に大事だよ？

「それと、＜契約の絆《エンゲージリンク》＞のお陰でドーラと話すことができる」

「？」

あまりにも省略しすぎた説明だったので、二人の頭にハテナマークが浮かんでいる。可愛い。

「ドーラ、ドラゴン形態に変身してくれ」

《はーい！》

返事と共にドーラの身体が光り輝き、光が収まるとドラゴン形態のドーラが現れた。

「これは……、一体……」

マリアは目の前の現実に頭が追いつかず、声を絞り出すだけで精いっぱいだった。

「可愛いー！　ふわふわの羽毛。クリクリした眼《め》。この子欲しい！」

一方のミオはすぐに状況を理解してドーラに抱きついた。ドーラはあげません、絶対に。

「ドーラは竜人種《ドラゴニュート》という魔物で、人間形態、ドラゴン形態の二つを持つ。幼いと人の言葉を喋ることができない種族だが、＜契約の絆《エンゲージリンク》＞には『念話』という声を出さずに話をする効果があるから、ドーラとも意思の疎通ができる」

「ご主人様！　私たちにもドーラちゃんと話をさせて！」

ミオが目を輝かせてお願いをしてくるので、念話の機能を有効にする。

「ほら、これで喋れるぞ。ドーラ、もう一度挨拶をしてくれ」

《はーい！　ドーラだよ！　きこえてるー？》

「うわ!?　頭の中に声が響いてきた！」

「不思議な感覚ですね」

最初は少し驚くけど、すぐに慣れて平気になるだろう。

《二人も『声に出さない会話』をイメージしてみてくれ》

「わ！　これは仁様の声ですね」

「マリアちゃん、私たちもやってみよう！」

「はい！」

難しいことでもないので、二人もすぐに念話ができるようになった。

《これで、いつでも仁様と連絡が取れます。幸せです》

《ドーラちゃんのドラゴン形態、フェザードラゴンっていうのね。白くて羽がフワフワで可愛い！》

《えへへー、ごしゅじんさまもよくほめてくれるから、じまんのはねなんだー》

《そっか。ドーラちゃんもご主人様が大好きなのね》

《うん！　だいすきー！》

少女と幼女の会話を聞いていると和む。しかし、そろそろ話を進めないと……。

「俺の異能はこれで全部だ。次はさくらの異能だな」

少女たちの視線がさくらに集まる。

「期待させて申し訳ないですけど、私の異能は一つだけで、仁君ほど凄くはないですよ……」

さくらは自信なさそうに言っているが、絶対にそんなことはない。

俺の異能と比べても、全く見劣りしない強力で便利な異能だと思う。

「私の異能は〈魔法創造《マジッククリエイト》〉といい、この世界に存在しない魔法を新たに創り出して習得することができます……。例えば、マリアちゃんの傷を治したのは、この異能で創り出した『リバイブ』という魔法です……」

さくらの異能の説明を聞き、理解に時間がかかっているのかミオとマリアはポカンとしている。

「ご主人様だけでなく、さくら様も強力な異能を持っていたのね」

「欠損を治す魔法を創り出す。仁様共々、神と呼ばれておかしくない力だと思います」

マリアの中で、俺は既に神に近い分類をされていたらしい。今、さくらも加わったが……。

「強力ですけど、欠点もあります……。一番大きいのは、魔法を創り出すのに途轍《とてつ》もない量のＭＰが必要になることです……」

「ＭＰ……？」

「生殺与奪《ギブアンドテイク》で奪えるパラメータの一つだ。一覧と詳細はこの紙に書いてあるから、後でミオに聞くと良い」

MPを理解していないマリアにさくらに説明した時の紙を渡す。

「わかりました」

「またか……」

仕方ないことではあるが、次々とミオへの確認事項が増えていく。お疲れ様。

「それと、創った魔法の使用に必要なMPも割高ですから、仁君がいないとろくに使えません」

「欠点があっても、十分強力だと思いますよ。それに、さくら様が仁様と一緒にいる限り、欠点なんてあってないようなものじゃないですか」

「その通りだ。対処が容易な欠点を必要以上に重く受け止めるのはやめておけ。小さい欠点なんて気にしなくて良いほど、素晴らしい能力だからな」

「ありがとうございます……。異能の欠点は気にしないようにします……」

安心させるように言うと、さくらも微笑みを返してくれた。

「あと、パラメータに余裕ができたら、MPの共有なしでも異能が使えるようにしよう。異能を使う度にMPを共有するより、さくら一人で自由に魔法を創れた方が効率的だからな」

「わかりました……。その時は、よろしくお願いします……」

「ああ、任せておけ」

さくらの異能を考えると、MPの高い魔物を狙っていくのもありかもしれないな。

「さくら様、少しよろしいでしょうか？」

そんなことを考えていたら、マリアが挙手をしてさくらに声をかけた。

「何ですか……？」

「改めて、さくら様にお礼を言わせていただきたいのです。さくら様、私を助けるために魔法を創っていただき、本当にありがとうございました」

マリアがさくらに向かって深々とお辞儀をした。耳の位置が若干遠いのは、撫でるのは勘弁してくれという意味だろうか？

Ａ：そうです。

あれ？　今の疑問は質問のつもりじゃなかったのだけど……。

今までのヘルプ先生は、質問であることをもっと明確にしないと回答がなかった。もしかして、ヘルプ先生も成長しているのか？

Ａ：そうです。

おお、当たった。そうか、ヘルプ先生も成長するのか。

「えっと……。魔法を創ったのは仁君の指示ですから、そこまで畏まったお礼をする必要はないと思いますよ……？」

「確かに一番感謝しているのは仁様ですが、さくら様が私の恩人であることは変わりません。直接のお礼が遅れ、本当に申し訳ありませんでした」

「気にしなくて良いですよ……。私の魔法が役に立ったのなら何よりです……」

考えてみれば、『リバイブ』はさくらが創った初めての魔法になるのか。

初めての魔法創造が大一番の欠損回復とは、さくらも緊張したことだろう。本当に望んだ効果があるのか、自信がなかったのかもしれない。少し、配慮が足りなかったな、反省。

話の区切りが良くなったところで、少し空腹を感じてきた。時間的にも昼食に丁度良い。

「異能の説明も終わったことだし、そろそろ昼食にしようか」

「私たちはどうすればよろしいでしょうか？」

「どういうことだ？」

「？」

マリアの質問の意図がわからないので聞き返すと、マリアの方も理解できていない様子だった。

「ご主人様、奴隷の食事をどうするのかって質問よ。そうよね、マリアちゃん？」

「はい、その通りです」

ミオの補足にマリアが頷いた。

もしかして、奴隷は主人とは別のものを食べるってことか？　確かに、貴族と使用人が同じものを食べるという話は聞かないけど……。

「別にお金には困っていないから、同じものを食べれば良いんじゃないか？」

「それはよくありません。立場の違いを明確にするため、奴隷の食事の質は落とすべきです」

「私としては、ご主人様と同じ食事の方が嬉しいんだけど……」

ミオの反応の方が普通だよな？　マリア、奴隷意識が高すぎないか？

「奴隷ではあるが、二人は旅の仲間になるんだ。旅の仲間なら食事の質は分けるべきじゃない。それに、うまいものは皆で食べた方がうまいに決まっている。マリア、俺たちと同じものを食べてくれ」

「承知いたしました。仁様と同じものを食べさせていただきます」

命令をしたらアッサリと承諾するマリア。

自分の主張より主人の命令が優先されるあたり、やはり奴隷意識が高いと言わざるを得ない。

その後、店の従業員に五人分の料理と四人部屋への変更を頼んだ。ミオとマリアのベッドはあるが、ドーラのベッドはない。俺かさくらと一緒に寝るから必要がない。

「うう……」

「美味しいよぉ……」

運ばれてきた料理を食べ、マリアとミオが涙を流した。

お値段は一食一〇〇〇ゴールドと少しお高めだったが、ここまで喜んでもらえるなら頼んだ甲斐《かい》があるというものだ。

「食事が終わったら、スキル構成決めて武器や衣類を買いに行こう」

無我夢中で食事を続ける二人に声をかける。耳に入っていると良いけど……。

「ふう、久しぶりにお腹《なか》いっぱいになったわ。転生してから初めてだから一〇年ぶりかな？　生前も小食だったから、ここまで食べたのは二六年の人生で初かもしれないわね」

食事が終わり、満足そうな顔をしてミオが言う。しれっと二六歳宣言をしている。

「私は一二年生きていますが、ここまで美味しいものを食べるのも、満足するまで食べるのも初めてです。仁様の奴隷になれて本当に幸せです」

マリアも幸せそうな表情を見せるが、直後に表情を曇らせた。

「まだ、何もしていないのに、本当にこんな待遇で良いのでしょうか……？」

「食うもの食わないと力が出ないだろ。しっかり働いてもらうから、先行投資というヤツだ」

たった一〇〇〇ゴールドで先行投資を名乗るのもどうかと思うが……。

「わかりました。絶対にお役に立ってみせます」

「私も料理を頑張るわ。ご主人様、この街で食料品を買ってもいいのよね？」

「ああ、もちろんだ。食料、食事関連はミオに一任する。旅だから食事の水準が落ちるのは仕方ないが、少しでもうまいものが食べられるよう頑張ってくれ」

「ええ、任せて！」

ミオが自信満々に胸を張る。これで、ようやく焼いただけの肉とはオサラバだ。

「そろそろ、二人の戦闘スタイルを決めようか。その後は武器屋に行こう」

「マリアちゃんは戦えそうなスキルがいっぱいあるから羨ましいなぁ……」

マリアは戦闘用スキルを数多く所持しているが、ミオはただの一つも持っていない。

「数が多くても使いこなせなければ意味がない。慣れないうちから欲張っても良いことはないぞ。今回決めるのも戦いのメインとするスキルだけだ。ミオはどんな戦い方がしたい？」

「できればご主人様たちと被らないのが良いわね。ご主人様たちはどう戦うの？」

「俺が片手剣と魔法。さくらは杖と魔法。ドーラがハンマーと〈竜魔法〉だ」

「魔法が多いわね」

「武術系のスキルと魔法系のスキルは競合しないからな。状況に応じて使い分けるため、全員が両方とも覚えている。当然、ミオにも渡す予定だ」

スキルポイントにも限りがあるので、高レベルにすることはできないが……。

「ホント⁉　この世界に魔法があると知ってから、魔法を使うのが夢だったのよ！」

「一応言っておくと、魔法メインはさくらがいるから、被りを避けるならやめておけ」

「わかったわ。被りを意識するなら、物理遠距離職が良さそうね。……そうなると、弓かしら？」

「もしかして、弓道経験者だったりするのか？」

「そんな訳ないじゃない。でも、ゲームでは専《もっぱ》ら遠距離攻撃職だったから慣れがあるわ」

「ないよりはマシな経験だな。それじゃあ、〈弓術〉スキルを含め、必要なスキルを渡すぞ」

「よろしく！」

ミオにメインスキルの〈弓術〉、欲しがっていた魔法系スキル、〈身体強化〉など戦闘に必須のスキルを与え、戦闘用のスキル構成を完成させる。

「なんか、身体がスムーズに動くようになった気がするわね」

「〈身体強化〉の効果だな。魔法も使えるようになっているけど、ここでは使うなよ」

「そ、そんな馬鹿なことはしないわよ！」

そう言いつつ、若干ソワソワしているように見えるのは気のせいだろうか？

「さて、次はマリアの番だな」

「はい、よろしくお願いします」

ミオの時とは異なり、マリアにはやってほしいことが決まっている。

「マリアには、剣を持って前衛で戦ってほしい」

「承知いたしました。理由を伺ってもよろしいですか？」

「ああ、〈勇者〉のスキルで〈剣術〉のスキルレベルが上げやすいからな。他のスキルより有利なら、選ばない理由がない。多分、〈勇者〉が想定するメインウェポンが剣なのだろう」

〈勇者〉スキルへのスキルポイントは〈剣術〉にも反映される。二倍とは言わないが、他のスキルよりも〈剣術〉のレベルを上げやすいのは確実だ。

「前衛を任せたいのは、前衛より後衛の方が多いのは好ましくないからだ。後衛の方が多いと、前衛が後衛をフォローしきれなくなる可能性が増す」

「なるほど。勉強になります」

「ミオにも言っておくが、今決めているのは暫定の戦闘スタイルだ。実際に戦ってみて、合わないと思ったら戦闘スタイルを変えても良いからな」

「了解！」

「はい！」

戦闘スタイルに合う、合わないがあるのは当然だ。合わないスタイルを続けろと言う気はない。

折角、スキルポイントを移動できるのだから、色々なスキルを試してみるのもありだと思う。

「そうだ。マリアの持つスキルポイントを一ポイントで良いから俺にくれないか？」

マリアの所有するスキルには有用なものが多い。一ポイントでももらえれば、未変換ポイントで増やして、全員に行き渡らせることができる。

ただし、〈勇者〉のスキルだけは手を付けない。何か、嫌な予感がしたからな。

「はい、構いません。どうぞ、お使いください」

マリアに許可をもらったので、スキルを一ポイントずつ奪い、ポイントを増やして割り振った。

スキルポイントが一でもあれば、スキルレベルは1になる。スキルレベルが1でもあれば、その道の初級者を超える技術が手に入る。

言い換えれば、この異能は一瞬で中級者を量産する能力だ。これは、配下が多くなればなるほどに効果が大きくなっていくだろう。

「これで俺たちの総合力も大幅に上昇したな。マリア、ありがとう」

「はい！　お役に立てて私も嬉しいです！」

俺の役に立てたことが嬉しいのか、マリアが本当に幸せそうな表情を見せた。

スキルに関して、この場でできることはやり切ったはずだ。

「次は旅の必需品と武器防具を買いに行こう。最初に向かうのは服屋だな」

「二人の服を買いに行くんですね……？」

「どう見ても戦闘や旅に耐えられる格好じゃないからな」

ミオとマリアが着ているのは、奴隷商で着せられた質素な服だ。最初に着ていたボロボロの貫頭衣よりはマシだが、活発に行動するには心許ない格好である。

「服を買ってくれるの⁉　私、新品の服が欲しい！　村では古着しか着たことないから！」

「ミオちゃん！　奴隷が主人の厚意に注文を付けてはいけません！」

「うっ……。そうね、その通りだわ。ご主人様、勝手なことを言ってごめんなさい……」

マリアに叱責され、ミオがションボリと肩を落として謝ってくる。

「気にするな。ミオに言われなくても、新品も買う予定だ」

「ご主人様！」

「良いのですか？」

「ああ、構わない。新品の一張羅を買うくらいの金銭的余裕はある。ただ、古着は古着で買うぞ。質より量で揃えることも必要だからな」

戦闘を行う人間にとって、服は損耗の激しい消耗品である。金銭的余裕があるとはいえ、古着という代替手段があるのに、新品の消耗品だけを購入する理由はない。

「新品が着られるだけで十分よ！　ご主人様、ありがとと！」

「新品、私も着るのは初めてです。仁様、ありがとうございます」

俺が思っていた以上に貧しい村というのは貧しいらしい。新品の服でテンションが上がるのか。

街に出て衣類を売っている店に向かう。ミオとマリアは街中を歩くのは初めてのようで、キョロキョロと周囲を見回している。

「あまりよそ見ばかりするなよ」

「大丈夫よ！　子供じゃないわ！」

見た目一〇歳で一番キョロキョロしている子供《ミオ》が言っても説得力がない。

ミオは前世の記憶があるので、自身を分別のつく大人だと思っているようだが、実際には子供っぽい言動が多い。もしかしたら、子供の身体に精神が引っ張られているのかもしれない。

なお、見た目も中身も子供であるドーラは俺と手を繋いでいるので心配はない。

一〇分ほど歩き、トラブルもなく無事に衣料品店に到着したので、俺は自分の必要な分をさっさと購入して、店の前で女性陣を待つことにした。

女性陣には予算を多めに渡して、好きなように衣類を購入するように伝えてある。

しばらく待っていると女性陣が店から出てきた。ミオとマリアは奴隷商で着ていた服ではなく、店で購入した服を既に着ていた。

マリアは動きやすい短パンとTシャツを着ている。飾り気はなく、実用性重視のようだ。

ミオは何とゴスロリを着ていた。これから戦闘するということを理解しているのだろうか？

「沢山買いました……」

「久しぶりのショッピングは楽しかったわ」

「こんなにお金を使ったのは初めてです……」

《ドーラもあたらしいふくかったよー！》

女性陣が大きな袋いっぱいの衣類を見せてくる。楽しそうで何よりだ。

「それは良かったな。ところで、ミオは何故ゴスロリ？」

「可愛いでしょ？」

「確かに似合っているけど、これから戦闘するんだぞ？」

「後衛だから、多分大丈夫よ。……正直に言うと、懐かしくて我慢できなかったの」

この世界、中世風なのに所々日本文化が紛れ込んでいるんだよ。

「……仕方ないな。大事に着ろよ」

「ええ、大事にするわ」

女性陣の服は俺の＜無限収納《インベントリ》＞に入れることになった。

四人にはそれぞれ＜無限収納《インベントリ》＞のプライベートエリアを与えたので、私物はそこに入れていくことになるだろう。

余談だが、俺は全員のプライベートエリアにアクセスできるので、いつでも女性陣の衣類を取り出せる。余談なので深い意味はない。ないったら、ない。

その後、食器や寝袋などの個人単位で必要な物を雑貨屋で購入し、料理に必要な食材や調味料を食料品店で購入した。

「ご主人様、調理器具はあるの？」

「あ……」

買うべき物は買ったと安心したところで、ミオから想定外の単語が出てきた。

さすがは料理スキルゼロだな。調理器具のことを完全に忘れていたよ。

第一四話　戦闘準備と奴隷たちの初戦闘

俺たちが次に向かったのは、ドーラの装備を購入した武器屋である。

「いらっしゃい。……ああ、昨日の兄ちゃんか。武器はもう使ってみたか?」

「あの後、使い心地を確認しました。ハンマー、使いやすかったよな?」

《うん!》

俺が確認するとドーラは力強く頷いた。

店主のオッサンが選んだ武器はドーラの手に馴染んだ。『幼女にハンマーを使わせる』という、理解に苦しむ要求によく応えてくれたよ。

「そりゃあ良かったな。それで、今日は何の用だ?」

「今日も武器を見繕ってもらえませんか?」

「良いぜ、誰の武器だ?」

「この二人です。背の高い方には片手剣、低い方には弓を見繕ってください」

「また女児かよ。本当に変わった兄ちゃんだな」

マリアとミオを見て店主が呆れたような顔をする。

冷静に考えると、俺は『幼女と少女の武器を買いに来る男』になる。ヤバいね。

「昨日は見なかったけど、この街で奴隷でも買ったのか?」

「はい、臨時収入があったので買いました。旅に同行させて、戦闘にも参加させるので、身体に合った武器を与えようと考えています」

盗賊から奪った武器もあるが、適当な物を使うより、この店主に任せた方が安心できる。

「うーむ、戦えるようには見えねぇけど……」

「大丈夫です。戦えるようにします」

「意味はわからんが、嘘をついているようにも見えねぇな。……まあいい、片手剣と弓だな？　二人の体格を考えると、これとこれでどうだ？」

名称：ワンハンドアイアンソード
分類：片手剣
等級：一般級《コモン》

名称：フェアリーショートボウ
分類：短弓
等級：一般級《コモン》
効果：命中補正（極小）

マリアとミオは店主から武器を受け取り、使い心地を確かめるように構える。

「手に馴染むような感じがします」

「構えやすいし、弦も引きやすい。これはピッタリね」

まともに武器を触るのは初めてのはずだが、二人の構えは中々様になっている。スキルの補正もあると思うが、店主が選んだ武器が身体に合っていたのも大きいだろう。

やはり、店主の目利きは素晴らしい。これは買わない理由がない。

「この二つを買います。それと、全員分の防具も見繕ってください。動きやすさ重視の軽装で」

「即決かよ。防具だな、ちょっと待ってろ」

店主は俺たちの身体を軽く採寸し、体型に合った防具を用意してくれた。

「折角だし、さくらの武器も新調しようか」

「はい、お願いします……」

「その子の武器は何だ？」

「杖ですね。魔法使いですが、最低限は殴れる杖が欲しいです」

「それじゃあ、これだな」

名称：マジックロッド
分類：杖
等級：一般級《コモン》
効果：魔力上昇（極小）

能力的には『ゴブリン魔術師の杖』と大差はないが、こちらの方が若干丈夫で見た目も良い。何より、ゴブリンのお古じゃないのが素晴らしい。

「それも買います。あとは……」

店内を見て回り、いくつか目に留まった武器を持ってくる。

「これも合わせて会計をお願いします」

「一回でこれだけの量を買うヤツは中々いないぞ。兄ちゃんの臨時収入、相当の額みたいだな。えっと、全部で二八万ゴールドと……細かいのは負けてやる。二八万ゴールドだ」

「はい、三〇万ゴールドです。お釣りはいりません」

「……」

負けようと思ったら多めに払われた店主が苦い顔をしている。

申し訳ないが、これはこの国での自分ルールなので曲げられない。

「はあ、わかった。三〇万ゴールド、受け取っておく。……これはサービスの砥石《といし》だ。自分で武器の手入れをするなら、一つは持っていた方が良いぞ」

そう言って砥石を渡してくる店主。これくらいならもらっても良いだろう。

「ありがとうございます」

「おう、武器を持ったからって油断すんじゃねぇぞ。人間なんて、簡単に死んじまうんだからな」

店主に礼を言ってから武器屋を出た。

「良い武器屋だったわね」

「ああ、この国で唯一気に入った店だ」

エルディア王国にある店じゃなければ、常連になっても良いと思ったくらいだ。

「さて、武器も手に入れたし、街の外で魔物と戦うぞ。マリア、ミオ、準備は良いな？」

「「はい！」」

二人は武器を握りしめ、気合い十分で返事をしてきた。

街の外に出たのはいいが、街周辺の魔物は定期的に駆除されているようで、ゴブリンの一匹も見かけることはなかった。

マップで魔物のいる方に進み、街が見えなくなったあたりでスキルと武器の練習を始めさせる。マリアには剣の素振り、ミオには木に向けて矢を放つ練習をさせている。

スキルのお陰か、すぐに慣れて合格点を出せる状態になった。わかっていたことだが、スキルがあると脱初心者が非常に早い。

練習を終えた後、再び歩き始めて一〇分ほどで魔物を見つけた。

「ご主人様！　魔物がいるわよ！　弓を撃って良い？」

ようやく獲物を見つけたミオが弓を撃ちたそうにしている。

現れた魔物はゴブリン・ナイト一匹とゴブリン・ソードマン二匹だ。見慣れた魔物だし、脅威度も低いので、ミオとマリアの初戦には丁度良いだろう。

「良いぞ。三匹いるから、ミオは倒せるなら二匹まで倒してくれ」

「わかったわ！」

「二匹以上残ったら、一匹は俺が倒すからもう一匹はマリアが倒せ」

「承知いたしました！」

「ドーラはマリア、さくらはミオの側で必要ならフォローしてくれ」

《いいよー！》

「はい、頑張ります……」

まずは個人戦闘の機会を多めにとって、慣れてきたら連携の練習をする予定だ。

「行くわよ。えいっ！」

ミオの放った矢はゴブリン・ソードマンの頭に直撃した。

ゴブリンたちは俺たちの存在に気づいておらず、完全な不意打ちだったとはいえ、生き物相手に見事なヘッドショットだった。当然、ゴブリン・ソードマンのＨＰはゼロになる。

「もういっちょ！」

かけ声と共に二発目を射る。仲間が倒れ、キョロキョロと周囲を見回しているゴブリン・ソードマンに的中し、こちらも絶命させる。

「あと一匹、マリアちゃん、頑張って！」

「はい、行きます！」

最後に残ったゴブリン・ナイトに向けてマリアが駆け出す。

「グギャァ！」

ようやく俺たちの存在に気づいたゴブリン・ナイトが叫ぶ。

ゴブリン・ナイトは粗末な物だが鎧を着ているので、剝《む》き出しの顔面に向けてマリアが斬りかかるが、ゴブリン・ナイトの持つ槍によって阻まれてしまった。

マリアはゴブリン・ナイトから距離をとり、再び接近して顔を狙う。同じようにゴブリン・ナイトが防御しようとするが、顔面狙いはフェイクで、鎧のない足を斬りつけた。

「グギィ!?」

ゴブリン・ナイトが叫びながら片膝をついた。槍による防御がなくなったので、マリアは喉に突きを放ちゴブリン・ナイトを一撃で絶命させた。

「やりました！」

マリアが達成感に溢れた顔で戻ってくる。

魔物に襲われて大怪我をした少女が、初めて魔物と接近戦をしたというのに、全く躊躇することも苦戦することもなく圧勝した。

やはり、勇者の称号は伊達ではないのだろう。凄まじい戦闘センスだ。

「よくやった。もう何回かは個人で戦闘、その後は連携の練習を始めるぞ」

「「はい！」」

その後、何回か同じように戦闘を行い、全て同じような結果となった。

途中、マリアから左手にも武器を持ちたいという要望があり、短剣を一つ渡して二刀流を試させたら、明らかに動きが良くなったので正式採用することにした。

個人戦闘の練習はもう十分だと判断したところで、そのまま連携について話し合う。

戦闘時の立ち位置、立ち回り、フォローの順序、狙う敵の優先度などを決めていく。

一人で戦うのと、周囲に仲間がいる状態で戦うのは、全く違う動きが要求される。一人の時は強いのに、連携すると全く役に立たない奴を見たことがある。当然、ゲームの話である。

「向こうに魔物の集団がいるから、それを連携して殲滅するぞ」

「「はい！」」

「はい……！」

《はーい！》

最初に戦ったのは、ゴブリン・ソードマン四匹、ゴブリン・ナイト四匹、ゴブリン・アーチャー三匹の合計一一匹のゴブリン詰め合わせだった。

練習が主な目的なので、初めは弱めの相手にするのは当然のことである。

「『ファイアボール』……！」

「えいやっ！」

敵との距離が十分に離れており、敵が俺たちの存在に気づいてないのであれば、後衛の遠距離攻撃で数を減らすチャンスだ。さくらの魔法とミオの矢がゴブリンたちに直撃する。

そこからは前衛の仕事だ。敵の数を減らしつつ、敵が後衛に近づくのを阻止する。そして、後衛の攻撃の邪魔にならないように立ち回る。

＜契約の絆《エンゲージリンク》＞の『味方への攻撃オフ』が有効になっているとはいえ、フレンドリーファイアが最悪であることは変わらない。

「はあ！」

《えーい！》

一人で二匹以上の敵を相手にしているが、マリアもドーラも上手く動けている。

今は連携というより、『お互いの邪魔をしない動き』という印象の方が強いが、人数が増えるほど連携は難しくなっていくので、初めはこんなものだろう。

そして、戦闘時間二分、敵全滅、味方被害皆無がこの戦闘のリザルトとなった。

「これは少し困ったな……」

「何か問題があったの？　余裕だったと思うけど」

「余裕すぎて練習にならない。ほぼ全ての攻撃が一撃必殺だから、まともに戦闘が続かない」

「ああ、なるほど。私たちの目的は勝つことじゃなくて連携の練習だったわね」

俺が問題としている内容をミオも理解してくれたようだ。当然、対策はある。

「練習になるよう、攻撃関連のパラメータを少し落とそうと思う。被弾の確率が上がるから、代わりに防御関連のパラメータは上げる。他に希望者がいれば、一緒にパラメータを落とすぞ」

「私のパラメータを下げてください」

「私もやるわ」

《ドーラも！》

「少し不安ですけど頑張ります……」

全員が希望したので、攻撃関連パラメータを落とし、防御関連パラメータを上げる。

準備を終え、次のターゲットとしたのは狼系魔物の群れだった。今回は明確な群れのリーダーが存在していた。それがこちら。

ビッグブラックウルフ
ＬＶ11
スキル：＜身体強化ＬＶ３＞＜咆哮ＬＶ３＞＜統率ＬＶ１＞＜噛みつきＬＶ２＞
備考：大型のブラックウルフ。同系統の統率個体。

鼻の利く狼相手の奇襲は難しく、群れは俺たちの存在に気づいていた。しかし、射程距離に差があるので接近する前の攻撃は仕かけられた。

何発か魔法と矢を放つが、大半は避けられてしまい、一部は当たったが大したダメージは与えられなかった。

「……グルル、ワオーン！」

こちらの先制攻撃を受け、リーダーが咆哮を上げ、群れ全体が俺たちを敵と認識した。

「マリア、ドーラ、行くぞ！」

「はい！」

《はーい！》

マリア、ドーラと共に狼の群れに向けて走り出す。

接敵し、狼たちとの乱戦になる。狼たちの攻撃を避けつつ、こちらからも攻撃を当てていく。

パラメータが下がっているため、上手く攻撃を当てないと一撃で倒すことはできない。

「せい！」

その点はマリアの方が向いているようで、最小限の動きで狼に攻撃を当てている。俺が一〜二撃で倒すのに対し、マリアは必ず一撃で倒している。

「ちっ！」

混戦になり、俺の手に倒した狼の牙が触れて傷を負ってしまう。

さくら、マリア、ミオから同時に『ヒール』が飛んできた。これは間違いなく無駄だな。

「「「『ヒール』！」」」

《回復は一声入れてからにしろ！　ＭＰの無駄になる！》

余談だが、混戦になってもマリアはダメージを受けていない。それどころか、俺に『ヒール』を放つ余裕すらあるみたいだ。

ほどなく戦闘が終了した。リーダーであるビッグブラックウルフはマリアが一撃で倒していた。現在のパラメータを考えると、上手く急所に当てる必要があったはずだ。

「連携の良い練習にはなったけど、『ヒール』の同時発動だけは良くなかったな」

俺が言うとさくら、マリア、ミオが落ち込んだ様子を見せる。

「申し訳ありません。回復魔法は後衛に任せるべきなのに、身体が勝手に動いていました」

マリアが申し訳なさそうに言う。

「私もです……。仁君が怪我をしたのを見て、次の瞬間には『ヒール』を唱えていました……」

「私も同じです。まさか、ここまでご主人様にぞっこんだとは思わなかったわ」

ぞっこんって、久しぶりに聞いたよ。

「回復前に一声かけるだけで良い。もしくは、前衛に対して回復の主担当を決めるのもありだ」

話し合った結果、さくらが俺の主担当、ミオがマリアとドーラの主担当に決まった。そして、主担当以外のメンバーに回復魔法を使う場合は、一声かけるルールとした。

戦闘後の反省を終え、その後も何度か戦闘を繰り返す。徐々に慣れていき、精度が上がっていく感覚は気持ちが良いものだ。

しばらく魔物を倒していたら、周辺の魔物を狩り尽くしてしまったようだ。マップ上で確認したが、ほとんど反応がなくなっている。

そういえば、魔物ってどうやって増えるのだろう？　ヘルプ先生に聞いてみよう。

Q：魔物はどうやって増えるの？
A：魔物は繁殖、自然発生により増えます。繁殖の場合、遺伝の影響を受けることがあります。自然発生とは、瘴気《しょうき》という澱《よど》んだ魔力が溜まった場所に魔物が現れることを指します。繁殖、自然発生のどちらかでしか増えない魔物も数多く存在します。

なるほど。自然発生するなら、魔物は狩り尽くしても問題なさそうだな。

周囲の魔物がいなくなったので、狩り場を移すことにした。

次の狩り場は少し歩いた場所にある小さな森だ。今回はゴブリンの森ではなかった。

森に入ると、思っていたよりも木々が生い茂っていた。木で日が隠れ、見通しも悪い。

「森は見通しが悪いから、奇襲に十分注意して戦うぞ」

「わかりました。獣人は感覚が鋭いので、索敵ならお任せください」

そう言うマリアの耳がピコピコ動いて可愛い。もしかして、これが索敵中の動きなのだろうか？

「マリアは働き者だな。そんなに戦うのが楽しいのか？」

「いいえ、仁様のお役に立てることが嬉しいのです」

戦闘狂かと思ったら忠誠心だった。勘違いしてゴメン。

「あれ？　そもそも、ご主人様にはマップがあるから、索敵なんて必要ないんじゃない？」

「そ、そうでした……。私の索敵なんて要りませんよね……」

ミオが余計なことを言ったので、マリアは目に見えてションボリとする。

「いや、俺も常にマップを見ている訳じゃないからな。他に索敵できる仲間がいるのは心強いぞ」

「仁様……。わかりました。頑張ります」

「ミオも弓を使うなら、索敵能力は鍛えておけよ」

「うげっ、とばっちりが来た……」

自分が索敵をすることは考えてなかったようで、ミオが気まずそうな顔をしている。

「今後、俺と離れて行動することもあるだろうから、索敵できる奴が多くて困ることはない」

「それは、仁様抜きで戦闘をする可能性もあるということですか？」

今は難しいが、戦力に余裕ができたら、その方が良いと考えている。

「ああ、その可能性は高いだろうな」

「わかりました。確かに仁様の異能を考えると、分散して戦った方が効率は良いですよね。私が強くなれば、それに伴って仁様も強くなる。私が強くなるのは、仁様のためになる……」

マリアの理解が早くて助かるよ。後半、目がだんだんとマジになっていくのは怖いけど。

「そうと決まれば、狩って狩って狩りまくりましょう！　向こうに敵がいます。準備を！」

やる気に溢れるマリアを筆頭に、森の魔物たちを狩りまくる。

森の中でも問題なく戦えることがわかったので、少し趣向を変えて『五匹くらいの魔物を相手に一人で戦う』、『一〇匹以上の魔物を相手に俺抜きで集団戦をする』といったこともやらせてみた。

色々と試してみた結果だが、マリアは何の心配もないことがわかった。一〇匹の魔物を一人で相手にした場合でも、傷一つなく余裕で戦闘を終えていた。

ドーラも十分に余裕のある戦いを見せてくれた。しっかりと相手を見て、適切な距離を保ちハンマーを振るっている。＜竜魔法＞の有用性は今更語る必要もないだろう。

ミオは中距離での弓の扱いを覚えてくれた。最初の頃は敵に接近されることもあったが、慣れてきたら上手く距離を調節できるようになってきた。

さくらは魔法を使いながら避けるのが苦手らしく、何度か敵の攻撃に当たってしまった。少々大きめの課題なので、体術の訓練をした方が良さそうだ。

「私、また足手纏いに……」

「大丈夫、戦いが苦手なのは悪いことじゃない。足手纏いだなんて思っていないし、最初に比べて成長していることもわかっている。少しずつ、頑張っていこう」

一人だけ上手くいかず、落ち込むさくらを慰めるのは俺の仕事だ。

「は、はい……。私、頑張ります……」

全力のフォローを繰り返し、何とかさくらの精神を安定させることに成功した。手強かったぜ。

余談だが、ドーラ、マリア、ミオは人型の魔物も最初から躊躇なく殺していた。

少し休憩した後、引き続き魔物との戦いを続けていく。

「奥にいる道着を着たゴブリンは絶対に逃がすな！　貴重な＜回復魔法＞を持っている！」

戦闘中に面白い魔物を見つけたので指示を出す。

ゴブリン・モンク
LV8
スキル：＜回復魔法LV1＞＜格闘術LV2＞＜身体強化LV1＞
説明：道着を着たゴブリン。

俺は戦闘への参加を控えているが、必要があれば皆への指示は出すようにしている。

色々な戦闘方法を試し、時にはあえてパラメータを落とすことで、相対的に相手を強くしたが、それでも十分に戦えることもわかった。

しばらく戦い続け、買い戻しの時間が近づいてきたので帰路につくことにした。

「大分慣れてきたし、今日はこのへんにしておこう」

「仁様、魔石の回収が終わりました」

マリアの手には、魔石でパンパンになった布製の袋が握られている。

＜無限収納《インベントリ》＞があれば魔石の剝ぎ取りは必要ないのだが、今後のことも考えて全員に魔石の剝ぎ取りは練習させている。さくらにも頑張ってもらった。

「この弓も手に馴染んできた気がするわ」

今更ながら、スキルって凄いよな。犯罪奴隷の村娘が半日で一端《いっぱし》の弓使いになれるのだから。

「仁様に頂いたパラメータのお陰で、身体がとても軽いです」

マリアは戦闘センスがずば抜けているから、少しの後押しで立派な戦士になってくれた。

《スッキリしたー！》

ドーラの〈竜魔法〉はとにかく強力だ。多少の不利も〈竜魔法〉があれば簡単にひっくり返せてしまう。冷静に考えたら、ドーラはドラゴン形態で戦わせた方が良いような……。

「今まで見なかった魔物がいるな……」

大量の魔物を倒したせいか、帰り道で魔物に会うことはほとんどなかった。しかし、そんな中で一匹だけ遭遇した魔物がいた。それがコイツだ。

ゴブリン・キング
ＬＶ15
スキル：〈身体強化ＬＶ４〉〈剣術ＬＶ４〉〈統率ＬＶ３〉〈鼓舞ＬＶ３〉〈奴隷術ＬＶ２〉〈ＨＰ自動回復ＬＶ２〉
装備：ゴブリン王の剣、ゴブリン王の鎧、ゴブリン王の盾
説明：ゴブリン族の王。戦闘力もトップクラス。

名称：ゴブリン王の剣
分類：片手剣

等級：稀少級《レア》
効果：ノックバック（中）、武器破壊（小）

名称：ゴブリン王の鎧
分類：全身鎧
等級：稀少級《レア》
効果：ノックバック低減（小）、自動修復（極小）

名称：ゴブリン王の盾
分類：片手盾
等級：稀少級《レア》
効果：シールドアタック強化（小）

色々と気になる点の多い魔物だな。

まず、どう見てもゴブリン系統のトップ的な魔物だろう。

複数の武器、防具を持つ魔物は初めてだし、その全てが稀少級《レア》というのも驚いた。

スキルの数も多く、何故か〈奴隷術〉を持っている。王《キング》を名乗っているのに、〈奴隷術〉がないと配下を揃えることができないのか？

「あれはゴブリン・キングだな。普通のゴブリンより圧倒的に強い、けど……」

「キングなのに、一匹でポツンと立っているわね。ボッチだわ」

そう、明らかな指揮個体なのに、ゴブリン・キングの周囲には一匹もゴブリンがいないのだ。

「キングボッチ……。ぷぷぷ……」

ミオがお腹を押さえて笑っている。自分で言ったことがツボに入ってしまったようだ。

Q：ゴブリン・キングに配下が一匹もいないのは何故？
A：直前に発生した魔物だからです。また、エリア内の魔物の数が急激に減少すると、稀少な魔物が自然発生する確率が上昇します。

レアな魔物の発生にはそんなルールがあったのか。

しかし、ゴブリン・キングが真っ先に発生して無防備になるのは、仕様の不具合感があるな。

それから五分後、ゴブリン・キングは経験値とスキルポイントとパラメータに変わっていた。

やっぱ、指揮個体の魔物が複数人相手にまともに戦える訳ないよな。折角の武器、防具が全く活かせていなかった。正直、配下のいるゴブリン・ジェネラルの方が強かったくらいだ。

なお、剣は今のものよりも良質なので交換しておいた。鎧と盾は仕舞っておく。

そのまま帰り道を進み、予定通りに街に到着した。

買い戻しがあるかもしれないので、俺は一人でギルドへと向かい、皆には買い出しや魔石の売却をお願いした。

第一五話　異能のデメリットと買い戻し終了

六時丁度にギルドに着き、受付に伝えると、買い戻しを希望する人が一人来ていると言われた。

前回と同じ応接室に向かうと、二〇歳くらいの血色の悪い美人が待っていた。

「お待たせしました。買い戻し希望の方でしょうか。私の名前はジーンといいます」

初対面の相手なので、一応は丁寧に挨拶しておく（ただし偽名）。

今度は、以前のような高慢な相手じゃないと良いけど……。

なお、この街に滞在する理由は買い戻しのためだけなので、高慢な相手が現れた時点で買い戻しを打ち切り、翌日までに街を出ていく予定である。

「ご丁寧にありがとうございます。私はリサといいます」

リサと名乗った女性は丁寧なお辞儀をする。気品を感じる所作だが、貴族ではなさそうだ。

「買い戻し希望の品はこれと同じ指輪です。お持ちでしょうか？」

そう言って、左手にはめていた指輪を外し、俺に見せてきた。

「主人との結婚指輪です。一カ月前に結婚したのですが、商売で王都に向かう途中に『黒い狼』に襲われて……。せめて、指輪だけでも取り戻して、あの人のお墓に入れてあげたいのです」

重い……。冷静に考えれば、盗賊が奪った物なのだから、元の持ち主が生きている可能性は低いし、明るい話になる訳がないよな。

スキル欲しさに潰した盗賊団のお宝で、ここまで重い話を聞く覚悟はしていなかったよ。

リサさんの血色が悪いのは心労によるものだろう。何せ、新郎を亡くしているのだから。

……我ながら、酷い出来のギャグだな。死にたくなってくる。

「……あります。この指輪ですか？」

そう言って、荷物から指輪を取り出す。

ペアリングのようで、二つ合わせると一つの紋様になる洒落た指輪だ。

「はい、間違いありません。いくらでお売りいただけますでしょうか？　一〇〇万くらいなら、他の遺品を売却し、貯蓄を切り崩せば何とかなると思います」

鑑定により指輪の相場を調べたところ、二〇万ゴールドと表示された。

さすがに相場の五倍は吹っかけすぎだろうよ。俺、そんなに強欲に見える？

……そういえば、前回は相場の四倍を吹っかけたな。前科があったわ。

「いえ、お金は不要です。旦那さんの遺品なら奥さんが持っているべきです。受付嬢さん、タダで返しても問題はないですよね？」

問題があると言われたら、最低価格で売れば良いだろう。

「はい、問題はありません。補足しておきますと、リサさんの発言は全て事実です」

受付嬢さん曰《いわ》く、お涙頂戴の話で安く買い叩こうとする不届き者もいるらしい。

ただ、今回はペアリングの鑑定結果でそれがあり得ないことはわかっていた。

名称：夫婦の結婚指輪（夫）
説明：ドルとリサの結婚指輪。
名称：夫婦の結婚指輪（妻）

説明：ドルとリサの結婚指輪。

　これ以上ない証拠だろう。

「わかりました。どうぞ、お返しします」

「あ、ありがとうございます！　ありがとうございます！」

　リサさんが泣きながら指輪を握りしめる。

　何度もお礼を言うリサさんを家に帰し、ルールなので少し待ってから俺もギルドを後にした。

　重く救いのない話ではあるが、俺のしたことで少しでもマシな方向に向かってくれれば良いと、ガラにもなく考えるのであった。


　暗くなってきた街を歩き、宿に入り部屋の扉を開ける。

「「お帰りなさいませ、ご主人様！」」

　俺を出迎えてくれたのは、メイド服を着てお辞儀をするミオとマリアだった。

　何事だろうか？　いや、決して嫌いではないが。もう一度言う。嫌いではない。

「その服はどうしたんだ？　昼前には買っていなかったよな？」

「買い出しで見つけたから衝動買いしちゃった！」

「ミオちゃんが仁様も絶対に喜ぶと言ったので、魔石を売ったお金で購入しました。残念ながら、私とミオちゃんのサイズしかありませんでしたが……」

　ミオ、グッジョブ！

　メイド服といっても、ミニスカートではなくロングスカートのクラシックメイドスタイルだ。

どちらもイケるので何も問題はない。

「ふふん。可愛いでしょ？」

「ああ、可愛いよ」

裾を広げてくるくると回ったミオの頭を撫でる。

「えへへ」

「私も回るので撫でてください！」

撫でられて照れているミオに刺激されたのか、マリアもその場でくるくると回る。

勢い良く回ったため、スカートがまくれ上がり、パンツが見えている。

「ストップ、ストップ。パンツが見えているぞ」

「仁様にならら見られても構いません！　見たければ、いつでも仰ってください！」

「言える訳ないだろう……」

俺にも外聞というものがある。偶然ならともかく、自分から頼むのは無理だ。

《ドーラもまわるからなでてー！》

くるくる回るマリアを見て、ドーラも一緒になって回り始めたので、撫でて落ち着かせる。

部屋で一休みしながら全員のステータスを確認していく。全員、それなりにレベルが上がっているのは当然として、問題は俺とマリアのステータスである。

「あー……」

薄々感づいてはいたが、これはもう確定と言って良いだろう。

「仁君、どうかしましたか……？」

「いや、マリアのスキルが凄かったんだ」

「また、マリアちゃんに何かあったの？」

俺が怪訝《けげん》な顔をしていたので、皆が近づいてきた。

「ああ、マリアが戦闘で使用したスキルのポイントが凄まじい勢いで上昇していたんだ」

「ご主人様の話では、スキルポイントってそんな簡単に上がらないのよね？」

「一ポイント上げるのも簡単じゃないはずだ。一カ月は普通にかかる」

恐らく、これは勇者の特性なのだろう。異能を除き、この世界最強の能力かもしれない。

「これは、マリアは『物覚えが良い』ということだな。多分、新しいスキルの習得も早いだろう。マリア、これから色々なことにチャレンジして、数多くのスキルを習得してくれないか？」

「はい、お任せください！　仁様のために、大量のスキルを習得いたします！」

マリアが元気よく答える。明確な役割ができたことが嬉しいのだろう。

《がんばれー！》

「やっぱり、勇者って凄いわね。私も負けてられないわ」

「仁君、それは良いことですよね……？　何で怪訝な顔をしていたんですか……？」

さくらの言う通り、これは良い話だ。問題は、それと比較した俺の話だ。

「今、確信したんだが、どうやら俺はスキルポイントが得られないみたいだ」

「一ポイントに一カ月かかるなら、仁君のスキルポイントが上がらないのは当然ですよね……？」

「〈千里眼《システムウィンドウ》〉で小数点以下まで確認したが、全く変化がなかった。もしかしたら、俺の異能のデメリットかもしれないな……」

スキルポイントを操作できる代わりに、自身はスキルポイントを得られない。ありそうな話だ。

「それはつまり、ご主人様は奪うことでしか強くなれないってこと？」

「そうだな。まあ、強い異能の代償に帳尻合わせが働いたと取れなくもないか……」

現状、困ることはないだろうけど、少し残念に思うのも事実だ。

スキル的な意味で、俺に成長の余地がないと明らかになってしまったのだから。

「仁様、お気になさらないでください。仁様が得られないのなら、私がスキルポイントを稼ぎます。私の得たスキルポイントは、全て仁様に捧げますのでご自由にお使いください」

マリアの献身は嬉しいけど、言い方が少しヒモっぽくて嬉しくない。俺の被害妄想かな？

「私の異能が仁君なしでは使いこなせないように、仁君の異能にもデメリットはあるんですね……」

「さくらには俺がいるし、俺は配下に協力してもらえばスキルポイントを稼げる。デメリットではあるけど、フォローできる範囲だから気にしないことにしよう」

「はい、そう考えるようにします……」

デメリットよりもメリットの方が大きいのだから、前向きに考える方が良いだろう。

「この国では奴隷を増やす予定はないけど、他の国に着いたら奴隷を購入して戦力を増強しよう。前からわかっていたけど、俺の異能は配下が多いほど有利になるからな」

「ご主人様、魔物のテイムはしないの？　テイムでも戦力の強化になるし、マリアちゃんも＜魔物調教＞を持っているから、スキルレベルを上げるのは難しくないと思うわよ」

「テイムか。確かにそれも良いな」

奴隷だけでなく、従魔も俺の配下として扱われるので、戦力強化の条件は満たせる。

元々、＜魔物調教＞はドーラをテイムするために覚えたようなものだが、他の魔物をテイムしないと決めた訳ではない。

「よし、これからは魔物の相手をする時、テイムすることも選択肢の一つとしよう。テイムはスキルレベルが重要だから、分散させずに俺に集中させてもらうぞ。マリア、構わないか？」

「はい、構いません！」

「えー、私もテイムしたかったのにー」

ミオがテイムを推してきたのは、自分がテイムをしたいからだったのか。

「悪いが、ここは俺を優先させてもらう」

「はーい……」

優先順位は変えられないが、チャンスを与えるのは良いだろう。

「スキルポイントに余裕ができたら、ポイントの変換を活用することになるだろう。その時なら、余ったポイントを〈魔物調教〉に換えても良いぞ」

「本当!?」

「ああ、種族的に使えないスキルを変換して、それぞれが欲しいスキルを強化する予定なんだ。他の皆も、ポイント変換してでも伸ばしたいスキルがあれば教えてくれ」

種族的に使えないスキルを死蔵するなら、他のスキルに変換した方が有効だからな。

折角、未変換ポイントにするなら、それぞれが欲しいスキルに換えてあげるべきだろう。

「よーし、バシバシ魔物を倒して、ポイントを貯めていくわよ！」

ミオがやる気を出してくれたようで何よりだ。


次の朝も約束通りギルドへと向かう。

他の皆には今日の分の買い出しを任せている。少しずつ旅に必要な物を買い揃え、あと二日か三日で買い戻しをやめて、この街、いや、この国を出ていく予定だ。

少し余裕を持ってギルドに到着したので、受付嬢さんにいつも通りの挨拶をする。

「すいません。本日も買い戻し希望の方が来ています」

二日連続で買い戻しがあるとは思わなかった。今日も真っ当な人なら良いのだけど……。

昨日のリサさんのように真っ当な相手なら、タダで盗品を返すことも吝《やぶさ》かではないからな。

「応接室へどうぞ」

「はい」

応接室の近くまで来たところで、受付嬢さんが小声で声をかけてきた。

「すいません。本日の希望者も貴族の方です」

ここまで来てからそれを言うのか。そうか、受付嬢さんは敵だったのか。

「遅いぞ！　貴族であるこのギリウス様を待たせるとはどういうつもりだ！」

応接室に入った瞬間、でっぷりと太ったオッサンが怒声を浴びせてきた。

オッサンの後には、完全武装の兵士三名が直立不動の姿勢をとっている。

コレ、どう考えても駄目なヤツだ。

予定時刻の一〇分前に到着した相手にこんなことを言う奴が、真っ当な人間の訳がない。

「ギリウス様、まだ予定時刻になっていないので、そのような言い方はおやめください」

「ふん！　貴族の時間は冒険者ごときの時間とは比べものにならんほどに貴重なのだぞ！」

受付嬢さんが注意をするが、オッサンは気にも留めない。

ここまで来ると、いっそ清々《すがすが》しい気すらしてくる。これは、何を言われても売る必要はないな。

交渉して大金を引き出す気も起きない。

「……ちっ、こんな話をする時間も無駄だな。小僧、『黒い狼』のアジトにいたフェザードラゴンを寄越せ。それはワシの物だ！」

まさか、狙いがドーラだとは思わなかったよ。

「フェザードラゴン？　何のことでしょう？」

とりあえず、惚《とぼ》けてみる。

「誤魔化しても無駄だ。『黒い狼』がフェザードラゴンを捕獲したことはわかっている。それはワシの物だ。早く返せ！」

「それは、貴方《あなた》のフェザードラゴンが奪われたから買い戻したいと言っているのですか？」

「うるさい！　貴様は言われた通りにすれば良いのだ！」

そういえば、アジトの盗賊が『フェザードラゴンを一〇〇〇万ゴールドで貴族に売る』と話していた気がする。その貴族がこのオッサンなら、フェザードラゴンの所在を知っていた説明が付く。

念のため、ドーラに確認しておこう。

《ドーラ、盗賊に捕まる前、どこかの屋敷に住んでいたりしたか？》

《んーん。おうちをでてすぐにつかまって、ずっとどうくつにいたよー》

やはり、オッサンとドーラに関係はなかった。

それなら、話はここで終了だ。俺がドーラを手放す訳がないだろう。

「すいませんが、心当たりがありませんね。どうぞ、お引き取りください」

そう言って退出を勧めると、オッサンは顔を真っ赤にして怒鳴ってきた。

「何だ！　その無礼な口の利き方は！　この場で即刻処刑してくれる！」

衝撃の急展開すぎるだろ。

とりあえず、オッサンの後ろにいる兵士たちのステータスを確認する。

アストン
LV5
スキル：＜身体強化LV1＞

ビリー
LV3
スキル：＜身体強化LV1＞

チャーリー
LV3
スキル：＜身体強化LV1＞

うん、弱い！
名前の並びがABCで覚えやすいのは良いが、覚える価値のある存在ではなさそうだ。
念のため、オッサンのステータスも見ておこう。

ギリウス
LV1
スキル：＜幸運LV1＞

こちらも弱い！

レアスキルっぽいスキルを持っているのに、最弱と言って良いほどに弱い。

もしかして、このオッサンは＜幸運＞だけで今まで生きてきたのか？

奇遇だな。俺も運の良さには自信があるんだよ。どっちの運が上か、勝負しようじゃないか。

「お前たち！　やれ！」

オッサンの指示に従い、兵士三人が槍を構える。

それほど広くない応接室で槍を使うとか、間違いなくお飾りの兵士だな。室内想定なら剣だろ。

「ギルド内での戦闘行為は禁止です！」

受付嬢さんが至極真っ当なことを言っている。

「うるさい！　そんなことは金の力でどうとでもなる！　やれ！」

今までは持ち前の＜幸運＞と貴族の権力や金の力でどうとでもなったのだろう。しかし、それが今後も通用する保証はどこにも存在しない。貴方の運は、これまでだ。

「死ね！」

チャーリーが槍で突いてきたので簡単に避ける。

これで、相手が先に攻撃してきたことになる。つまり、正当防衛ということだ。

「受付嬢さん、やり返しますよ？」

念のため、受付嬢さんに一声かけておく。当然、駄目と言われてもやり返すのは確定している。

「貴族を殺害すると貴族側が悪くても罪に問われる可能性があるのでご注意ください。ギリウス様が先に手を出したという証言はさせていただきます」

意外と冷静に受付嬢さんが返してきた。もしかして……。

アンナ
ＬＶ19
スキル：〈身体強化ＬＶ３〉〈剣術ＬＶ２〉〈火魔法ＬＶ１〉〈回復魔法ＬＶ１〉

予想はしていたが、受付嬢さんは思った以上の実力者だった。

これだけの実力があるなら、オッサンと兵士たちの凶行を止めてほしいとも思うが、受付嬢さんは動く素振りすら見せない。

いや、逆に考えよう。俺は今、スキルやパラメータを奪う機会を得たのだ。

「うおおお！」

アストンが叫びながら襲いかかってきたので、ギリギリで躱《かわ》しながら腹パンを決める。

そのまま、ビリーとチャーリーに接近して、同じく腹パンを決める。

「がはっ……！」

「ぐふっ……！」

「ごほっ……！」

何の加減もしていない腹パンなので、三人の兵士たちのＨＰは容赦なくゼロになっている。

これで、ＡＢＣ殺人事件の完成だ。犯人は俺（無罪）。

「なっ、何をしたのだ……。ワシの兵たちが一撃で……」

腰を抜かし、その場に崩れ落ちるオッサン。

「お金の力が何だって?」

「ひ、ひいいいいい!」

腰を抜かしたので、這《は》いずりながらオッサンが逃げていく。

当然、〈幸運〉のスキルは奪い尽くしてある。パラメータもほぼ全て奪ったので、少しのダメージを受けただけでオッサンは死ぬ。俺が直接殺さなければ良いのだろう?

「凄いですね。完全武装の兵士三人を一撃で倒すとは……」

多分、受付嬢さんでも余裕だったと思うよ。ステータスを奪わなくても弱かったから。

「それより、コレ、どうします?」

俺は兵士たちの死体を指して受付嬢さんに尋ねた。

「ギルドの方で処分いたします」

「ああいう、自分勝手な連中を事前に弾いてくれないんですか?」

買い戻し交渉をする者として相応しくないのは明白だろう。俺に伝えるのも遅すぎる。

「少なくとも、冒険者ギルドに来た時点では罪を犯した訳でもありませんし、貴族から正式に依頼されたら、冒険者ギルドとしては断ることもできません」

いや、その貴族というのが一番自分勝手で交渉に相応しくなかったのだが?

俺もたった三件のサンプルではあるが、二件が貴族、その両方が自分勝手となれば、貴族全体をそういう存在として認識しても良いと思う。少なくとも、警戒する必要はあるだろう。

「そうですか。うん、決めた。買い戻しはこれで終わりにして、今日中に街を出ようと思います」

もう、この街に留《とど》まる必要もない。さっさと出ていこう、そうしよう。

「……また、急に決められるのですね」

「一人目がアレだったから、次に嫌な目に遭ったら出ていくと決めていました」

「はあ、仕方がありません。元々強制力はなく、善意でやってもらっていたことですからね」

受付嬢さんが溜息をつきながら言うが、貴女の対応もやめた理由の一つだからな？

「知っていますか？　善意って、有限の存在なんですよ」

この街に与える分の善意は既に尽きている。この国に与える分は最初からない。

武器屋のオッサンとリサさんの分は辛うじて残っている。

「……わかりました。短い間でしたが、ありがとうございました」

「はい、これで失礼します」

そう言って、俺は冒険者ギルドを後にした。そうだ、皆にも連絡しておかないと……。

《買い戻しで嫌な目に遭った。今日中に街を出るから、出発の準備を整えてほしい》

何か業務連絡っぽい内容だな。

《了解！　いよいよ、私の料理の腕を見せる時が近づいてきたわね！》

《もう、焼いただけのお肉は嫌です……》

《仁様、私たちは道具屋に揃っています。どこで合流しましょう？》

《俺が道具屋に向かうよ》

道具屋に向かうと、皆が旅に必要な物を見繕っていた。

最初の村では二人旅でお金もギリギリだったから最低限の準備で済ませたが、今はお金もあるし人数も増えたので、しっかりと準備をして旅に備えよう。

＜無限収納《インベントリ》＞により手荷物は少なくて済むので、必要と思った物は買えるだけ買うことにした。

「丁度良い時間だから、昼食まではこの街で食べていこう」

「ドーラ、おにくがたべたーい！」

ドーラの希望通り肉メインの昼食を終え、この街を出るために門へと向かう。

「さて、この街ともオサラバだな」

「ご主人様、そのセリフ悪役っぽくない？」

失敬な。俺はこの国の法律に反することをしたことはないぞ。

正直に言うと、俺は拉致の被害者が拉致した国の法律に従う必要はないと思っている。法律で守られない者に、法律を守る義務はないからな。

だから、実は俺が守っているのはこの国の法律ではなく、自分の中のルールだったりする。この国の法律が俺のルールと反するなら、俺は迷わずに自分のルールを優先するだろう。

第一六話　Sランク冒険者と複合スキル

街を出ようと門で手続きをしていると、門番がその場を放り出して街へ駆けていった。

「あの馬鹿、どこ行きやがった？」

門番がいなくなったことに気づいた同僚がキョロキョロと周囲を見回している。

門番の職務放棄はかなりヤバいけど、街を出る俺たちにはもう関係のない話だ。

無事に門を出たので、道沿いに歩いていく。

今は徒歩だけど、馬車の旅というのも良いかもしれない。次の街に着いたら、探してみよう。

次の目的地はリラルカという名前の街だ。リラルカはエルディア王国の東側にある隣国、カスタール女王国との国境線を跨ぐような位置にあり、両国の文化が入り交じっているらしい。

面白い文化の街なので、余裕があれば観光していこうと思う。

三〇分ほど歩いたところで、マップ上に後方から馬に乗った人の接近が映る。

「馬に乗った人が近づいてきている。危ないから道の端に寄ろう」

「はい、わかりました……。マップがあれば、交通事故も防げるんですね……」

「普通に考えると、地図《マップ》を見ながら歩くのは事故の元だけどな」

道の端に寄り、さくらと取り留めもない話をしている間に馬が近づいてきた。

馬は俺たちの近くまで来ると止まり、乗っていた人が馬から下りて温和そうな顔で一礼した。

「移動の途中失礼します。少々、お時間を頂いてもよろしいでしょうか？」

現れたのは、最初に買い戻しをした貴族、縦ロールの執事であるセバスチャンだった。

マップで馬に乗っていた人物を見た時、知らない名前だったはずだけど……。何で？

Ａ：マップ、ステータスには本名が記載され、名乗っただけの偽名は記載されません。

なるほど。言われてみれば、縦ロールがセバスチャンと呼んだのを聞いただけで、本人のステータスを確認したことはなかった。偽名なら表示名と俺の認識が一致しないのも当然の話だ。

つまり、完璧な執事の名前は、偽物だったという訳か。俺の感動を返してほしい。

今後、同じようなことを起こさないため、ステータスチェックは欠かさないようにしよう。

という訳で、セバスチャンのステータスを確認する。

セルディク
ＬＶ89
スキル：
武術系
＜剣術ＬＶ６＞＜暗殺術ＬＶ５＞＜暗器術ＬＶ４＞＜槍術ＬＶ３＞＜格闘術ＬＶ５＞＜投擲術ＬＶ４＞
＜騎乗戦闘ＬＶ３＞
魔法系
＜回復魔法ＬＶ５＞＜生活魔法ＬＶ４＞＜空間魔法ＬＶ３＞＜無詠唱ＬＶ３＞
技能系
＜庭師ＬＶ３＞＜作法ＬＶ６＞＜執事ＬＶ６＞＜料理ＬＶ３＞＜乗馬術ＬＶ３＞

身体系
＜身体強化ＬＶ７＞＜縮地法ＬＶ７＞＜ＨＰ自動回復ＬＶ７＞＜跳躍ＬＶ４＞＜夜目ＬＶ３＞＜気配察知ＬＶ６＞＜狂戦士化ＬＶ５＞＜闘気ＬＶ６＞

セバスチャンの本名はセルディクというらしい。

……いや、それどころじゃない。何だ、この強さは。

レベルは過去最高。見たことのないスキルを含め、大量のスキルを有している。その上、個々のスキルレベルも非常に高い。

マリアのスキルの多さにも驚いたが、あれは＜勇者＞スキルと称号の恩恵があってのものだ。

この爺さんのステータスには、スキル習得を補助するようなものはない。つまり、この爺さんの強さは、日々の鍛錬や才能といった地力によって培われたものである。

問題は、そこまで強い爺さんが俺たちを追いかけてきた理由だ。十中八九、あの縦ロール絡みの話だろう。嫌な予感しかしない……。

「何か用ですか？　移動中なので、時間がかかることなら遠慮したいですね」

この爺さんに恨みはないが、縦ロールの関係者である以上、友好的に接することはできない。

万が一のことを考えて、皆に念話をしておこう。

《この爺さんは最初に買い戻しをした貴族の執事だ。良い関係とはいえない相手だから、戦闘になることも想定しておいてくれ》

《わかりました。いつでも戦えるよう、準備しておきます》

《げっ⁉　何これ、滅茶苦茶強いじゃない！　まさか、これが強キャラ老執事……！》

冷静に考えれば、納得できる部分もあった。

要するに、この爺さんはあの縦ロールの護衛なのだろう。戦闘能力のある執事だから、縦ロールは爺さん一人だけを連れて、野蛮な冒険者が待つ買い戻しの場に現れたのだ。

「ほんの一〇分程度です。ぜひ、お付き合いいただければと思います」

念話ではああ言ったが、実際にこの爺さんと戦闘になる可能性はあるだろうか？

残念ながら、ある。あの縦ロールの指示があれば、この爺さんはそれに従うかもしれない。

もし、この爺さんと戦うことになったら、俺たちは勝てるだろうか？

恐らく、勝てる。レベルは圧倒的に負けているが、それ以外のステータスでは負けていない。

問題は、俺たち全員が無事で済むかどうかだ。この中で対人戦の経験があるのは俺一人、魔物との戦いも今日初めてという者が二人、接近戦が苦手な者もいる。……少し、厳しいな。

まずは爺さんの話を聞こう。方針を決めるのは、それからでも遅くないはずだ。

「良いでしょう。手短にお願いします」

「ありがとうございます。実は、お嬢様がもう一度貴方に会いたいと仰いました」

あの縦ロールが俺に会いたがっている？

ハッキリ言って意味がわからない。

あんな交渉をした俺に会いたい理由が全く思いつかないし、理由があったとしても俺の方が会いたくない。よし、この話はさっさと断ろう。

「それは一〇分で終わる話ではないでしょう？　まさか、街に戻れというのですか？」

随分と険のある発言だったが、爺さんは顔色一つ変えていない。

「話は変わりますが、買い戻しの時はお世話になりました。お嬢様が少し話してしまいましたからご存じでしょうが、短剣を取り戻したことで、もう一度取引を進めることにしました」

爺さんが急に話を変えた。

確か、縦ロールが短剣絡みの取引のことを口に出していたな。極秘っぽい内容だったはずだ。

「その話、俺たちに話して良かったんですか?」

「ええ、構いません。貴方にも関係のある話ですから。買い戻しの後、取引を進めようとしたところ、家宝を盗賊に奪われるような間抜けとは取引できないと、追い返されてしまったのです」

どんな取引だったのかは知らないが、『盗賊に家宝を奪われる』というのは、取引を続けることすらできないほどの失態だったのだろう。

「ああ、勘違いしないでください。貴方が短剣について吹聴したとは考えていません。貴族社会という魔窟では、家宝が盗まれた時点でどこから情報が漏れても不思議ではないのです」

爺さんは一体、何の話をしているのだろう? 話の着地点が全く読めない。

まさか、同情を引いて街まで連れていこうとでも言うのか?

「取引が失敗したお嬢様は、怒り、悲しみ、情緒不安定な状態のまま私に命令したのです。『短剣を持ってきた旅人を殺しなさい』と……」

全く違った。この爺さんは、俺たちを殺すために差し向けられた暗殺者だった。ある意味、予想通りとも言えるが……。

「八つ当たりであることは疑いようもありません。貴族同士なので、追い返した相手には何もできません。家宝を奪った『黒い狼』は既に壊滅しています。残る関係者は、鬱憤を晴らせる相手は、貴方しかいないのです。私も気は進みませんが、お嬢様に泣いて頼まれては断れません」

聞いてみれば下らない理由だった。そんな下らない理由で、この強い爺さんが敵になったのか。

「それで、わざわざ俺のことを追いかけてきたのか？」

もう、敬語を使う必要もない。暗殺者相手に礼儀など不要なものだ。

「さすがに街中で殺す訳にはいきません。親切な門番さんにお小遣いを渡し、貴方が街を出たら教えてくれるようお願いをしていたのです」

あのサボり門番、そんなことをしていたのか。これは仕返しが必要だな。

「アンタの言っていることは矛盾していないか？　一〇分で済む、縦ロールが会いたがっている、俺を殺す。これを同時に満たすのは無理だろう」

呆れるような俺の言葉に、爺さんが心外そうな声を上げる。

「いえいえ、私が本気を出せば貴方を五分以内に殺せるので一〇分で話は済みます。お嬢様が会いたがっているのは、貴方の首だけなので殺すことに矛盾はありません」

なるほど。俺の首に会いたいほどに首ったけという訳だな。……俺は時々寒いギャグを言わないと気が済まないのだろうか？

「執事ってのは、いつから殺し屋の真似事をする仕事になったんだ？」

「冒険者時代に不意打ち、闇討ちを繰り返した結果、付いた二つ名が『死神』です。元々、半分殺し屋みたいな存在だったのですよ。いや、今思うと若かった」

俺が気を取り直して聞くと、爺さんは再び温和そうな顔に戻って答えた。

一体どんな経緯があれば、『死神』と呼ばれた冒険者が執事になるのかね？　少し気になるけど、俺がそれを知ることはないのだろう。

「もう一度言いますが、あまりお時間を取らせるつもりはありません。情緒不安定なお嬢様から長時間目を離すのも怖いですからね。できるだけ素早く、苦しまないように殺して差し上げます」

「嫌だ、帰れ、と言っても通じないんだろう?」

俺が武器を構えると、仲間たちもそれに合わせて武器を構えた。

「ええ、これでも元Sランク冒険者です。任務は失敗したくないのですよ」

Sランク冒険者、それは世界最高クラスの実力者のための称号だ。

この爺さんのステータスを見れば、最高クラスの実力というのも納得だ。逆に言えば、この爺さんを倒せるのなら、俺がこの世界最高クラスの実力を得たという証明ができる。

良いだろう。Sランク冒険者、俺の糧にしてやる。

「この爺さんの相手は俺一人でやる。皆は離れて手を出さないようにしてくれ」

「仁様、それは危険です!」

「皆でかかれば負けないわ!」

「わ、私も戦います……!」

《ドーラもやるよー!》

全員が戦う気になっているが、俺は首を横に振って拒否する。

「この爺さんは間違いなく対人の専門家だ。対人戦闘の心得がない素人が相手をするのは無理だ」

対魔物と対人は全く違う。間違いなく対人の専門家である爺さんに、素人が勝てるはずがない。

連携の訓練も対魔物を想定しているので、人数が増えることはメリットにならない。

「仁様、せめて私だけでもお手伝いさせてください!　絶対にお役に立ってみせます!」

「気持ちは嬉しいけど、マリアには他に頼みたいことがあるんだ」

「それは一体……?」

「さくらたちの護衛を任せたい。あの爺さんがさくらたちを狙う可能性があるからな」

この爺さんが律儀に一対一に従ってくれる保証はない。人質を取ろうとしたり、攻撃を加えたりする可能性は否定できない、というか、低くないと思っている。

対人戦闘の経験がないとはいえ、爺さんから皆を守れるのはマリアしかいないだろう。

「おや、心外ですね。私は戦わない者を狙うような卑怯《ひきょう》な真似はしませんよ」

黙って俺たちの話を聞いていた爺さんが異議を申し立ててきた。

「殺し屋と言われて否定しないヤツの人間性なんて、信じられる訳がないだろ」

「それを言われると何も言い返せませんね」

完全論破された爺さんが肩をすくめる。

「仁様、一つお聞かせください。仁様お一人で、この男に勝てるのですか？」

「当然だろ。元Sランク冒険者くらい、俺一人で十分だ」

不安そうなマリアの問いに自信満々に答える。これは、虚勢でなく本心だ。

この爺さんが過去一番の強敵であることは間違いない。パラメータでは優っているが、確実に勝てると言えるほどの差でもない。それでも、俺は確信を持って勝てると言える。

「皆、俺は必ず勝つから、信じて離れて待っていてくれ。マリア、さくらたちのことを頼む」

「……承知いたしました。皆さんは私がお守りしますから、仁様もどうかご無事で」

もう一度頼むと、マリアも覚悟を決めてくれた。

「ご主人様！　援護はできないけど、応援はしているからね！」

「仁君、絶対に負けないでください……！」

《ごしゅじんさま、がんばれー！》

そう言って皆が離れていくのを、爺さんから目を離さずに待った。

不意打ちの危険が一番高いのは、爺さんから皆の視線が外れている今だからな。

《ご主人様！　私のパラメータを受け取って！　私はマリアちゃんが守ってくれるから大丈夫！》

俺と爺さんから三〇メートルほど離れた場所から、ミオが念話を使って伝えてきた。

俺のパラメータが高くなるということは、その分だけ俺の勝率が上がるということだ。

《仁君、私の分も使ってください……！》

《ドーラもいいよー！》

《わかった。ありがたく使わせてもらう》

さくら、ドーラもミオに続いてくれたので、三人に渡していたパラメータを回収した。

「お仲間の方たちも随分と離れたようですし、そろそろ始めてもよろしいですか？」

「ああ、構わない。しかし、仲間たちを狙わないとは意外だったな」

「あそこまで警戒された状態で狙うのはリスクが高いですからね」

やはり、狙ってはいたのだろう。予想通りの回答なので、驚きはない。

「元とはいえ、Sランク冒険者を相手に自信のある態度を崩さないのです。何か隠し球があると見て間違いないでしょう。さすがに油断はしませんよ」

「自信がある訳じゃない。ただ、勝つという確信があるだけだ」

「……そこまで言い切るとは、貴方は一体何者なのでしょうね？」

「さあな。今から死ぬ奴が知る必要はないだろ」

そう言って俺は武器を構える。

さくらたちも十分離れたので、これ以上の無駄話は必要ない。

「ふふ、言いますね。それでは、私も武器を取り出すとしましょうか」

爺さんは何もない空間に手を伸ばすと、そこから一本の刀を取り出した。

〈空間魔法〉と〈無詠唱〉のスキルを使用したようだ。どちらも欲しいスキルなので、全力で奪わせてもらうとしよう。

「良い刀でしょう。現役時代から刃こぼれ一つしたことがありません」

見ただけで相当の業物だとわかるが、鑑定はしておこう。

名称：霊刀・未完
分類：刀
等級：伝説級《レジェンダリー》
効果：霊体特効（大）、全ステータス上昇（中）、魔法切断

『霊刀・未完』……冷凍ミカン⁉

このバカみたいな名前、もしかして、作ったのは日本人か？　詳細を見てみよう。

名称：霊刀・未完
説明：人類最高峰の刀匠が鍛えた刀。人類最高クラスの力を持つが、目標に満たなかったため未完の銘を与えられた。結局、その刀匠は生涯でこの刀以上のものを打つことはできなかった。

どうやら、日本人とは無関係らしいが、予想外に面白いバックストーリーだったな。

しかし、伝説級《レジェンダリー》の武器か……。Sランク冒険者には相応しい装備かもしれないが、俺たちの前に出て

くるのが早すぎないか？

俺たち、旅を始めてまだ数日だぞ？　普通、ゲームで伝説の武器が出てくるのは後半だろうよ。

俺が構えたのは稀少級《レア》の『ゴブリン王の剣』なので、武器の格では大幅に負けているが、破壊さされなければ問題はない。

武器の質に差があっても、上手く当てれば相手が死ぬことに変わりはないからな。

「それでは、行きますよ」

爺さんがそう言った瞬間、離れていた爺さんが消えたかと思うと急に目前に現れ、横薙《な》ぎに刀を振るってきた。

その行動を予想していた俺は、バックステップによる回避から、反撃の袈裟斬りを放つ。

爺さんは俺の反撃を返す刀で受け止め、仕切り直しとばかりに距離をとった。

「驚きました。私の〈縮地法〉を初見で回避する人間がいるとは……」

「中々に凄い技だけど、回避できないほどじゃない」

何せ、事前にどういうスキルか知っていたのだから。


〈縮地法〉

一瞬、一歩で長距離を進むための歩法。移動距離は使用者が指定する。最大移動距離はスキルレベルにより決まり、レベル1で五メートル、以降は1レベルごとに一メートル延びる。


見たことのないスキルだったので、爺さんのステータスを見た時に効果まで確認していたのだ。

スキルレベルが高く、常用していることが明確なので、必ず初手で使ってくると予想していた。

爺さんの〈縮地法〉はレベル7なので一一メートルまでなら一瞬で距離を詰められる。

爺さんは常に俺と一〇メートル以内の位置を意識していた。隙があれば、いつ不意打ちを受けてもおかしくなかったという訳だ。

「なるほど。確かに自信に相応しい実力をお持ちのようですね」

「当たり前だろ。それより、爺さんの実力はそんなもんなのか？　Sランク冒険者って、奇襲技一つで到達できるような安っぽい称号なのか？」

「ふふ、当然、これで終わりの訳がありません。現役時代ほどの身体能力はありませんが、技の引き出しに衰えはありませんよ」

俺の挑発にも爺さんは笑みを崩さない。この爺さんを挑発で激高させるのは俺には無理だな。

「例えば、このように」

そう言うと爺さんはその場で腕を振った。

何事かと思えば、俺に向かって投げナイフが飛んできていた。どうやら、再び〈空間魔法〉と〈無詠唱〉の合わせ技を使ってきたようだ。

俺は軽く動くことでナイフを避けようとしたが、移動先に爺さんが〈縮地法〉で移動してきて、斬撃を繰り出してきていた。

「うおっと⁉」

間一髪で回避することはできたが、服を少しだけ切られてしまった。油断も隙もない爺さんだ。

直後、俺も斬りかかるが、今度は〈縮地法〉で回避されてしまう。

「これも回避しますか。中々の反応速度ですね。しかし、投げナイフごときに簡単に気を取られすぎではありませんか？」

「言ってくれるじゃないか。人間びっくり箱」

何？　お前が言うなって？

「それは面白い例えですね。ですが、私の攻撃はびっくり箱と違って冗談では済みませんよ」

「そっちこそ面白いことを言う！」

今度は俺が攻撃する番だ。投げナイフに対抗して『ファイアボール』の魔法を発動する。

＜無限収納《インベントリ》＞に発動直前の状態で入れていたので、事実上の＜無詠唱＞である。

「ふむ」

爺さんはそれだけ言って刀を振るうと、俺の『ファイアボール』を切り裂いた。切り裂かれた火の玉はその場で霧散して消えた。アレが『霊刀・未完』の魔法切断能力か。

当然、それは俺も覚悟の上だ。俺の狙いは、爺さんと同じく魔法を斬った直後の隙……。

「…………」

進もうと思った足を止めざるを得なかった。爺さんに攻撃後の隙がなかったからだ。

隙がある前提で油断して突っ込んでいたら、手痛い反撃を受けたかもしれない。

「誘いに乗ってきませんか。ますます見事です。本当に、殺すのが惜しいです」

「それなら、見逃してくれるのか？　俺は別にそれでも構わないぞ」

嘘だ。こんな数多くのスキルを持った獲物、逃せる訳がない。絶対に殺して奪う。

「さすがにそれは無理ですね。お嬢様に約束をしているのですよ」

この爺さんと縦ロールの間にどんなドラマがあったのか、知らないし興味もない。

しかし、俺の目の前に敵として現れた以上、タダで済ませる気はない。理由が八つ当たりというのだから、情状酌量の余地もない。

「それは残念だ」

「それなら、残念そうな顔をしたらどうですか？　貴方、笑っていますよ」

おっと、顔に出ていたか。それじゃあ、手品で遊ぶのも終わりにしよう。

「そろそろ、遊びは終わらせてもらうぞ。女の子を待たせるのは良くないことだろう？」

「ええ、その通りですね。お嬢様をお待たせするのは良くありません」

俺の言葉に爺さんも頷くが、実際に思い描いている相手は全く異なる。

話が通じているようで、全く通じていない。それも当然だろう。お互いに自分が負けるとは欠片も思っていないのだから。

爺さんが〈縮地法〉により接近してくる。今度は刀による斬撃ではなく、短槍《たんそう》を投げてきた。

ギリギリで避けて爺さんに斬りかかると、執事服を僅かに切ったものの回避される。チャンスを逃さないよう、すぐさま『アイスバレット』の魔法を取り出して発動した。

「むっ！」

この距離での魔法発動は予想外だったのか、氷の弾丸が爺さんの左腕を掠《かす》めた。ほんの少しではあるが、この戦い初のまともなダメージである。

可能ならばこのままダメージを与え続けたいが、そう上手くはいかないようで、〈縮地法〉により距離をとられてしまった。

「接近戦の最中に魔法を使うとは驚きましたよ。これは不用意な接近はできませんね」

そう言って爺さんは再び接近戦を仕かけてくるが、魔法を撃つ隙を与えないよう、頻繁に暗器を放ってくるようになった。

暗器を避けるのは難しくないが、反撃に転じる機会が大幅に減ってしまった。しかも、俺が反撃しようとすると、爺さんは〈縮地法〉で大きく距離をとってくる。

爺さんが守りを重視した動きに変わったため、互いに決定打のない膠着状態になってしまった。

「面倒な戦い方だな！」

「何とでも言ってください。有利な状況を維持するのは戦いの基本ですよ」

爺さんは喋りながらも手を止めず攻め立ててくる。

実際、有利不利で言えば爺さんの方が有利な状況だ。ゲームやスポーツでも言えることだが、得点に差がない時は、攻めている時間の長い方が有利とされるものだ。

当然のことだが、この状況は俺にとって望ましくない。

俺が不利だからではない。折角、Sランク冒険者と戦える稀少な機会だというのに、有利状況を維持するという消極的な戦い方では、大した学びが得られないからだ。

もっと、手の内を見せろ。もっと、称号に相応しい実力を見せろ。俺の糧になれ。

「それなら、こちらにも考えがある」

俺はバックステップで大きく後に下がり、これ見よがしに魔法を詠唱する。

「させません！」

大技が来ると悟った爺さんは、詠唱を潰すために〈縮地法〉で接近してくる。

俺は爺さんが消える瞬間に〈無限収納《インベントリ》〉から『ファイアウォール』の魔法を発動していた。

便利に思える〈縮地法〉だが、俺が見ただけでも幾つかの欠点が存在する。

その一つで最たるものは、『途中に障害物があると避けられない』ことである。つまり、俺と爺さんの間に『ファイアウォール』が発生すれば、爺さんはそれを避けることはできないのだ。

当然、その欠点は爺さんも把握しているだろう。爺さんが〈縮地法〉を発動したのは、俺が既に詠唱を始めており、魔法を発動される心配がなかったからに違いない。

言い換えれば、詠唱中に別の魔法を発動することは、対人戦闘に慣れた人間にこそ読めない戦術という訳だ。

有利状況を維持するのが戦いの基本なら、相手の知らない戦術を押しつけるのも戦いの基本だ。

「ぐうっ⁉」

突如現れた炎の壁に直撃した爺さんが苦悶の声を上げる。

仮に〈土魔法〉の『ストーンウォール』で石の壁を出していたら、〈縮地法〉の移動速度がそのままダメージに加算されていたので、爺さんを倒すこともできただろう。

しかし、それでは勿体ない。まだ、この爺さんから学ぶことは残っているはずだ。

俺は怯んだ爺さんに斬撃を加え、先ほどよりも深く腕を傷付けることができた。

「まだ浅いか……」

「くっ！」

爺さんが〈縮地法〉で後方に下がった瞬間、俺も〈縮地法〉を発動して追撃する。

さすがの爺さんも動揺して目を見張る。

「はあ！」

爺さんの回避は間に合わず、その脚を大きく斬りつけることに成功した。

今回の傷は今まで以上に深く、血も滴り、機動力の低下が目に見えるようだ。

直後、爺さんはナイフや短槍を乱れ打ちしてきたので、これ以上の追撃は困難と考えて回避に専念する。爺さんはその間に〈縮地法〉を二度発動して、俺から二〇メートルほど離れた。

「まさか、貴方も〈縮地法〉を使えるとは思いませんでした」

「いや、アンタが使っているのを見て覚えただけさ」

「さすがに信じられませんね」

　当然、嘘だ。

『ファイアウォール』で怯んだ隙に〈生殺与奪《ギブアンドテイク》〉で〈縮地法〉を失敬しただけである。

〈生殺与奪《ギブアンドテイク》〉の発動には集中力が必要になるので、無理矢理に作った隙で一ポイント奪うのが限界だったが、レベルが1でもあればスキルは使える。

　レベル1なので爺さんの〈縮地法〉と比べたら移動距離も短いが、意表を突いて攻撃を当てることができたので、十分に役立ったと言えるだろう。

「まさか、ここまで追い詰められるとは思いませんでした」

　爺さんは溜息を吐き、厳しい表情となった。

「仕方ありません。切り札の一つを切らせていただきます」

　そう言った直後、爺さんの身体を白いオーラのようなものが包み込む。

　パラメータを見たら軒並み上昇しているし、ＨＰも回復して傷も塞がっている。

「これは〈闘気〉と呼んでいる技術で、身体能力と治癒能力を向上させます。私の知る限り、この技術を使えるのは私と弟子のジョセフだけです」

　ジョセフって誰だよ。

Ａ：ティエゾの街の冒険者ギルド長です。

　そういえば、そんな名前だったな。つまり、この爺さんはギルド長の師匠なのか。

いや、そんな急にバックストーリーを開示されても、興味がないから反応に困るよ。

そんなことより、元Sランク冒険者の切り札だけあって、〈闘気〉というスキルは強力だな。

パラメータの上昇量は結構高く、総量で比較すると今の俺のパラメータを上回っている。

奇襲で与えたダメージも回復され、パラメータとスキルレベルでも劣勢となれば、この後の戦いは厳しいものになるだろう。

「準備はできたか？　それじゃあ、次は俺から行くぞ」

俺は〈縮地法〉を使わず、全力で接近して斬撃を放つ。

「ぐあっ⁉」

〈闘気〉により強化されたはずの爺さんは、俺の攻撃に反応することはできたが、避けることまではできず、驚愕の表情を浮かべたまま斬撃を腹部に受けることとなった。

「い、一体、何故……」

爺さんは大量の血を流しているが、痛みよりも驚愕が勝《まさ》っているらしい。

なに、難しいことはしていない。パラメータで負けているのだから、皆から預かったパラメータの一部を有効にして、爺さん以上のパラメータに強化しただけである。

実は、俺は今まで皆からもらったパラメータは使わず、自前のステータスだけで戦っていた。

その理由は、今の自分の実力がどの程度なのか測りたかったからだ。そして、俺の戦闘技術は元Sランク冒険者に通用すると確信が持てた。

そして、丁度そのタイミングで爺さんがパラメータを上げるスキルを発動したので、これ幸いと俺もパラメータを有効化したという訳だ。

「まだ終わりじゃないぞ」

そのまま、パラメータの高さを活かして、爺さんを接近戦で圧倒する。

斬撃、魔法を織り交ぜ、爺さんの傷を少しずつ増やしていく。

接近しながら、〈闘気〉や〈縮地法〉のスキルを徐々に奪っていく。

「くぅっ……！」

爺さんの攻撃は当たらず、俺の攻撃は当たり続ける。完全に拮抗《きっこう》が崩れている。

一方的な戦いはあまり面白くはない。ほぼ、作業になってしまうから。

もう、終わりなのか？　奥の手はないのか？　全て、出し切ってしまったのか？

「不満そうな顔ですね」

俺の感情が伝わったのか、大きく〈縮地法〉で離れ、警戒心を残しながら爺さんが言う。

「〈闘気〉を使った私を圧倒するなど、貴方の方がびっくり箱ではありませんか。〈闘気〉を習得してから、ここまで追い込まれたのは初めてですよ……」

何かのスキルを使用したのか、爺さんの纏うオーラが黒く変色し始めた。

「本当に仕方がありません。これが、最後の切り札です」

爺さんのオーラが黒く変色し続ける。

「実は、〈闘気〉と似た『狂戦士』という技があります。この技はもう一人の弟子であるドルグに授けました。……ええ、貴方が討伐した盗賊団の頭です。本当、恩知らずにもほどがありますよ」

まさか、三人にそんな繋がりがあったとは……！

驚いてはみたけど、爺さん一人とオッサン二人のサイドストーリーとか、本当に心の底からどうでも良い。欠片も興味が湧かない。

「この『狂戦士』、筋力の上昇だけならば、〈闘気〉を大きく上回ります」

爺さんの纏うオーラは、ほぼ完全な真っ黒となった。

見たところ、〈闘気〉と〈狂戦士化〉を同時に発動しているようだ。相乗効果でもあるようで、パラメータの上昇値は今まで以上に高くなっている。

「更《サラ》ニ、コノ二《フタ》ツヲ同時《ドウジ》ニ使《ツカ》ウコトヲ〈闘神《トウジン》〉ト呼《ヨ》ンデイマス」

急に爺さんの滑舌が悪くなった。何かに耐えるように、表情からも余裕がなくなっている。

恐らく、〈闘気〉と〈狂戦士化〉は同時発動が難しいスキルの組み合わせなのだろう。それを無理矢理同時に発動することで、身体に大きな負荷がかかっているようだ。

しかし、負荷の代わりに相乗効果も得られている。

このような、同時発動が難しいスキルの組み合わせによる、負荷のあるスキルの相乗効果のことを『複合スキル』と呼ぶことにしよう。今、することではないが……。


〈狂戦士化〉プラス〈闘気〉イコール〈闘神〉


「申《モウ》シ訳《ワケ》アリマセンガ、コレデ終《オ》ワリデス」

爺さんは〈縮地法〉を使わずに走り始めた。その速度は今までで一番速い。

どうやら、爺さんは駆け引きを捨て、パラメータの高さに全てを賭けてきたようだ。

「行くぞ！」

俺もそれに合わせて駆け出す。

「ハア！」

爺さんの斬撃も今までで一番速く、そして鋭かった。

俺は爺さん渾身《こんしん》の一撃を完全に見切り、スレスレで避ける。そのまま、パラメータに任せた斬撃で爺さんの胴体を一刀両断にした。

実は、爺さんが〈闘神〉でパラメータを上げている最中、俺も皆から預かったパラメータを全開にした。その結果、俺のパラメータは強化された爺さんの二倍近くにまで届いていた。

「ソン……ナ……」

その言葉を最後に、爺さんは動かなくなった。

こうして、初めてのSランク冒険者との戦いは俺の勝利で幕を閉じた。

最後は力押しになってしまったが、色々と得るものの大きい戦いだった。

想定よりも疲れたし、やるべきこともあるから、片付けをしたら一度街に戻ろうと思う。

第一七話　馬車購入と出発

▼＜生殺与奪《ギブアンドテイク》＞がＬＶ４になりました。
▼新たな能力が解放されました。

＜生殺与奪《ギブアンドテイク》ＬＶ４＞
能力の射程距離が常時一〇メートルになる。一日に一度、能力の射程距離を三〇メートル、奪う速度を一〇倍に強化できる。

またしても＜生殺与奪《ギブアンドテイク》＞のレベルが上がった。

今回は単純な強化のようだ。射程距離が一〇メートルに延びたので、二メートルの時より圧倒的に使いやすくなるだろう。一日一度の強化も、強敵や遠くの敵から能力を奪いやすくなるのは助かる。

新しいスキルについて考えていると、戦闘の終了を察してさくらたちが戻ってきた。

とりあえず、爺さんの遺体は＜無限収納《インベントリ》＞に入れておこう。

「お疲れ様です……。怪我はありませんか……？」

「大丈夫だ。かすり傷一つ負っていない」

さくらが心配そうに尋ねてきたので、無傷をしっかりとアピールする。

武器に毒でも塗られていたら困るので、かすり傷も負わないように注意していた。

「本当に無事で良かったです……」

俺の無傷を確認して、さくらが安堵したような表情を浮かべる。

「それにしても、ご主人様凄いわね。まさか元Sランク冒険者に圧勝するとは思わなかったわ」

《ごしゅじんさま、かっこよかったー！》

「はい、素晴らしい戦いでした。私も少しでも仁様に近づけるよう、精進させていただきます」

ミオ、ドーラ、マリアは俺の雄姿を見て目をキラキラさせている。

「言っただろう？　元Sランク冒険者くらい、俺一人で十分だって。まあ、借りていた能力がなかったら、もう少し苦戦していたとは思うけどな。ああ、借りていた能力は返しておくぞ」

借りていた能力を皆に返す。これがなかったら、かすり傷くらいは負っていたと思う。

正直、俺の異能は爺さんに対して非常に相性が良かった。俺が考えるに、爺さんの一番の強みは手数の多さと奇襲性の高さ。つまり、『初見殺し』だった。

俺の＜千里眼《システムウィンドウ》＞は大抵の初見殺しを無効化できるので、爺さんの強みは全く活きなかった。だからこそ、無傷で勝利できたのだ。

「爺さんの遺体は＜無限収納《インベントリ》＞に入れておいた。元とはいえ、Sランク冒険者をその辺に放っておくのはやめた方が良いだろうからな」

焼いてから埋めれば証拠隠滅になるだろうが、暗殺者相手にそこまでの手間をかける気もない。

「そうね。罪にはならないと思うけど、面倒くさいことになるのは間違いないでしょうね」

ミオは罪にならないと言ったが、俺は罪になる……いや、罪にされると思っている。

あの縦ロールは俺が爺さんを殺したことを知ったら、権力を使い、俺を有罪にするくらいのことはしてきそうだ。

「面倒なのは嫌だから、最低でもこの国を出るまで、爺さんを殺したことは秘密にしておこう」

「これ以上、この国にいるのは嫌なので、早く出ていきたいです……」

俺以上にこの国を嫌悪しているさくらが真顔で言った。

「それには賛成だけど、どうしてもやるべきことがあるから、一度だけ街に戻りたいな」

「街でやることですか？　トラブルの元には近づかない方が良いのではないでしょうか？」

マリアが心配そうな顔をするのも無理はない。

縦ロールがいる街に戻るということは、トラブルに自分から近づくのと同義なのだから。

「それは理解しているけど、ここまでやられたからには、ケジメが必要だろう？」

「ご、ご主人様、ケジメは必要だと思うけど、お尋ね者になるのはちょっと……」

俺の言葉の意味を理解したミオが、顔を引きつらせながら言う。

「安心しろ。捕まるような犯罪行為をする気はない」

「よ、良かった……」

ミオが安心したように胸を撫で下ろすが、俺の言葉はそこで止まらない。

「犯罪はバレなきゃ犯罪にはならない。俺の異能なら、何をしてもバレることはない」

「それって、バレないように何かするってことよね……？」

「さて、何のことかな？」

とりあえず、すっとぼけてみる。

俺の標的は縦ロールと門番の二人だけなので、それ以外には手を出さないと言っておこう。

「それと、折角だから街で馬車を買っていこうと思ってな」

「馬車ですか、それは良いですね……。ステータスは上がりましたけど、歩いて長距離を移動するのは自信がなかったので助かります……」

さくらさん、そういうことは早めに言って良いからね？

「それでしたら、御者は私にお任せください。仁様のお役に立ちたいのです！」

マリアが御者になることを立候補してきた。

「わかった。任せたぞ、マリア」

「はい！　お任せください！」

今後の方針も決まったので、この場を離れることにした。

＜空間魔法＞の『格納《ストレージ》』は使い手が死亡した場合、アイテムボックスは一定の破損があった場合、中に入れた物が周囲にばらまかれる仕様となっている。

爺さんは『格納《ストレージ》』に色々と入れていたらしく、遺体の周辺には物が散乱していた。爺さんの使っていた暗器と合わせて回収しておいた。

さすがは元Sランク冒険者、どれもそれなりの高級品だった。

余談だが、＜無限収納《インベントリ》＞の場合、俺が死んだ時の中身の扱いは任意に設定できるようになっている。簡単に死ぬつもりはないが、念には念を入れて既に設定済みである。大抵はばらまくのだが、見られて困る物は時空の彼方に消えてもらうことになる。

言うまでもなく、爺さんの遺体は時空の彼方に消える方である。


ここまで来たのと同じく、三〇分ほどかけてティエゾの街に戻る。

先ほどと同じ門番が、戻ってきた俺たちを見て理由を尋ねてきたので、「忘れ物」と答えておいた。

例の門番も仕事に戻っており、俺たちの存在に気づくと、青い顔をして逃げ出した。

「仕事中なのにまたどこかに行きやがって！　もう、アイツはクビだな……」

俺の対応をしていた門番が呆れたように言った。

そりゃあ、短時間で二回も仕事をサボったらクビになるよな。しかし、その必要はない。

「あ、アイツ転びやがった。馬鹿だな、何を慌てているんだか」

急に身体の動きが鈍くなったら、バランスを崩して転ぶこともあるだろうな。

「ん？　アイツ、起き上がらないな」

いつまでも起き上がらない門番を見て、近づいて様子を見た青年が声を上げた。

「こ、この人……。死んでる！」

ＨＰが１しかないのに、転んでダメージを受けたら、死んでしまうだろうな。

「ご、ご主人様……」

これで一人。

騒ぎが大きくなる前に俺たちはその場を離れていった。

誰がどう見ても事故なので、関係者として止められることもなかった。

今日まで泊まっていた宿に入り、一泊と明日朝までの食事を頼む。

「それで、今から馬車を買いに行くの？」

「ああ、今から買いに行く。馬車の良し悪《あ》しはわからないから、皆で見て決めよう」

俺たちは馬と馬車を売っている街外れの牧場に向かった。

牧場はそれなりに大きく、五〇頭ほどの馬が飼育されていた。馬車はオーダーメイドすることもできるが、今は時間もないので出来合いの物を選ぶことにする。

牧場主に目的を伝え、馬と馬車を紹介してもらう。

先に馬を購入しようと思ったのだが、一つ大きな誤算があった。

ほとんどの馬がドーラを恐れるのだ。

「すいません。いつもは大人しいのに、今日に限って何かに怯えているみたいで……」

牧場主が謝ってくるが、それ、ウチの子のせいなんだよ。

人の姿をしているとはいえ、ドーラは竜人種《ドラゴニュート》であり、その本質は食物連鎖の頂点とも言えるドラゴンに等しい存在だ。

そんな頂点捕食者が近くに現れたら、草食獣としては震えてションベン漏らすのも当然だ。

ドーラを恐れない神経の太い馬は全体の一割もいなかった。その中から、二頭の馬が選ばれた。

「この二頭にしたわ。この子はドーラちゃんが全然平気みたい。鋼の精神ね。この子は何とか我慢できるみたい。勇気のある子ね」

ミオが二頭の馬を評価する。ドーラが近づいても過剰に恐れる様子はない。合格だ。

そのまま馬車の置き場に向かい、可もなく不可もない馬車を選んだ。全員が乗っても余裕があるので大丈夫だと思う。

馬二頭、馬車、馬の餌を合わせて約一〇〇万ゴールドになった。日本円で考えると安い気もするが、日本とこの世界で物価が一致している訳でもないので、気にすることはないだろう。

宿に持って帰る訳にもいかないので、明日の朝に受け取りに来ると告げ、宿に戻った。

「少し忘れ物をしたから、取りに行ってくる」

夕食を食べ終わり、これから風呂に入るというところで皆に伝える。

「何をお忘れでしょうか？　お教えいただければ、私が取ってまいります」

「いや、俺にしか取りに行けない物だから俺一人で行くよ」

俺がそう言うと、ミオの肩がビクッと震えた。

「まさか、ご主人様……」

「ミオ、変な顔をしてどうしたんだ？」

「いや、何でもないです……」

ミオは何かを言いかけてやめた。変なミオだな。

「それじゃあ、行ってくる。先に風呂に入っていてくれ。そんなに遅くならない予定だ」

「わかりました……。暗いですから、気を付けてくださいね……」

「ご用があればいつでもお呼びください」

《いってらっしゃーい》

俺は宿を出て、忘れ物である〈精霊魔法〉と〈精霊術〉のスキルを取りに行った。

これで二人。


翌朝、冒険者ギルドの受付嬢であるアンナさんが訪ねてきた。

「皆様、おはようございます。朝早く訪ねてきて申し訳ございません」

「いえ、それは構いませんが、何故俺たちがこの宿にいるとわかったんですか？」

もしかして、尾行でもされていたのか？　少し警戒心が足りなかったか……。

「昨日、皆様が宿に入るところを目撃したのです」

嘘を言っているようには見えないが、言い回しが曖昧なので、嘘をつかずに真実を誤魔化している可能性は残っている。

「皆様にお願いしたいことがございます」

「何でしょう？」

「本日、冒険者ギルドの方に顔を出していただけないでしょうか？　ギルド長がどうしても皆様とお話をしたいと仰っています。加えて、買い戻し希望の方が一名いらっしゃいます」

受付嬢が直接訪ねてきたことから予想はしていたが、面倒そうな頼み事だな。

「買い戻しは終了したと告知してあるんですよね？」

「はい、ギルド内の告知も剝がしましたし、その方にも直接買い戻しは終了したと説明したのですが、何とかしろとの一点張りでして……。皆様が戻っていることをギルド側で把握していたので、買い戻しを再開していただければと思い交渉にまいりました」

「もしかして、買い戻しを希望しているのは貴族ですか？」

「……その通りです」

この様子から考えて、俺が聞かなければ今回も貴族だと言わないつもりだったな。

「貴族に言われたからって、冒険者ギルドが冒険者じゃない旅人の宿に朝から押しかけてそんな要求をしても良いんですか？」

「ギルド長が別件で皆様から話を聞きたいと仰っていたので、丁度良い機会だと思いお願いさせていただきました。貴族の願いだから無理を通した訳ではありません」

「……それで、ギルド長の用件は何ですか？」

「詳しい話を聞いても教えていただけませんでしたが、最初の買い戻し希望の方が来られ、話をした時に何かがあったようです」

縦ロールとギルド長が話をしていたとなると、執事の爺さん絡みの内容だろう。

ギルド長は爺さんの弟子と言っていたし、二人に面識があっても不自然ではない。

……よし、決めた。

「話はわかりました」

「それでは、早速……」

「冒険者ギルドに行くのはお断りします」

「……え？」

アンナさんの表情が固まった。

「どう考えても、厄介事の匂いしかしないじゃないですか。俺たち、午前中にはこの街を出るから、余計なことをするつもりはないんですよ」

アンナさんの頼みをバッサリと切って捨てた。

買い戻し？　既に義理は果たしたし、善意を裏切る貴族相手に手を差し伸べる必要はない。

ギルド長？　嫌いではないが、面倒事と引き換えにするほどの恩はない。アンナさんも中々強《したた》かな性格をしているし、これ以上関わり合いになりたいとも思わない。

「で、ですが……」

「俺たちも出発の準備があるので、もうお帰りください」

「しかし……」

食い下がるアンナさんを拒絶するような態度をとる。

困ったアンナさんは助けを求めるように俺の仲間たちを見つめる。やっぱり、強かだ。

しかし、俺の仲間たちはアンナさんの視線に一切反応しない。皆には『この話は絶対に断る』と念話で伝えてあるので、アンナさんが何をしようと無駄なのである。

「……わかりました。失礼いたします」

諦めたアンナさんは、それだけ言って宿を出ていった。

こうして、面倒の種を追い払った俺たちは、馬車を引き取りに行くことにした。

牧場に行くと既に準備は完了していたので、牧場主に挨拶をして馬車を受け取る。

出来合いの馬車にしては中々に立派で、中は思ったよりも広く、全員が座っても余裕があった。

そのまま、馬車に乗って街の外を目指す。御者を引き受けてくれたマリアには、爺さんから奪った＜乗馬術＞を与えてある。

「やっぱり、いるよな……」

馬車の中でマップを見ると、俺たちが向かっている門の近くにジョセフという名前があった。

ご存じ、ギルド長の名前である。正直、予想はできていた。

「マリア、門の近くにギルド長がいる。俺が相手をするから、御者席に俺も座らせてくれ」

「構いませんが、厄介事になるのでは？　迂回して別の門から出ましょうか？」

「いや、このまま進んでくれ。トラブルはできるだけ避けるべきだが、ここで迂回とかすると逃げるみたいで気に食わない。それに、迂回するよりはギルド長の相手の方が早く終わるからな」

最悪、ギルド長と敵対したところで何も怖くはない。

「承知いたしました」

そう言うとマリアは御者席を少し動き、俺が座れるだけのスペースを空けてくれた。

御者席に座って門の近くまで進むと、張り込んでいたギルド長が馬車に近づいてきた。

「君たち、馬車から降りて私の話を聞いてもらえないだろうか？」

マリアが馬車を停《と》めると、ギルド長が俺たちに向かって話しかけてきた。

「もしかして、受付嬢さんが訪ねてきた件ですか？　断ったはずですよね？」

「それはわかっている。だから、私が直接来たのだ。君が断ったのはギルドに行くことであって、私と話をすることを断った訳ではないからな」

アンナさんの依頼である『ギルドに来てくれ』を断った場合、『ギルドに行かない』と言ったことにはなるが、『ギルド長と話をしない』と言ったことにはならない。

確かに事実ではあるが、それは屁《へ》理屈というものだろう。

「それなら、改めて言います。馬車から降りるのも、ギルド長と話をするのも断らせていただきます」

「むう、つい先日までは友好的だったのに、急に態度を変えんでくれよ」

友好的だったのは、善意があったからだ。

「この街にもう用はありませんから、厄介事が増える前にさっさと出ていきたいんですよ」

「そんなことを言わんでくれ。最初の買い戻し希望のお嬢さんから、君たちのせいでセル……セバスチャンが行方不明となったと報告されたので、君たちに話を聞く必要があるのだよ。私も彼には世話になったから、無下にはできなくてね」

今、セルディクって言いかけたな。

「セバスチャンって、買い戻しに来た貴族の執事ですよね？　どんな話をされたんですか？」

まさか、馬鹿正直に暗殺を指示したら帰ってこないとでも言ったのか？

「それが、詳しい話を聞きたくても、そのお嬢さんも昨日の夜から行方不明でね。君たちはこの街を出ていくのだろう？　ここで引き留めて、先に君たちから話を聞こうと思ったのだよ」

「つまり、アンタはこう言いたいのか？　詳しい話を知らず、要領を得ない報告を聞いただけで、冒険者でもない人間を拘束すると」

この瞬間、俺の中に僅かに残っていた善意と敬意が完全に消滅した。

「いや、拘束などするつもりはない。ただ、話を聞きたいだけだ」

「そもそも、何の話を聞くつもりだ？　アンタは何が起きているのかもわかっていないのに？」

「む、むう……」

ギルド長が困ったように唸《うな》る。

何が起きているかわからないが、関係者かもしれないから街に留めておく。言いたいことはわかるが、俺たちがそれに付き合う義理はない。

「それとも、アンタには俺たちを引き留める権限があるのか？」

「いや、それはないが……」

冒険者が相手なら多少は影響力もあるだろうが、俺たちは冒険者ではないからな。

この状況を想定していた訳ではないが、結果として冒険者登録しなかったのは正解だった。

「それなら、俺たちはこの街を出発する。親切で買い戻しをすれば身勝手な貴族に絡まれる。街の外に出れば野盗に襲われる。これ以上、ここで面倒事に巻き込まれるのは御免なんだ」

これだけ言えば、俺たちに留まる気がないことは伝わるだろう。

「……野盗？　この街の近くに野盗が出たのか？」

冒険者ギルドの長《おさ》として、野盗の話は無視できなかったようだ。

「刃物を持ち、『殺す』と言って襲いかかってくる人間ならいた。当然、返り討ちにして斬り捨てておいたから安心してくれ。襲われたのが街の外だから、野盗と呼ぶのが正しいだろう？」

「そうか、討伐済みか。確かに、状況を聞く限り野盗と呼ぶしかない相手だな」

一応、暗殺者の可能性もあるが、街の外で襲ってきたなら野盗に含まれるので問題ない。

「そうだよな。たとえ、そいつが元Ｓランク冒険者を自称していようが、街の外で何も悪くない人間を殺そうとしたら、ただの野盗と呼ぶしかないよな？」

「な……!?」

「話は終わりだ。馬車を出してくれ」

「はい、承知いたしました」

驚愕するギルド長を無視してマリアに馬車を出発させる。

「待ってくれ！」

我に返ったギルド長が叫びながら馬車を追いかけてくる。

「待たない。まだ俺たちの邪魔をするというなら、本気で敵認定するぞ？」

「ぐっ……」

俺が明確な殺意を向けたら、追いかけてくるギルド長の足が止まった。

これ以上引き留めたら、本当に殺し合いに発展すると理解してくれたようだ。

そのまま門まで走り、手続きをして街の外に出る。

「ご主人様、あそこまで言っちゃって良かったの？」

街から少し離れたところで、ミオが質問をしてきた。

「良くはないけど、イライラして我慢ができなかった。反省はしているが、後悔はしていない」

「……結構、ストレスが溜まっていたのね」

あまり自覚はなかったが、ストレスが溜まっていたのは間違いない。

余計なことまで話した気がするけど、言いたいことを言ってスッキリしたので後悔はない。

「これで何か不都合が起きるなら、俺が責任を持って対応するから安心してくれ」

俺が原因で面倒事が起きるなら、その対処も俺がするべきだろう。

可能性は低いが、ギルド長が追っ手を差し向けてくる可能性もあるので、しばらくは警戒を怠らないようにしよう。


馬車で移動して半日、丁度良い時間になったので昼食にすることにした。

「それじゃあ、ミオちゃんの実力を見せてあげるわね！」

「私もお手伝いします」

ようやく自分の見せ場が来たと張り切るミオが、購入した調理器具で料理を作り始める。

マリアもミオの手伝いをしつつ、料理の技術を盗もうとしている。

「少し、申し訳ない気持ちになります……」

「適材適所というヤツだ。俺たちは無力だからな」

《ドーラもむりょく！》

俺とさくら、ドーラは料理を手伝うことはしない。

俺とさくらは、手伝えるが足手纏いになることが確定している。

ドーラは幼く、料理の概念すら知ったばかりなので手伝いも難しいが、料理に興味があるのかミオの近くをウロウロしている。

「そういえば、さくらに聞きたいことがあるんだけど良いか？」

「はい、何ですか……？」

「さくらには元の世界に帰りたい気持ちはあるのか？」

断片的な情報による推測ではあるが、さくらが元の世界で幸せだったとは思えない。

そんな世界に帰りたいか、以前から機会があれば聞こうと思っていた。

「元の世界に帰る……？」

「ああ、さくらが元の世界に帰りたいなら、全力でその方法を探すから」

「………………」

俺の問いにさくらが黙って考え込む。

「最初は元の世界に帰りたかったですけど、今はその気持ちがほとんどありません……」

さくらはしばらく考えた後、首を横に振ってそう答えた。

「元の世界に帰りたかったのは、この世界が危険だからです……。でも、冷静に元の世界とこの世界を比較したら、危険という意味で大差がないことに気づいたんです……」

「……さすがにこの世界の方が危険じゃないか？」

「そうでしょうか……？　この世界には魔物とかの危険はありますけど、対抗する手段があり、自分の身を自分で守ることができます……。元の世界のような、漠然とした悪意による危険に比べれば、この世界の危険の方がマシだと思います……」

確かに、暴力には暴力で対抗すれば良いが、漠然とした悪意に対抗するのは中々に難しい。

「交友関係はどうだ？　帰って会いたい相手はいないのか？」

「元の世界に私の味方はいません……。でも、この世界には仁君がいます。ドーラちゃん、ミオちゃん、マリアちゃんとも仲良くなりました……。私の大切な人は、全員がこの世界にいます……」

「……」

思わず無言になってしまった。

俺の想像以上にさくらの闇は深いのかもしれない。

「私には元の世界に帰りたい理由がありませんけど、仁君の方はどうなんですか……？　仁君が帰るなら私も帰ります……。仁君がいれば、元の世界でも我慢して生きていけますから……」

我慢しなければ生きていけない時点で問題なんだよ。

「最終的には元の世界に帰ると思う。ただ、今のところ大急ぎで帰ろうとは思っていない」

「何故ですか……？　帰るなら早い方が良いですよね……？」

さくらが不思議そうに首を傾げるが、これには明確な理由がある。

「折角、異世界に来たのだから、色々な場所を観光しなければ損じゃないか！　きっと、元の世界に存在しない風景や想像もできない文化があるはずだ！」

「仁君、もしかして観光が好きなんですか……？」

「大好きだ」

何の躊躇もなく断言できる程度には観光が好きだ。友達と一緒に行く観光はもっと好きだ。

「元の世界の家族や友人には心配をかけるけど、俺の観光好きを知っている人なら、きっと理解してくれると思う。だから、今はこの世界を堪能したい」

多分、一年や二年くらいなら笑い話で済むはずだ。

「一応、帰りたいと思った時のために帰る方法の捜索はするけど、最優先にするつもりはない」

「わかりました……。仁君、帰る時は私も連れていってください……」

「ああ、その時は一緒に帰ろう」

一緒に帰ったら、さくらが我慢しないでも生きられるようにしてあげたいな。

「ご主人様、さくら様、ドーラちゃん、料理ができたわよ！」

どうやら、さくらと話をしている間に料理が完成したようだ。

「うまそうなサンドイッチだな」

《おいしそー！》

テーブルの上には肉や野菜を挟んだサンドイッチが並べられている。

「本当はもう少し手の込んだ料理を作りたかったけど、ドーラちゃんの要望に従って、手早く美味しいサンドイッチにしたわ。味は保証するから安心してね」

「はい、私も味見しましたけど、本当に美味しかったです」

《おなかすいたー！　はやくたべたーい！》

「そうだな。それじゃあ、食べようか」

テーブルを囲む椅子に座り、サンドイッチを食べ始める。

「うまい」

「美味しいです……」

《おいしー！》

パンに具材を挟んだだけなのに、予想の倍以上は美味しかった。

元の世界のコンビニサンドイッチとは比べものにならない美味しさだ。

「美味しいでしょ？　私のことを買って正解だったでしょ？」

「ああ、うまい料理だ。本当にミオを選んで大正解だったよ」

「えへへー」

俺が褒めるとミオが嬉しそうに笑った。

「ミオちゃんは凄いですね。私も仁様に買って正解だと言っていただけるよう努力いたします」

「いや、既にマリアのことも大正解だと思っているからな？」

俺は本心でそう言ったのだが、マリアは不思議そうな顔をした。

「そう言っていただけるのは嬉しいですけど、私はまだ仁様のお役に立てていないですよね？」

「確かに今のところ目立った活躍はないけど、今後の活躍は約束されているだろ？　マリアのステータスを見ればすぐにわかる」

「……あ！　マリアちゃん、〈侍女〉ってスキルが増えてるよ！」

「この短期間で凄いです……！」

驚くべきことに、マリアはこの短期間で〈侍女〉という新しいスキルを習得していたのだ。

スキルの習得が早いとは予想していたが、ここまでとは思っていなかった。

「私、仁様のお役に立てそうですか？」

「ああ、これでマリアは新しいスキルの習得も早いと証明された。前にも言ったけど、スキルポイントを得られない俺の代わりに、スキルの習得に力を入れてくれると嬉しい」

「は、はい！　私はスキル習得でお役に立ってみせます！」

俺の役に立てるという実感が湧いたからなのか、マリアの目がキラキラと輝いていた。

ミオもマリアも、俺に足りないものを埋めてくれるから、本当に大正解だったと思っているよ。


大満足の昼食が終わり、再びの馬車移動が始まった。

「ところでご主人様、調理中に聞こえてきたんだけど、元の世界に帰るって本当なの？」

「ええ!?」

ミオの疑問にマリアが御者席から声を上げた。

「ああ、数年以内には帰る予定だけど、ミオとマリアはどうする？　付いてくるか？」

「付いていきます！」

「え？　付いていって良いの？　私、今の日本に戸籍とかないわよ？」

マリアが即答し、ミオが不思議そうに聞いてきた。

「知り合いに頼めば戸籍くらいなら何とかなるから安心して良いぞ」

「それは安心できる情報じゃないわね。日本は法治国家よ？」

大丈夫。グレーゾーンだから大丈夫。

「じゃあ、ミオは来ないのか？」

「もちろん、行けるなら行くわよ。この世界も嫌いじゃないけど、元の世界の方が好きだからね。幸い、日本人と言い張れなくもない見た目だし……」

「そういう意味では、マリアの方が辛そうだな。俺たちの世界には獣人がいないから……」

「つまり、耳と尻尾を切ればよろしいのですね？」

躊躇なく言い切ったマリアが少し怖い。

「そこまでしなくても大丈夫だ。コスプレと言い張れば何とかなると思う」

「承知いたしました」

猫耳少女が出歩いても問題にならない国、日本。

「私やマリアちゃんはそれで良いとして、ドーラちゃんはどうするの？」

「ドーラは一緒に連れていくぞ。俺はドーラの保護者だからな」

ミオとマリアはともかく、幼いドーラを置いていく選択肢は存在しない。

《なんのはなしー？》

「ドーラは俺が遠いところに行くって言ったらどうする？」

《ごしゅじんさまといっしょにいくー！》

「よーし、良い子だ」

《えへへー》

念のため聞いてみたら予想通りの答えをくれたので、ドーラの頭を優しく撫でた。

「全員で日本に行くことが決定したわね。今後は帰還方法の捜索を最優先にするのかしら？」

「まだ検討中だけど、その優先度は三番目になると思う」

「え？　一番目と二番目は何なの？」

「優先度一番目は観光だな。折角の異世界だから、色々と見て回りたい」

予想を外したミオが尋ねてきたので、俺の最優先目標を答える。

「仁君、観光が大好きらしいですよ……」

「元の世界に戻ることより、趣味が優先されるのね……」

さくらの補足にミオが少し呆れたような表情を見せる。

「さくらも大急ぎで帰りたい理由がないらしいから、俺の都合を優先したい。一応言っておくと、この国は観光の対象外だからな。観光を楽しむのはこの国を出てからだ」

「私、この国が大嫌いです……」

さくらが無表情になってボソリと呟いた。俺もこの国は大嫌いだよ。

「次の二番目が戦力の強化だな。執事の爺さんみたいに強い奴に襲われる可能性がある以上、負けないように強くなる必要がある。最終的には、誰が敵に回っても勝てるようになりたい」

「それ、最強って言わない？」

「そうとも言う」

大切な存在をあらゆる脅威から守る。その行き着く先は『最強』の二文字である。

「そして、三番目が帰還方法の捜索だ。最優先にはしないけど、忘れる気はない。正直に言うと、観光しながら各地を巡っていれば、いずれ見つかると思っている」

「そっか、観光と帰還方法の捜索は同時進行できるのよね」

「道中で魔物を倒していけば、戦力強化も同時に行えますね」

ミオとマリアの言う通り、三つの優先目標は同時に進められるものだ。

「観光しながら戦力強化と帰還方法を探す。これが俺の優先すべき目標だけど、あまり難しく考えず、まずは観光を楽しむことに全力を尽くすつもりだ」

「仁君や皆と一緒に観光、絶対に楽しいですよね……」

「私は仁様にどこまでも付いていきます」

「私もこの国を出たことがないから結構楽しみだわ」

《ドーラ、おいしいものたべたーい！》

「それじゃあ、さっさと国境を越えて、隣国の観光を始めよう！」

目指すは隣国、カスタール女王国だ。

特別編

これは、進堂仁が高校二年生になり、最初に登校した日の話である。

「おきろー。おきろー。おき……」

仁は目覚まし時計を止め、ベッドから起き上がって大きく伸びをする。

目をこすりながらカーテンを開けると、水原咲《みずはらさき》の下着姿が目に映った。

咲は隣の家に住む仁の幼馴染みであり、お互いの部屋が覗ける位置に窓が存在するため、カーテンを開けると確実に咲の部屋が目に入ってしまう。

「仁君、おはよう！」

「おはよう、咲」

何気なく挨拶する二人は、咲が下着姿であることを全く気にしていなかった。

仁の起床と咲の着替えはタイミングが一致しているらしく、仁がカーテンを開けると高確率で咲の着替えと遭遇するため、お互いに見慣れた光景となっていた。

仁はカーテンを開けた後、寝間着のままダイニングへと歩いていく。

「兄さん、おはようございます」

「おはよう、凛《りん》」

次に仁が挨拶をしたのは、妹である進堂凛である。

凛がエプロンを着けて朝食を作っていたので、キッチンに置かれた料理をテーブルに運んだ。

「「いただきます」」

仁と凛は向かい合って椅子に座り、朝食を食べ始める。

「今日は凛も始業式だったよな？」

「はい、授業はないので午前だけで終了です」

仁は高校二年生、凛は中学二年生の始業式である。

「俺も午前だけで終わるけど、昼食は外で食べるから」

「わかりました。夕食は家で食べますか？」

「ああ、夕食は家だな。……凛に任せきりなのは悪いから、俺も料理を手伝おうか？」

現在、進堂家の食事は全て凛が作っている。

仁はそれを申し訳なく思っており、時々だが手伝いを申し出ることがある。

「兄さん、人には向き不向きというものがあります。兄さんに料理は向いていません。食材が無駄になるので、兄さんは台所に立たないでください」

「はい……」

しかし、仁に料理を作る才能は一切存在しないので、申し出る度にバッサリ切られている。

「皿洗いは俺がやるから……」

食後の皿洗いをすることが、仁のせめてもの抵抗である。

皿洗いを終えた仁が制服に着替え、凛と共に玄関を出ると咲が待っていた。

「凛ちゃん、おはよう！　仁君、一緒に行こう！」

仁と咲は同じ高校に通っており、毎朝必ず一緒に登校している。より正確に言うと、毎朝必ず咲が仁の家の前で待っているのである。

「咲お姉ちゃん、おはようございます」

咲と凛も家が隣なので付き合いが長く、仲の良い姉妹のような関係となっている。

「鍵を閉めて……。よし、行こうか」

「はい！」

「うん！」

玄関の扉に鍵をかけ、三人は学校に向かって歩き始めた。

高校は仁の家からバスや電車を使わず、歩いて三〇～四〇分で行くことができる。

「兄さん、咲お姉ちゃん、お気を付けて」

「凛も気を付けて行けよ」

「凛ちゃん、またね」

中学校と高校の位置は離れているため、途中で凛だけ別の道を行くことになる。

仁と凛は丁度三歳差なので、小学校以外同じ学校に通えていないことが凛の悩みの一つである。

「今年こそ、仁君と一緒のクラスになれると良いな」

「ああ、去年クラスが別になったから、連続記録が途絶えたんだよな。残念だ」

「本当に残念だったね。今年こそ、お願い！」

仁と咲は幼稚園、小学校、中学校と常に同じクラスになっていた。しかし、高校一年生のクラス分けで仁は１－Ｂ、咲は１－Ａと、別れてしまった。

咲は仁と別のクラスになったことを、仁は折角の連続記録が途絶えたことを残念がっていた。

高校に到着した二人はクラス分けが掲示された場所に向かった。

「今年は２－Ｂか」

「２－Ａってことは、また仁君と離ればなれだよ……」

願いが届かず、仁と別のクラスとなってしまった咲が肩を落とす。

「よく見たら、クラスの顔ぶれほとんど変わらないな」

「本当だ。２－Ａも大半が一年の時と同じメンバーだね」

「ウチの高校のクラス分け、成績別って訳じゃなさそうだけど……」

「何か独自の分け方があるのかな？　それなら、何か対策を考えなきゃ……」

独自の分け方がある場合、三年のクラス分けでも仁と同じクラスになれない可能性が高くなる。

咲としては来年こそ同じクラスになりたいので、裏工作を視野に入れ始めていた。

「咲、置いていくぞ」

「あ、仁君、待ってよ！」

咲は裏工作の検討をやめ、仁の後に小走りで付いていく。

新しい下駄箱で上履きに履き替え、二年の教室がある二階へと進む。

「おや、進堂、久しぶりですね」

そこにいたのは、仁の幼馴染みである織原秋人《おりはらあきひと》だった。

仁の交友関係の中では珍しく平凡な容姿をしており、特徴がないのが特徴とすら言われている。

「織原か。二週間くらい会ってなかったから、確かに久しぶりだな」

幼馴染みとはいえ、咲のように家が隣という訳でもなく、極端に仲が良いという訳でもない。

加えて、一年の時はクラスも異なっていたので、会う機会が非常に少なくなっていた。

「今年も進堂と同じクラスになれませんでした。非常に残念です」

「どこのクラスだ？」

仁はどのクラスに知り合いがいるか、調べるような真似はしていなかった。

「2－Aですね。水原さんと同じクラスですよ」

「織原君、よろしくね？」

「ええ、よろしくお願いします」

二人とも仁の幼馴染みだが、咲と織原が関わることは少なかった。会えば挨拶くらいはするが、積極的に会話をするような関係ではない。

「折角ですから、進藤も2－Aに来ませんか？　歓迎しますよ？」

「お前に何の権限があるんだよ」

「権限があっても、この学校のシステムではクラスを変えるのは難しそうですけどね」

「また、思わせぶりなことを……」

織原は仁の前で含みのある発言をすることが多い。

容姿は平凡で特徴がないが、性格の方はかなりの曲者だと仁は思っている。

「おっと、あまり時間がないので失礼します」

「教室とは逆の向きだけど、どこかに行くのか？」

「ええ、購買に行って今日の朝昼食と昼夕食を買います」

「そうか、引き留めて悪かったな」

「気にしないでください。進堂と久しぶりに話せて楽しかったですよ」

織原と別れ、少し歩いてから仁は気づいた。

「いや、一日五食は食いすぎだろ……」

一日五食、高カロリーな食べ物を食べて平凡な体型を維持できるのは凄いことである。

二階に到着して少し歩けば、すぐに2－Bの教室前に辿り着いた。

「2－Bはここだな。咲、またな」

「うん、またね」

咲と別れた仁が教室へと入ると、クラス分けの通り見知った顔が並んでいた。

「ジン、おはよう！」

「進堂、おはようございます」

「浅井《あさい》、東《あずま》、おはよう」

仁が最初に挨拶をしたのは、一年の時のクラスメイトであり親友でもある浅井義信《よしのぶ》と東明《あきら》の二人だった。

浅井は進堂より身長が高く大柄、東は進堂より身長が少しだけ低く眼鏡をかけている。

「無事、同じクラスになれたみたいだな」

「おう、また一年、よろしくな！」

「よろしくお願いします」

高校に入る前から仲が良かったので、クラスが変わった程度で付き合いがなくなるとは誰も考えていなかったが、できれば同じクラスになりたいと三人で話していたのだ。

浅井は廊下側の最前列に座り、すぐ後ろの席に東が座っていた。名前順なので、大抵の場合はこの二人が並ぶことになる。

仁の席は東の隣なので、二人と話しやすい好立地と喜んでいた。

「また浅井の席は最前列なんだな」

「おう、これも年度初めの恒例行事だな。今まで、この席じゃなかったのは二回だけだ」

浅井が年度初めに最前列でなかったのは、赤木《あかぎ》と青山《あおやま》が同じクラスにいた時だけである。

「基本、浅井には後ろの席にいてほしいよな」

「全くです。普通に座っているだけで、後ろからは何も見えなくなりますからね」

仁の意見に東が強く賛成した。

浅井は身長が高く体格も良いので、前の方の席に座ると後ろの人が苦労する。

「最近じゃあ、最初に決める枠に入れてもらってるから、ほぼ確実に後ろの席になってるぞ」

席替えの多くはクジ引きで決まるが、クジと無関係に席が決まる者も存在する。目の悪い人は前の席、身体の大きい人は後ろの席といったように、最初に決める枠である。

「浅井に視力の心配はないから、後ろの席で悪いことはないよな?」

「おう、一〇〇メートル後ろからでも余裕で黒板が見えるぜ?」

「教室何個ぶち抜く気だよ……」

浅井は非常に目が良い。単純な視力も高いが、動体視力など目に関する性能がどれも高い。

一〇〇メートル先の黒板を見るというのは、冗談ではあるが嘘ではなかったりする。

「この学校の教室の配置では、教室を何個ぶち抜いても一〇〇メートルの距離は確保できませんよ」

生真面目な東が浅井の冗談の矛盾点を指摘する。

「それじゃあ、浅井の席は校舎の外にしよう!」

悪ノリした仁が非現実的な解決法を提示する。

「雨の日はどうするんだよ!」

「突っ込むべきはそこじゃないと思います。そもそも、校舎の外から教室が見えるのですか?」

「一応、窓ガラスの反射とか使えば、見えなくはないぞ。教師の口の動きを見れば、何を喋っているのかもわかるから、授業を受けるのと大差ないだろうな」

「相変わらず、出鱈目《でたらめ》な視力だな……」

当然のように言う浅井に、悪ノリした仁も困った顔しかできなかった。

「そういえば、進堂はクラス分け気になりませんでしたか？」

「クラスの顔ぶれがほぼ変わらないことか？」

東が質問をしてきたので、仁は自分が気になったことを答える。

「ええ、その通りです。去年のクラス分けと約九〇％一致しました。さすがにこれを偶然というのは無理でしょう。何らかの理由があると考えるべきです」

「去年のクラス分け、全クラス分覚えていたのか。さすがは東だな」

「あのくらいなら、一度見れば覚えられる範囲ですから褒められても困ります」

東は非常に頭が良い。記憶力も演算力も発想力も全てが天才と呼ばれるに相応しい領域にある。目に入った映像を全て記憶する程度のことは東にとって特筆すべき能力ですらない。

「それで、トーメイはどんな理由があると考えたんだ？」

浅井は東のことをトーメイと呼ぶ。東明を音読みすると東明《とうめい》になるからだ。

「恐らく、クラスの性質を変えたくなかったのでしょう。今回、このクラスから別のクラスに移ったのは、比較的個性の少ない生徒でした。部活に入っている訳でもなく、テストの成績が飛び抜けて良い訳でもなく、クラス内で強い発言力を持っている訳でもありません。少し悪い言い方をすると、いてもいなくてもクラスの雰囲気は変わらない生徒たちです」

「俺の知る限り、このクラスに来る生徒の多くも似たような連中だな」

浅井が東の推測を補強するような情報を出した。

仁と東は今年度からクラスに入る生徒を知らなかったが、コミュニケーション能力の高い浅井は性格まで含めて知っていた。

「東の推測が事実として、何で学校がそんなことをするんだ?」

「さすがにそこまではわかりません。少し気になるので、調査してみましょう」

気になったことは調べずにいられない東の目が光る。

「トーメイが調べて、何か面白いことがわかったら俺たちにも教えてくれよ」

「はい、了解です」

その後、去年と同じ担任が教室に入ってきたので、東は自身の推測が正しいと確信した。


何事もなく始業式が終わり、仁、浅井、東の三人は近くのショッピングモールへと向かった。

ファストフード店に入り、ハンバーガーのセットを注文して席に座る。

「それで、次は何をして遊ぶ?　前回は俺のネタだったから、今回は二人で決めてくれ」

仁はポテトを口に運びながら浅井と東に尋ねた。

三人は小学校からの付き合いで、一緒に遊ぶことが非常に多い。

ずっと同じクラスという訳でもなく、得意不得意もバラバラだが、不思議と気が合い、気づいたら親友と呼べる関係になっていた。

そして、三人はインドア、アウトドア関係なく、様々な趣味に手を出している。

今回の集まりは、メインで遊ぶ趣味を決めるために意見を出し合う三人の恒例行事である。

「俺、一度カードゲームってヤツをやってみたいな」

「カードゲームですか。僕は構いませんけど、浅井が不利すぎませんか?」

仁は非常に運が良い。クジを引けば大当たりが出て、選択式のテストは勘で満点が取れるほどだ。

そして、カードゲームというのは、運と戦略で勝負が決まるものが大半を占める。

運の良い仁と頭の良い東に対して、目の良い浅井が不利なのは確実である。

「まあ、ジンの一強だとは思うけど、やるからには簡単に負けるつもりはねえぞ？」

「僕も負ける気はありません。三割、いえ、四割は進堂に勝ってみせます」

「お、トーメイ、大きく出やがったな！」

三人は親友と呼べるほどに仲が良いが、それはそれとして全員が負けず嫌いだ。

明確に仁が有利な遊びなので、東も勝ち越すことは難しいと考えているが、大きくは負け越さないと宣言した。なお、明確に有利な者がいる場合、八割はその人が勝利するのが通例である。

「それじゃあ、次はカードゲームで良いか？」

「ああ、良いぞ」

「異議ありません」

仁、東の合意が取れたので、次の趣味はカードゲームに決定した。

「このショッピングモールにもカードショップはありますね。今から寄ってみますか？」

「良いんじゃねえか？　やるなら早い方が……悪い、今日の予定はキャンセルになりそうだ」

「……何が見えた？」

浅井が急に前言を翻したので、事情を察した仁が端的に尋ねる。

「銀行強盗だ。犯人は五人組、全員が拳銃を持っている。職員の一人が撃たれて重傷、放置すれば命に関わる怪我だな」

浅井の目には、一〇〇メートル以上離れた銀行で発生した強盗の様子がしっかりと映っていた。

「行くのか？」

椅子から腰を浮かした浅井に仁が声をかける。

「ああ、俺の目の前で起きた犯罪を無視する訳にはいかないからな。ちょっと行ってくる」

「じゃあ、俺も行く。多少は役に立つと思うぞ？」

「助かる。ジンが来てくれるなら百人力だ」

相手は拳銃を持った銀行強盗だというのに、浅井も仁も平然と言ってのける。

正直、仁が銀行強盗に関わる理由は存在しないが、お人好《よ》しな親友が関わるなら話は別だ。

「僕は行きませんよ。二人と違って荒事は苦手なんです」

「ああ、トーメイはここで後片付けを頼む」

「了解です。二人とも、頑張ってください」

「「おう！」」

東を残し、仁と浅井は銀行に向かって走り出した。


銀行強盗が現れたのは、ビルの一階に併設された銀行だった。

銀行は通常の状態では外から中が見えないため、通行人は銀行内の状況に気づいていない。

「おら！　さっさと金を詰めやがれ！　殺されてぇのか！」

「ひ、ひぃっ……」

拳銃を見せながら銀行強盗の一人が叫ぶと、職員たちは大慌てで袋に現金を詰める。

その拳銃が偽物ではないことは、偽物と決めつけて不用意に行動した職員が腹を撃たれたことで証明されてしまった。

「う、うぅ……」

大部分の職員と客は一カ所に集められ、撃たれた職員は放置されて呻いている。その傷は深く、警察や救急が来る頃にはその命は潰えているだろう。

人質となった職員と客は、銀行強盗が早く目的を達成して立ち去ることを祈っていた。

「あれ？　何か様子が変じゃないか？」

「気のせいだろ。早く金を下ろして、店に戻ろうぜ」

そんな絶望的な感情が渦巻く銀行内に響いたのは、暢気《のんき》な高校生たちの会話だった。

人質たちは銀行強盗がいる銀行に偶然入ってしまった高校生たちに同情した。

「あれ？　これってもしかして銀行強盗か？」

「もしかしなくても、銀行強盗だな」

言うまでもなく、仁と浅井の二人組である。

救出を前面に押し出すと人質に危害を加えられる可能性があるため、銀行に入ったのは偶然であると主張するための演技である。

「坊主ども、運が悪かったな。撃たれたくなかったら、大人しく従ってもらおうか」

一人の銀行強盗が二人に拳銃を向けながら、ニヤニヤと意地の悪い笑みを見せる。

「断ると言ったら？」

「この銃が偽物だと思ってんのか？　本物だよ。人質にならねぇなら死ねや」

銀行強盗は浅井に拳銃を向け、躊躇なく引き金を引いた。

「ぐあっ!?」

銃声が響き、直後に金属に何かが当たる音が聞こえ、最後に銀行強盗の悲鳴が響く。

「悪《わり》ぃけど、俺に飛び道具は通用しねぇよ」

浅井の行動はシンプルだった。

撃たれた瞬間、手に持った金属の板で銃弾を弾き、撃った銀行強盗の肩に返しただけだ。

動体視力も反射神経も優れた浅井にとって、銃弾を弾く程度は朝飯前である。

「テメェ、何しやがった⁉」

今度は別の銀行強盗が仁に拳銃を向けて引き金を引くが、銃弾が発射されることはなかった。

「弾詰《ジャム》まりだ。アンタの方こそ、運が悪かったな」

仁は拳銃の引き金を何度も引く銀行強盗に素早く近づき、渾身の腹パンを打ち込んだ。

「うがっ⁉」

急所に重い一撃を食らった銀行強盗は一瞬で意識を失う。これは運ではなく実力の一撃だ。

「クソッ！」

浅井の背後にいた銀行強盗が浅井に向けて拳銃を撃つ。

銃弾を弾く浅井のことを見ていたが、背後からなら当てられると思っての行動である。

「ぎゃあ⁉」

浅井は振り向くことすらなく、背後に金属板を構えて肩に打ち返した。

「だから、効かねぇって言っただろ。学べよ」

ガラスなどに映った鏡像から背後の様子を窺うことは、浅井の得意技の一つである。

「うおおおお！」

「へえ、わかってるじゃん」

四人目の銀行強盗は拳銃を仕舞い、仁に向かって殴りかかってきた。

それは拳銃の通用しない仁と浅井に対して、最も有効な攻撃だったかもしれない。

「無駄だけど」

仁の元に辿り着けてさえいれば……。

「がはっ⁉」

銃声と共に銀行強盗の脚から血が飛び散った。

「今度は銃の暴発か。アンタも運がないな」

四人目の銀行強盗を襲った銃弾は、気絶した銀行強盗の拳銃が暴発して飛び出たものだった。

偶然、気絶した銀行強盗の指が動いた。偶然、拳銃の引き金が引かれた。偶然、仲間の銀行強盗の脚に銃弾が当たった。言葉にすれば、たったそれだけのことである。

「ひ、ひいい！」

あまりにも現実離れした光景を見て、五人目の銀行強盗は声を上げてその場から逃げ出した。

「あ、逃げた！　待ちやがれ！」

「ジン、追わなくて良い！　俺たちの行動は全て正当防衛であるべきだ」

銀行強盗を追おうとした仁を浅井が止める。

相手が銀行強盗とはいえ、積極的に攻撃したら後の面倒は免れないからだ。

「アンタ、警察に連絡してくれ。アンタ、救急車を呼んでくれ。アンタたちはベルトを貸してくれ。銀行強盗たちを拘束する。アンタたちはハンカチとネクタイを貸してくれ。怪我人を止血する」

浅井が人質となっていた従業員と客に指示を出す。

異常事態が発生して複数のタスクが存在する場合、不特定多数に向けて頼むのではなく、誰々は何をしてくれと明確な指示を出す手法が有効である。

「浅井、拳銃を回収してきたぞ」

浅井が指示を出している間、仁は銀行強盗たちから拳銃を回収していた。

一人は気絶しているが、残りの三人は怪我をしているだけなので、まだ拳銃による被害者が出る可能性が存在するからだ。

「おう、助かる。奪い返されても良いように、弾を抜いておいてくれ」

「了解」

仁は浅井の指示に従いながら、五人目の銀行強盗の末路に思いを寄せる。


五人目の銀行強盗は銀行を出て逃走用の車に飛び乗った。

入念な準備をして、多少のイレギュラーな事態が起きても確実に成功させられる自信があったが、あんな化け物が出てくるとは想定できなかった。

仲間たちのことは残念だが、今は自分一人でも逃げることを優先した。

「クソッ、動かねえ⁉」

しかし、何度試しても車のエンジンが入ることはなかった。

「何だ？　勝手に曲が……」

操作していないのに、カースピーカーから勝手に音楽が鳴り始めた。

その音楽はボリュームが上がっていき、すぐに耳障りな音量となる。

「ボリュームが利かねえ⁉」

銀行強盗がボリュームを操作しても、音量が小さくなることはなかった。

「訳がわからねえ……」

色々と諦め、車から出ようとする。

「ドアまで開かないだと!?」

鍵は開いているはずなのに、何度ドアを開けようとしてもビクともしない。

その間も曲の音量は上がっていき、既に操作できる最大値のボリュームすら超えていた。

「し、死ぬ……」

閉鎖空間で大音量が流れるのは立派な拷問である。

後に警察が来て、鍵のかかっていない車のドアを開けると、銀行強盗が泡を吹いて倒れていた。

病院で調べたところ、鼓膜が破れていたとの診察結果が出た。

「一体、何があったんだ……?」

明らかな異常事態に警察も困惑することしかできなかった。

「駄目ですよ。罪を犯すのに干渉されやすい電子制御の車を使うなんて」

少し離れた場所にあるファストフード店で、一人の男子高校生がタブレット端末を弄りながら、そんなことを呟いていたことは誰も知らない。


仁が家に到着した時、既に午後八時近くになっていた。

「ただいまー」

「お帰りなさい、兄さん。思ったよりも遅かったですね」

「ああ、銀行強盗を退治して、警察に寄っていたんだよ」

仁と浅井は到着した警察官に経緯を話し、警察署で事情聴取されることになった。

浅井は人を見る目も確かで、お人好しな性格と相まって、各方面に人脈が広がっている。

今回、浅井の知り合いの警察官がいたため、事情聴取は比較的短い時間で終わることになった。

余談だが、銀行強盗と何の関わりもない東は警察には行っていない。

「それはお疲れ様です」

「それより、聞いてくれよ。今年も浅井と東と同じクラスになれたんだ」

仁にとって、銀行強盗云々よりも親友と同じクラスになれたことの方が重要だった。

「おめでとうございます。ところで、咲お姉ちゃんは同じクラスですか？」

「いや、咲はまた別のクラスだった」

「咲お姉ちゃん、可哀想ですね……」

凛は咲の家の方を見て、気の毒そうな表情を浮かべる。

数日前から、咲が今年こそはと意気込んでいたことを凛は知っていた。

「凛の方はどうだった？　クラスメイトと仲良くやれそうか？」

「はい、問題ありません。聖《ひじり》ちゃんも同じクラスでした」

「そうか、兄妹《きょうだい》揃って同じクラスとは縁起が良いな」

「はい、良い一年になりそうです」

凛の親友である聖のフルネームは浅井聖、仁の親友である浅井義信の妹だ。

補足しておくと、仁と浅井、凛と聖は個別に出会っており、後で兄妹だと知った経緯がある。

「それで、今日の夕飯はカレーか？　遅くなったから腹減ったよ」

家に漂うカレーの強烈な香りは、時間も遅くなり、空いた腹には凶器にも等しかった。

「カツカレーです。すぐに準備しますね」

「ああ、頼む。凛のカレーはうまいから楽しみだ」

「普通ですよ。でも、ありがとうございます」

凛の作った美味しい夕飯を堪能し、熱めの風呂に入ってリラックスする。

「咲、お休み」

日付が変わる少し前に眠くなってきたので、窓を開けて咲の部屋に向かって声をかける。

「仁君、お休みなさい」

寝る前の挨拶も習慣のようになっているが、咲から挨拶してきたことはなく、仁の挨拶に返事がなかったこともない。常に仁が挨拶をして、咲が返事をするという関係である。

多少は疲れていたのか、電気を消し、布団に入るとすぐに眠ることができた。

こうして、進堂仁のよくある一日が終わるのであった。


異世界転移で女神様から祝福を！　～いえ、手持ちの異能があるので結構です～①／了

MAG Garden NOVELS

異世界転移で女神様から祝福を！
～いえ、手持ちの異能があるので結構です～①

発行日　2025年1月25日 初版発行

著者　コーダ　イラスト comeo

発行人　保坂嘉弘
発行所　株式会社マッグガーデン
〒102-8019 東京都千代田区五番町6-2
ホーマットホライゾンビル5F
編集 TEL：03-3515-3872　FAX：03-3262-5557
営業 TEL：03-3515-3871　FAX：03-3262-3436
印刷所　株式会社広済堂ネクスト
担当編集　柊とるま（シュガーフォックス）
装　幀　鈴木佳成（合同会社ピッケル）

ISBN978-4-8000-1539-6 C0093　Printed in Japan